怪奇韓醫院

수상한 한의원

裵明会

黃千真——譯

人物介紹

金勝範（男，33歲）

被首爾大型韓方醫院掃地出門，離開後來到雨華市，打算賺大錢後再回到首爾。雖然是個實力不錯的韓醫師，但個性不算親切，還會針對特定類型的患者展現出極其敏感的態度。

高素晶（女，68歲）

雨華市土生土長的韓藥業者，從年輕時期就持續經營韓藥房。不只村莊居民，所有來到韓藥房的人和鬼魂所說的故事，她都不會隨便聽聽帶過，翹首期盼地等待著某人。

尹孔實（女，68歲）

素晶的朋友，是住在素晶韓藥房的鬼魂。雖然不停在吃，卻還是一直感到飢餓。非常愛管閒事，也很愛說話，為了實現自己的願望，一直在覬覦著利用勝範的機會。

李靜美（女，33歲）

實力很好的護理師，和勝範一起來到雨華市。很有耐心、愛乾淨，也很親切。在勝範不務正業的時候，還是為了這個乏人問津的韓醫院積極行動。

張英浩（男，74歲）

是每天都會捧著妻子骨灰罈，繞行市區一圈的雨華市聞人，和素晶關係不佳。

宋奇允（男，33歲）

第一韓方醫院副院長，是和勝範為競爭關係的韓醫師，比起作為韓醫師的實力，更依靠金錢和父母的靠山。

其他會到訪素晶韓藥房的鬼魂們

死也無法戒賭的鬼、因為皮鞋不見而慌亂的業務鬼、把頭夾在腋下四處跑的鬼等等。

目錄

0 序言

副院長的位子被搶了。勝範確認了螢幕上顯示那傢伙的姓名，瞬間湧上一股怒火，咬牙切齒的他硬是忍住想大叫的衝動，不斷搓揉著發燙的臉。耳朵傳來「嗶」一聲的耳鳴，這是每當他壓力大就會聽見的某種警示音，他大口深呼吸。

「不會的，不可能的。」

他試圖說服自己應該是看錯了，又看了一次螢幕，但不管他怎麼揉眼睛或戴上眼鏡看，那沒有改變的該死名字卻更加鮮明地佔據著那個位子。他腦中一片空白，想起了幾天前的事。

高級日本料理店，將拉門拉開進店的勝範，坐在擺著這家店最昂貴料理的餐桌前。進門前還因為緊勒脖子的領帶覺得悶，但這種不自在的緊張反而更讓他正襟危坐。擔心遲到而比約定時間提早十幾分鐘抵達的勝範，看到比自己更早到的第一韓方醫院院長金振泰十分慌張，但他還是硬擠出一點笑容。院長竟然還隨心所欲自己點餐開吃了？勝範揚起嘴角，坐在對面，看著院長。

金振泰的筷子夾起一塊野生的真鯛魚肚，蘸了加芥末的醬油，接著伸長舌頭迎接這塊真鯛魚肚。真鯛魚肚在舌頭上動來動去，被白牙咀嚼，推入喉嚨消失。在金振泰幾次動筷，桌上有些料理也隨之消失在口中後，他這才終於看了勝範一眼。捕捉到那個眼神的勝範也立刻把他帶來的黑色公事包推出去。

「這裡面有著我的所有誠意。」

金振泰用發紅的雙眼凝視勝範，片刻，立刻明白這是什麼意思的他「啊哈！」笑了出來。覺得這個笑容代表正面意義的勝範也挺起肩膀。金振泰用衛生紙擦擦泛油光的嘴角，起身俯視勝範。

「我很清楚你替我們韓方醫院的收益立下不少功勞。」

這句話讓勝範的頭垂得更低，內心一陣澎湃。

「謝謝您明察秋毫。」

「我會好好收下的，你也吃點生魚片吧，今天的魚特別好吃。」

穿上西裝外套，說完這番話的金振泰拎著公事包，留下原本還打算跟自己一起離開的勝範，用力關上拉門離開了。

叮——感覺有什麼東西斷了，勝範起身走出診間，原本在跟患者對話的李靜美護理師嚇了一跳，趕緊拉住他。

「金醫師，你要去哪裡？病患還在等。」

「現在這還重要嗎？」

「不然呢？」

勝範甩開護理師對這個反應感到荒謬的手，大步走向電梯。他按下最頂樓的按鈕，雙手抱胸。電梯上升速度十分緩慢，他看著那跑得緩慢的紅色數字哼了一聲，那天院長的所有行為舉止都在他腦中盤旋。

正面意義的笑容？結果只是嘲笑而已；對收益立下不少功勞？也只是為了更順理成章地收下他給的賄賂落跑而已。也不想想那筆錢是什麼錢！那是他為了獲得副院長這個有權勢的位置，匯集他所有可動用資金而來的錢！對方竟然想白白收下？這麼愛吃昂貴的生魚片，原來也是這種意圖嗎？

「吃相還真難看！」

噠噠噠，電梯內傳來急躁的皮鞋鞋跟踩地聲，好不容易打開了門，勝範穿過又白又長的走廊，前往院長室。秘書看著他起身，勝範忽視對方逕自開門，嚇了一跳的秘書趕緊跟上大喊。

「金醫師，等一下！現在副院長在裡面！」

坐在沙發上位的院長金振泰，以及在旁邊像個待退兵長坐著的宋奇允，看著闖進門的勝範。

「什麼狗屁副院長！」

勝範被宋奇允搶走了副院長的位子，這個用父母靠山才以降落傘之姿進到第一韓方醫院的傢伙，竟然還佔據副院長之位？到底是收了他父母多少啊？但一想到不管收了多少，那筆錢肯定都比自己獻上的錢更多，勝範胃裡又是一陣翻攪。

「你把這當成什麼地方了，怎能這樣闖進來？」

宋奇允起身，語氣尷尬地問。無視這句話的勝範走到金振泰面前。

「我記得院長曾經說過，我們第一韓方醫院的收益都是多虧了我，但今天看起來好像不是這樣呢？」

勝範瞪了站在一旁的宋奇允一眼，那股眼神讓宋奇允畏縮了一下，他自己也覺得丟臉而乾咳幾聲，又扯著喉嚨大聲說：

「你以為這是可以讓你亂說話的地方嗎？你以為別人也跟你一樣幹骯髒的事嗎？我跟你的等級可是不一樣的！」

「不管是用報紙還是衛生紙擦屁股，反正不都一樣是在擦屎嗎？」

「講什麼屎不屎的，髒死了。」

雙手扠腰的宋奇允氣呼呼地說。

「金醫師。」

靜靜坐著，看著這一切的金振泰小聲呼喚勝範。

「你透過販售昂貴藥品給病人，進而為我們醫院帶來收益是事實沒錯，但也僅此而已。你對待病患的態度太過形式化了，有太多針對你的投訴都對醫院形象造成影響，你自己不也很清楚嗎？」

「韓醫師不是只要把病醫好就好了嗎？」

「那只是一次性服務，沒有半點跟患者交流所建立的共感帶，原本找你治療的患者難道不會想去找服務更好的醫師嗎？你看看宋奇允醫師，他跟你不一樣，理解患者的痛苦，也提供品質良好的服務。因為他溫暖治癒了生病的人，醫院形象變好，所以才會被選為『本月韓醫師』啊，這些可不是隨便說說而已。」

金振泰拿起茶杯湊到嘴邊，優雅地啜了一口茶，又說了句茶涼了，把杯子放回桌上，接著要勝範身後的秘書重新泡茶。金振泰的稱讚也讓宋奇允挺起肩膀，意氣風發的表情讓勝範相當不滿。

「這種只管自己死活的人，怎麼可能懂院長的深意呢？」

宋奇允嘻皮笑臉地說，勝範的臉熱辣辣的。雖然他在這個地方立下不少汗馬功勞，但現在這些通通被抹滅，自己還被拿來跟宋奇允比較，這讓他感到十分羞恥。

「就算現在的時代再怎麼個人主義，有些事是不會改變的。你既不能感動病人、也沒有錢、也沒有能這麼做的背景，甚至連一丁點的熱情都沒有讓我感受到。」

勝範搖著頭，試圖強忍湧上的怒火，但金振泰的最後一句話還是讓他忍不住發飆。

「他連半點實力都沒有！如果要讓這種出一張嘴的宋奇允當副院長，那你早點說一聲不是更好嗎？至少不會讓我的誠意相形失色吧！」

既然都讓這份誠意相形失色了，那就應該把錢還回來才合理，勝範可不能放任對方就這麼吃乾抹淨，因為那是包含傳貰金[1]在內，他到目前為止所存的錢。生氣的宋奇允推了一下勝範的肩膀。

「少得意了你，你以為你醫術很好是吧？這是你只在乎你自己，根本不在乎其他人才會有的想法！世界這麼大，比你厲害的傢伙滿坑滿谷，你父母到底是怎麼把你養大的啊？喔對，你應該也不懂啦，畢竟你沒有父母嘛。」

勝範原本是打算把錢討回來，像之前一樣繼續認真看診，等著下次機會到來……但宋奇允的最後一句話才剛講完，他就立刻朝對方臉上揮了一拳。

啊！有人發出悲鳴，但實在分不出這是往後翻滾了一圈的奇允的哀嚎，還是因為突然清醒過來的勝範內心發出的驚叫，但勝範現在可以確定的一件事情是「靠，完蛋了。」

◇◇◇

「喂！你有聽說勝範醫師揍了奇允醫師的事嗎！」

勝範揍了副院長宋奇允一拳的事立刻在醫院傳開，午餐時間，護理師們吃飽飯去買咖啡時都用這起事件當作聊天開頭，一開始只有聊天群組捎來的一句簡短訊息而已，但現在已被加油添醋，傳得沸沸揚揚。

「我早就知道他會闖大禍了，他這段時間這麼執著他的績效耶。」

「肯定是因為嫉妒我們奇允醫師才會這樣啦，他這麼完美，比勝範醫師更帥、還是金湯匙、個性又這麼溫柔，是因為這次連副院長的位子都被搶，才忍不住出拳的吧？醫院裡有哪個人不曉得他想要那個位子啊？他那種瘋子性格想也知道會怎樣，但我們奇允醫師那張帥臉居然受傷了，連我都心痛了。」

突然有人用力撞了一下說著這段話的護理師肩膀，這個動作也讓對方手上的冰美式灑了出來，浸濕制服胸口處。在一陣短促驚叫後，路過的靜美這才驚訝地回頭。

「天啊，對不起！我有急事要趕，抱歉抱歉！」

她又伸手把原本濕掉的部分搓得更大片，護理師皺著臉甩掉她的手。

❶ 韓國特殊繳納租金方式。房客無須每月繳納租金，但需將房屋價值三至九成的大筆押金付予房東，租約到期可全額取回，房東利用傳貰金賺取利息或進行投資。

「妳是故意的吧！」

「哪是，我何必啊？但妳有多帶衣服嗎？沒有的話我借妳吧？我總覺得我以後可能也穿不到了。」

「什麼意思？算了吧！」

「是嗎？那我還有事先走了，抱歉。」

「喂！」

靜美笑嘻嘻又毫無留戀地轉頭，護理師氣得又叫住她，身旁另一位護理師制止了她。

「就當踩到大便啦，她跟勝範醫師是好朋友嘛，都說是物以類聚，她也不是普通的狠毒。但還真是不一般啊，竟然還說不是故意的。走吧，我借妳制服。」

1 新出發

春天的陽光刺熱，甫生新葉的草木風景看起來還很荒涼，一台賓士跟在載滿行李的卡車後面，從八線道到四線道，再從四線道變成雙線道，路也越來越窄。整條路都看著老舊卡車屁股的勝範解開勒緊脖子的領帶，自從熟悉的都市高樓和塞滿馬路的車輛風光消失，他的心就開始感到鬱悶。看向這側只有山，看向那頭又只有田地，看到偶爾出現的農舍，他感到一陣眩暈，他搖下車窗讓外頭的冷空氣進來，把車內的混濁空氣掃蕩一空。

「山勢不錯，水質清淨，適合居住的城市，雨華。」

一個男人含著笑的聲音乘著風傳來，勝範突然想起一個以前認識的人，這又讓他一陣頭暈。他又把車窗關上，坐在副駕偷瞄他的澤榮開了冷氣。

「才春天就這麼熱了啊，妳說是不是啊，靜美？」

澤榮刻意向在後座低著頭的女人搭話，但卻沒有聽到回答，轉頭才發現靜美正在打盹。明明從車子開上高速公路，她就一路喋喋不休地說感覺很像要出去玩，還說哪個休息區的什麼食物好吃，所以一定要去。勝範再次在寂靜中嘆氣，尷尬的澤榮拿起手機，已經離職的第一韓方醫院員工群組累積的紅色數字非常驚人，一則傳到群組裡的新聞引起騷動，好奇的澤榮點開連結，看到標題的他倒抽一口氣，正在開車的勝範目光也轉向澤榮手上的手機。

知名癌症專門韓方醫院的韓醫師，
想靠賄賂獲得副院長之位？

用粗方體顯得更醒目的標題，每個字在勝範眼前漂浮盤旋，霎時，對向來車按了一陣很長的喇叭。澤榮嚇得大叫並緊抓安全帶，同樣也嚇一大跳的勝範趕緊旋轉方向盤，才把跨越中線的車子拉回正軌。正當車子好不容易才從搖晃之中回到原本車道上時，勝範直接煞車把車子停在路邊。

澤榮因為這接連的猛爆式駕駛而緊閉眼睛，開始唸起了主禱文，中間還混雜著一些髒話和懺悔。

「怎麼了嗎？」

從睡夢中醒來的靜美拍拍還在自言自語的澤榮肩膀，詢問勝範，勝範搶過澤榮手上的手機代替回答。

知名癌症專門韓方醫院的韓醫師，
想靠賄賂獲得副院長之位？

一邊滾動頁面閱讀新聞的勝範看到經馬賽克處理的照片後摀住了嘴，這任誰看了都知道是他，在後座探頭一起閱讀新聞的靜美也嘆了口氣。

「根本是打定主意要讓行賄的人在這行完全沒有立足之地，不是啊，只有給的人壞嗎？收了錢還裝死的院長才可惡吧！世間萬物的基本就是GIVE AND TAKE不是嗎？都難過到要活不下去了，這照片又是為什麼不選好看一點的，選這種土氣的證件照是什麼意思？」

靜美的聲音在勝範聽不清楚的耳畔迴盪著。

「也不想想這狠毒的傢伙是怎麼進那家醫院的。」

靜美喃喃自語了幾句，這回是澤榮拍了她肩膀，要她別再說了。靜美坐回原位，靠著椅背，外頭吹著讓人起雞皮疙瘩的寒風，勝範關了冷氣。他從後照鏡看到靜美陰鬱地盯著自己，車子再次出發。

勝範和靜美在第一韓方醫院以醫師和護理師身分共事五年，雖然靜美總說勝範狠毒，但其實她自己也是個不亞於勝範，非常直言不諱又毒舌的人。也因為她那與眾不同的正義感使然，在勝範轉述院長說的那些話時，她反而比勝範更生氣。醫療人員是專業人員，並不是服務業。雖然在這席話前面還有說些「很沒禮貌、只管自己死活、被物欲遮蔽雙眼」之類的這種損勝範的話，但勝範很清楚，這些並不是抱持著不好意圖所說的話。

在靜美欣然決定要跟著勝範下鄉時，勝範猶如獲得千軍萬馬。當然這件事是建立在會給予合理薪水的前提下才成交的，但以一擋百的靜美如果願意留在他身邊，要賺到錢肯定是很容易的。再加上她還用「提高月薪，包吃住」的條件，把韓方醫院裡能幹的男助理護理師尹澤榮拐來，在那之後勝範就決定，不管靜美說什麼，他都會聽從，現在就是那個時機。

車內又變安靜了，澤榮精疲力盡地閉上眼，只看著前方的勝範突然想起宋奇允，這一切都是因為那傢伙的關係。

到底為什麼好端端地要扯到父母啊？雖然勝範個性會這麼扭曲確實跟他離婚的父母有關，但聽到那個媽寶這樣講，實在讓他很不舒服。遇到好父母的傢伙，人生只需要直直向前走自然是康莊大道，但勝範的人生就是充滿著苦難與逆境。

勝範小時候就因為父母離異，在祖母膝下長大。當時的爸爸凌晨出門，深夜回家，要說是家人，比較接近室友的感覺。媽媽的話……因為錢的問題老是跟爸爸吵架，因為錢就拋棄自己又離婚的媽媽，最後跟一個美國叔叔交往，也移民了。雖然他偶爾會想起媽媽那個摟著自己，說自己是世界上最可愛的孩子的懷抱，但畢竟當時他的年紀太小，分不清那是現實還是夢境。

小時候的勝範常跟著奶奶去韓醫院，有寬敞的院子，以及整整齊齊的韓屋，看起來真的非常氣派。因為太氣派了，還曾出現如果住在這種金碧輝煌的地方，媽媽應該就不會拋棄自己的確信。反正就是因為這段記憶延續至今，才讓勝範選了韓醫學院，也合格了。他抱持著韓醫師也是醫師，應該也能賺很多錢的念頭用功讀書。扣掉剛入學那時候，他可從沒錯過第一名的位置。但他在畢業後才知道，其實一切都要靠錢跟「靠山」。原本還滿懷希望，以為自己只要努力讀書，拿到那張韓醫師執照就能賺到錢，結果不懂人情世故的他，也未免太過不懂了。他多的是有父母的韓醫院可以繼承，或是能靠著人脈進韓醫院的朋友，結果他自己卻只能進入首都圈外圍的韓醫院而已。勝範雖然不曾錯過第一名的位置，但他既沒有開院資本，就算想進知名韓醫院，也沒有半個可以幫助自己的人脈。

話雖如此，但也不能坐以待斃，勝範必須爬到更高的地方，爬到能擁有金錢和希望的地方。如靜美所言，勝範為了進第一韓方醫院是用盡了各種手段，為了讓經歷變得華麗，就算只是小病也會開出藥效強烈的大量藥材處方，一有錢就會去找在第一韓方醫院上班的醫師應酬，累積情分，用昂貴的禮物和高昂的酒水費用，以情分之名招待了那些人，既然沒有「靠山」和錢，那就自己創造吧。

就這樣，勝範終於進了目標的第一韓方醫院，在這裡當了幾年的韓醫師，為了晉升並獲得權位，也想多賺點錢，他盡可能湊足了錢向院長行賄，結果這院長居然收了錢讓別人坐那位子？然後還炒了自己？勝範緊抓著方向盤的手發出了嘎嘎聲。

「我一定要用名醫的身分回到首爾！」

凌晨出發，抵達全羅南道雨華市時已經是中午了。雖說是市區，但最高樓的建築也不過三層樓高，蔚藍的天空也因此顯得特別高。雙向街道上人煙稀少，勝範把車子停在已停下的卡車後面，一樓是五金行的建築物算是相對新的建物，下車的靜美因為身體僵硬伸了個懶腰，澤榮碎步上前，協助卡車上正在卸貨的人們。

勝範彎腰看著二樓新掛上的招牌，潔白招牌上用認真的標楷體寫著「勝範韓醫院」在正午豔陽下閃閃發光。勝範申請貸款在這棟建物二樓開了一家韓醫院。雨華市沒有在城市裡隨處可見的韓醫院，他要以獨佔市場的韓醫院之姿，好好敲詐這些老人的錢。成為名醫後要在第一韓方醫院旁開一家規模更大的韓醫院，把對方的病人搶走，成為世界第一的韓醫院！

勝範看著後照鏡整理頭髮，深呼吸一口氣。接著把原本亂糟糟的領帶束緊，整理鬆掉的名牌西裝。

「我可以的！」

用那點空話去同理病人？連宋奇允都做得到，那自己肯定也能做到。再加上精湛醫術，鐵定很快就能成功。勝範做好重新出發的決心下車，關上車門，把原本皺在一起的服裝攤平，結果冷不防被潑了一身冷水。

◇◇◇

今天很特別，素晶一如既往地早早起床，打開韓藥房的燈，紮起灰白的頭髮，換上改良韓服，再披上一件外套，解開木門上的鎖，出門上街。清早的濃霧讓她看不清前方的路，在散發潮濕土味的晨霧裡，發出白光的路燈探出頭。呼，她吐出一股充滿鬱悶的氣息，白煙劃過晨霧。她朝著對面路燈的燈光繼續走，抱持著預防萬一的心態又多走了一點，抵達市區的盡頭，溪邊。雖然因為晨霧的緣故看不清楚，但水流聲相當大，她的心裡依然悶悶不樂，好想大聲喊叫。

但素晶卻不發一語地轉頭踏上來時路。

回到韓藥房的素晶把脫下的外套丟在橘黃色沙發上，接著打開所有稱得上是門窗的東西。屋裡沉積的韓藥材味道被風捲走，風勢掃過藥房各處，氣味一掃而空。素晶用乾抹布把裝著韓藥業者證照的相框擦乾淨時，突然湧上一股煩躁，做這些到底有何用？素晶將抹布丟在地上，走進廚房打算吃飯。

最近正值插秧季節，所以客人也少了，在相當空閒的此時此刻，看著朋友孔實盯著她打開的電視哈哈大笑，那陣笑聲輕浮得讓人不自覺皺眉，孔實的腳邊滿是米香碎屑，亂七八糟。

「妳就不能吃得乾淨一點嗎？」

就算被罵，孔實依然看著電視，接著把一片對半折的米香塞進嘴裡，電視上的男人一講話，又是一陣哈哈大笑。

「妳乾脆進去電視裡算了，去啊！」

素晶咂舌說道，拿起放在角落的掃帚，穿過沙發打開窗戶，外頭聽起來比平常還要吵雜。停在韓藥房對面的卡車上有一群男人正在搬運看起來挺重的機器。素晶探頭往上看到二樓新開的韓醫院，看到「勝範韓醫院」幾個字更讓她的胃裡發脹。

孔實踩著拖鞋，拖著腳步走到素晶旁邊，探出她的捲捲頭沿著素晶的視線方向看去，男人們一起扛著一台機器，正在走上狹窄的樓梯。

「哼，過不了幾天就會死的人還真多事。」

孔實嗤之以鼻地調侃，她實在看不慣素晶。

『留戀鬼。』

因為素晶一直覺得胃很悶，消化不良，忍了好久才總算吃了一次消化藥，然後又因為腹痛更加嚴重，才去市區醫院和首爾大學醫院接受多次檢查，並得到癌症末期的宣告。因為癌細胞已經轉移，醫院建議她接受抗癌治療，但她拒絕了。當素晶雲淡風輕地把這番話告訴孔實時，她實在感到荒謬無言到了極點。素晶的工作是什麼？是韓藥業者，是韓藥房老闆，會賣藥給那些因為生病而來的人，不斷叮嚀別人按時服藥，要好好照顧身體的人卻罔顧自己的健康。都說和尚難剃自己的頭，還真是只能替他人解決問題，卻解決不了自己的事，一點也不好笑。

孔實用瘦削的手指在夾在腋下的米香袋中翻攪，拿出一片圓米香折成一半，塞進嘴裡，回到原位一屁股坐在老舊沙發上，揚起一堆灰塵在空氣中飄浮。

「聽說他之前是在首爾很有名的韓醫師耶，是不是很慶幸啊？要是以後沒了雨華市韓藥房，還可以去那裡看病。」

孔實說著不知道去哪聽來的消息，尋找最舒服入座的姿勢不斷挪動身體，隨之而來的就是沙發的吱嘎作響。

「隨便他。」

素晶沒有認真聽那句話，繼續剛剛暫停的清掃工作。掃帚通過孔實腳底，掃除她腳下的米香碎屑。飛揚的花粉和松香粉很快就讓韓藥房變髒，於是她又開始早上本來要做卻沒做成的拖地。在大臉盆裡裝滿水，不斷清洗抹布，把藥櫃和層架擦得一塵不染。她趴地擦了好久，腰跟膝蓋都在發痠，瞄了一眼才發現，孔實腳下又因為米香碎屑髒了。

「吃得克制點吧，臭婆娘！」

「妳不是叫我想吃就吃嗎！」

孔實不甘示弱地頂嘴。

「看到人家打掃得很辛苦，就算是演一下抱歉，也該暫停了吧？直到最後都還在吃，撐死妳好了！」

在韓藥房裡臭罵一頓的素晶把洗抹布的水往馬路方向一潑。

就在此時——

「啊！好冰！」

沒看外頭狀況就用力潑出去的水讓勝範成了一身落湯雞，嚇了一大跳的素晶把大臉盆丟在地上。

「唉唷！怎麼辦！真的很抱歉，我不知道有人在。」

她衝上前去，用綁在脖子上的毛巾擦拭勝範濕掉的衣服，正在甩水的勝範甩掉那隻手，臉上充滿著煩躁。

「不是啊，怎麼能在人來人往的路上潑水啊？」

舉起手臂聞了聞濕透的衣服，勝範叫出聲，立刻挪開鼻子。慌張的素晶又用手上的毛巾擦拭他的衣服。

「雖然是擰抹布的水，也不至於這麼臭才是啊。」

「妳說什麼？妳現在是把擰抹布的髒水潑在我身上嗎？」

勝範的怒吼聲嚇得素晶張大嘴，他的臉氣得通紅。

「現在是怎樣？在我的前途鋪一條紅地毯都來不及了，居然還用廢水觸我霉頭？」

素晶完全無法理解眼前氣得脖子都冒出青筋，大吼大叫的勝範。她都已經道歉了，有必要這麼目中無人嗎？這陣吵鬧聲讓五金行、水果店、洗衣店和金銀店的老闆都出來了。

「高老闆，發生什麼事了？」

他們都走到素晶身邊，原本在韓醫院整理行李的靜美和澤榮也因為勝範的聲音跑了出來。看到勝範指著看起來是老奶奶輩的素晶大罵，靜美嚇得趕緊拉住他的手臂。

「院長，請你冷靜。」

聽到這句話，原本張大嘴的素晶看了看二樓韓醫院的招牌。

啊哈，原來這沒禮貌的傢伙就是那個首爾出名的韓醫師嗎？什麼前途鋪一條紅地毯？一看就是個油腔滑調的傢伙，連個性都這麼糟糕，這家韓醫院的未來還真是光明喔！

素晶單手扠腰，另一隻手指著勝範的鼻頭。

「只不過是被一點髒水潑到就這麼盛氣凌人，看來是想揪著我這老人家的領口罵嘍！我付你洗衣費不就得了嗎！」

一旁聽到這句話的洗衣店老闆拉拉素晶衣角，呵呵笑著在她耳邊輕聲說：

「高老闆，那件衣服是真的很貴的名牌，非常貴。」

雖然因為這句話暫時僵住，素晶依然甩掉了對方拉著自己衣角的手。
「我付啦！」
然後繼續指著勝範大罵。

◇◇◇

回到韓醫院的靜美坐在堆滿行李的等候室椅子上。
「可惡！」
靜美怒瞪著跟在後面進門，把西裝外套和領帶解開丟在地上的勝範。煩惱著要不要把濕了一半的襯衫也脫掉的他，注意到了靜美的視線。
「幹嘛？」
「你是真的瘋了嗎？不想賺錢了嗎？初來乍到的新人對左鄰右舍示好都來不及了，居然還吵架？甚至還是跟對面的老奶奶？你是認真還想回首爾嗎？」
「不是啊，是那個老奶奶潑了我一身洗抹布的水，明明就是對方的錯，我生氣也是理所當然好不好！」
「你覺得別人會怎麼想你啊！」
靜美破口大罵。
「肯定會說那家醫院的院長超惡毒，不要去那裡吧？哇，好開心喔，看來我們很快就可以回首爾嘍。」
澤榮拿著墊子穿越兩人間說道：
「怎麼有辦法在韓醫院都還沒開門的時候就鬧事啊？都已經因為脾氣太差，輸給宋奇允了！」
「誰輸了？是我打了他一頓！」
「所以才被炒魷魚啊！」
因為靜美這番話，勝範閉上嘴，她一邊嘆氣，一邊鬆開紮起來的頭髮。
「隨便啦，既然要這樣搞，那你幹嘛帶我們來？你只學宋奇允的一半也好，快去跟對面老闆道歉！」
「我為什麼要？」

心。

「所以你打算這樣爛下去嗎？」

勝範再次閉嘴。怎麼做都不對，讓他的臉抹上一片茫然，真是沒有半件事順心。

2　素晶韓藥房

幾天後——

澤榮站在等候室轉動著眼珠，他站在白色大理石地面和黑色皮革沙發之間，找到那個劃破寧靜的聲音，在凝重的靜默之中出現的那一點小小聲音，讓他的眼睛和身體都開始動作。

「找到了！」

澤榮拿著成捲的報紙朝空中比劃，一隻蒼蠅敏捷地飛向日光燈也不覺得刺眼，然後鑽進了報紙縫隙間。雖然觀望了一下，但牠似乎沒有要出來的打算。坐在櫃檯滑手機的靜美看著他這個樣子，忍不住嘆氣。

「澤榮，你如果這麼無聊，就去外面發傳單吧。」

澤榮回頭看向櫃檯那一疊堆得高高的傳單。

「我實在忘不了分送年糕時被各家老闆漠視的感覺，那個陰影太大了。」

「可惡。」

靜美瞪著那扇關得緊緊的院長室房門，一直叫勝範去道歉，結果開院都過了幾天，勝範還是沒去跟對面韓藥房老闆道歉，反而還收了人家給的洗衣費。看到那個場面就連她本人都覺得詫異，鄰居老闆們又會怎麼想呢？不用想都知道街坊間會怎麼流傳，所以韓醫院也如同她的預期，沒有半個病人。

「連一個病人都沒有，不覺得有點衝擊嗎？」

「我看他就是要徹底完蛋才……都已經到這地步了怎麼還沒清醒啊。」

靜美翹起嘴，澤榮手臂抵著櫃檯，小心翼翼地詢問：

「不是啊，就當我是因為相信妳說這裡薪水不錯才跟來好了，但妳為什麼會跟著勝範醫師來啊？你們倆該不會是那種關係吧？」

澤榮是真的很好奇，從靜美提議時就一直很想問了，只是感覺這不太禮貌才一忍再忍，直到現在才問是因為好像看到了這家韓醫院的盡頭，而且也想明確知道靜美的心態為何。但雖然他鼓起勇氣提問了，靜美那張皺成一團的臉讓他覺得自己問錯題了。

「澤榮，你這話就過分了，我又不是瘋了或吃錯藥？你是怎麼想的才會問這種問題啊？」

因為靜美一臉嚴肅地破口大罵而慌張的澤榮，舉起雙手要她冷靜，她氣得站起身，澤榮趕緊抱起櫃檯那一大疊傳單，他想要脫離此時此刻這個狀況。

「我去發傳單。」

正當他手忙腳亂趕著出門時，有人開門了。叮鈴，掛在門上的鈴鐺響起清脆的聲音。哐啷啷，院長室傳來一陣東西掉落的聲音，勝範走出房間。雖然他一直嘴硬，但看來他內心也對沒有病人感到焦急吧。他碎步走到櫃檯旁，站在靜美身邊，澤榮也趕緊跟上站到他旁邊。他們對著走進門的中年女性，一起畢恭畢敬地雙手交握，彎腰問候。

「歡迎來到我們的韓醫院，這邊請。」

勝範甚至是面露微笑說出這句話，稍微有點虛偽的感覺，是因為不久前靜美建議他學學宋奇允那番話還放在心上的關係。雖然這表情看起來有點誇張，但中年女子所說的話制止了接下來還試著以優雅動作引導的勝範。

「什麼，這裡不是素晶韓藥房嗎？」

「這裡是勝範韓醫院。」

靜美糾正對方，對方表情變得凝重。

「我是聽說那裡很會看病才從很遠的地方跑來的，結果跑錯了。」

聽到病人所說的話，勝範搖搖手，看來這位病人還不太了解。

「不是的，我也是個在首爾知名醫院工作過，挺有名氣的韓醫師，先讓我診脈看看是哪裡不舒服——」

「不好意思。」

病患無情地打斷勝範的話，匆忙離開。洩氣的靜美和澤榮垂頭喪氣地回到櫃檯，澤榮將原本抱在懷裡的傳單放回檯面上。勝範因為湧上一股恥辱而怒瞪地上，從敞開的窗戶照進來的夕陽緊黏著地面。嗡嗡嗡，還以為應該又是持續了好幾天的耳鳴，結果是腳尖有隻蒼蠅在盤旋，勝範咬牙切齒地走到窗邊。

位於韓醫院對面幾乎快倒塌的平房，泛黃的招牌只剩線條外框的字體，「素晶韓藥房」，那個跑錯地方的女人踏進敞開的大門，接著是爺爺奶奶們邊聊天邊走出來，然後其他人又進了韓藥房。絡繹不絕的患者，那些人都是錢啊！只要沒有那個地方，這些人跟錢就都會是他的。站在窗前的勝範因為忌妒而胃裡發酸，他揉了揉肚子。砰！韓醫院的燈突然全暗了，突如其來的停電就像是被澆了一盆水的火，他的憤怒冷卻下來，不禁開始哀嘆起自己的身世。

「喔？停電了，要叫人來修嗎？」

不明白那份心情的靜美拿起手機，勝範阻止了她。

「別叫人了，那都是錢。」

勝範脫下醫師袍，鬆開領帶，一邊碎唸著今天又做白工，找出工具箱。

「我來幫忙。」

澤榮打開手機的手電筒，把燈光照向配電箱，勝範拿出十字螺絲起子，他扳起開關又往下扣，然後用螺絲起子尾端四處亂戳，這些舉動讓澤榮皺起眉頭。

「你是會修才這樣弄的嗎？」

「這種東西都很簡單啦，接觸不良啊！你看。」

勝範指著不知道從哪裡掉下來的電線說。

「這代表什麼？重新接上就可以了，幹嘛因為這點小事叫人來修？」

「是，你說得對。」

勝範把螺絲起子丟回工具箱，用手指捏著電線末端，指尖稍感刺痛，接著有一陣非常強大的電流穿過身體。

「啊！」

「院長！」

不斷發抖的勝範身體因為被彈開而四腳朝天，砰！摔倒時，他的頭還撞到後方的展示櫃邊角，發出不小的聲響。原本在用手機看影片的靜美嚇得跑過來，澤榮根本抓不住已經失去意識的勝範，呆滯地站在旁邊，焦急地不斷呼喊著對方。

「怎麼了？」

「好像是觸電了！」

勝範的身體蜷縮起來，澤榮趕緊撥打119。

「天啊金醫師，快點起來！怎麼辦？是死掉了嗎？他都不動……醫院！要快點去醫院……把他揹起來！」

心急的靜美雖然想把勝範拉起來，但嚇了一跳的澤榮阻止她。

「這很危險！」

此時，勝範眼睛突然睜開。

「我不可能就這樣死掉的！」

勝範大叫了一聲，很不自然地撐起上半身。他詭異的行為讓靜美和澤榮緊靠著彼此，他過度扭動肩膀，他們也偷偷遠離了幾步。勝範瞪著充血的雙眼看向素晶韓藥房，原先因為停電而平息的怒火再次湧上。

「我不會就這樣死掉的！那裡肯定有什麼我不知道的秘密！」

「院長，你還好嗎？有沒有哪裡會痛？」

「妳覺得他看起來正常嗎？狀態看起來超級不好……」

躲在澤榮身後的靜美一問，澤榮接著回答，兩人都沒能抓住跳起來朝著門突進的勝範，互推著要對方跟上去看看，但卻沒有半個人真的跟上去。

◇◇◇

不知不覺已經天黑的街道上，路燈亮起，路上沒有人煙，原本還熙熙攘攘的街道跟店面在太陽一下山就淨空了。勝範直接穿越沒有車的馬路，街上唯一亮著燈的就只有韓藥房。雖然他氣勢凌人地走到店門口，但卻停下腳步，他探頭透過模糊的玻璃窗看向發出橘黃色燈光的韓藥房。剛剛還那麼多病人一下就都回去了，裡面空蕩蕩的，很安靜。

其實也沒什麼話要講，但勝範還是乾咳幾聲，推開了木門。一進店就聞到濃濃的韓藥材味，濃郁的陳皮味讓他想起小時候牽著奶奶的手去社區韓醫院的記憶，那家韓醫院內部就是長這個樣子。他穿過老舊的沙發，站在玻璃展示櫃前。聰明湯、消化劑、止咳感冒藥、祛痰劑、落髮藥等，疊在紙上的藥和塑膠包裝袋裡的湯藥上所寫的名字，看起來就跟老闆的個性一樣歪七扭八。他瞟了眼展示櫃後方半開的藥櫃，想找找看是不是有什麼特別的藥材，但看起來跟自己韓醫院用的藥材沒什麼太大差別。

「……不可以這樣。」

此時，辦公室裡傳來素晶的聲音，聽起來好像是在跟還沒離開的病人說話。勝範靜靜站著聽了一會，但沒聽清楚後面說了些什麼。他突然好奇對方問診的技術，是像騙子一樣很會天花亂墜嗎？還是像宋奇允一樣很會裝出同理心跟阿諛？在周遭徘徊一陣的勝範在確認四下無人後，躡手躡腳地走近辦公室。

他只探出頭，透過連接辦公室的窗戶偷看，辦公室的明亮度比等候室還低，被書櫃塞滿的房間內部可以看到一個背對著他的長髮女人，以及看著對方仔細說明的素晶。因為交頭接耳的聲音實在太小，勝範把耳朵抵著窗戶。

「請問有看到跟他差不多大，或是舌頭很長的孩子嗎？」

『是在講什麼啊？』

勝範相當疑惑，但又聽不清楚素晶的聲音，他把耳朵抵著冰冷的窗戶，窗框發出了細微聲響，此時，長髮女人立刻轉過頭來。

勝範覺得自己跟那個女人對到眼了，但那不是眼睛，蒼白的臉上滿是黏糊糊的鮮血，雙眼不曉得是不是被挖掉了，只剩黑色的洞。那個猛地轉過頭的女人彎下腰，用手臂撐著地面，咕溜地從椅子上滑落下來，接著擺弄一下手臂，啪嗒，充滿濕氣的手撐著地面，拖著身體朝著他的方向爬行。

張大嘴的勝範費力地倒退幾步，看到女人身體下面的勝範眼睛越瞪越大，因為泥巴水而髒兮兮的裙子下沒有應該要在的兩條腿。在他正想逃亡的瞬間，答答答答！快速擺動雙臂的女人追了上來，她伸出手，抓住勝範的腳踝。勝範使勁甩動被抓住的腳踝，結果對方細瘦的虎口一發力，他的腳再也無法動彈，女人抬起頭，用黑色眼窩看著他。

「呃喔喔。」

沒有舌頭的嘴裡發出奇怪的聲音。

「啊啊啊啊！」

勝範也搞不清楚自己是先尖叫，還是先閉上眼睛。

◇◇◇

勝範重新睜開眼睛，女人蒼白的臉龐靠近他的臉。

「呃喔喔。」

喉嚨發出的聲音感覺不是從口中傳出，而是從眼窩發出來的。勝範的嘴巴張到最大，大叫了一聲。原本還叫不太出來，感覺堵塞的尖叫突然就像湧泉一樣噴發。

◇◇◇

「呃啊啊啊啊啊！」

從位子上跳起來的勝範扭動著身軀，不斷嘗試拽開被女人抓住腳的手，但卻什麼都沒抓到，他這才睜開眼睛，注意到陌生的周圍。

雖然是春天，但晚上還是很冷，樺木暖爐上，正在燒開水的茶壺冒著白煙，自己則躺在床上，從空氣中的韓藥味研判這裡應該是素晶韓藥房。在回想自己為什麼會在這裡的過程中，想起他在昏倒前看到的鬼。他搓揉著身體再次湧起的雞皮疙瘩，安慰自己那只是夢，或是因為觸電才看到的幻覺。

「年輕的韓醫師小夥子醒啦？」

走進房間的中年婦女面露喜色，勝範看到這個一手拿著裝滿煮熟的馬鈴薯簍筐的婦女，想了一下該說什麼才好。反正自己就是個偷偷闖入的客人，但能說是客人嗎？是小偷吧，但有偷走什麼嗎？原本是想來偷技術的。

接二連三的想法讓他先是微微揚起嘴角，咬著馬鈴薯的孔實站在直勾勾盯著自己看的勝範面前，她在對方面前一下跑這邊，一下跑那邊，動來動去，一、二、一、二，甚至還喊著口號起立蹲下。勝範一頭霧水地看著這個突然在大半夜開始做體操的婦女，想說她是不是頭腦有點問題，但抱持著至少別去警察局的心情，他乖乖跪坐在床上開口道：

「那個……雖然我不知道妳是怎麼想的，但我剛剛是因為停電才想來討一點藥，真的不是要來這裡打探什麼的。」

孔實把手朝著講完剛想好的藉口的勝範伸直。

「是真的耶，這傢伙真的看得到我耶！」

「什麼？」

實在搞不懂眼前這位婦女在講些什麼，勝範只能眨眨眼。

「嗯，我的意思是——」

孔實把衣服掀開，露出肚子，她用手指撕開縫在蒼白肚皮上的黑痕，嘻嘻笑了起來。被拉扯的線一鬆開，剛剛才吞下肚的馬鈴薯就滾到地上。孔實一臉稀奇地看著勝範，還擔心對方眼睛瞪得這麼大會不會掉出來。

「你好，我叫尹孔實，但你是什麼時候開始看得到鬼的？」

「啊啊啊啊！」

孔實突如其來的問題讓勝範原地跳起，衝出韓藥房。

在黑漆漆的夜晚街道上奔跑的勝範不斷回頭，感覺鬼魂好像會立刻閃現並追上自己，想到此又讓他的背脊發涼。

「啊啊啊！」

勝範一邊尖叫，雙腿用跑百米只要十秒的速度狂奔，其中一戶人家養的狗群還對著他狂吠。跑到距離韓醫院有一點距離的家，勝範鎖上大門並敲了敲房門。當初因為時間緊迫，來不及各自找房子，所以決定大家都先同住一屋簷下。靜美和澤榮都走出各自的房間，進到客廳。

勝範對著一臉煩躁，坐在沙發上的兩人，毫無頭緒地說出他剛剛在韓藥房碰到的事，因為太驚訝又害怕，甚至還跑了起碼十年沒跑過的百米衝刺，導致他現在還是氣喘吁吁。

「是真的，那個女人抓住我腳踝的時候，那隻手冰涼到極點，我只不過是稍微閉上眼睛再睜開而已，有個叫尹孔實的大嬸一邊吃馬鈴薯一邊問我醒了嗎？然後又突然問我怎麼有辦法看到她。一開始我還想說她在講什麼，結果她突然露出肚子給我看，然後把她肚子的縫線扯開，結果肚子裡的馬鈴薯通通掉在地上，她是鬼！還問我從什麼時候開始看得到她！」

看著在半空中舞動雙手，不停踱步的勝範，靜美和澤榮面無表情。瞄了一眼雙手抱胸的靜美，澤榮率先發話。

「你喝酒了嗎？」

「是因為壓力才會導致腦袋變成那樣吧？」

靜美反而覺得勝範瘋了，一臉憐憫地看著他，勝範急忙在他們面前搖搖手。

「不是，真的是我親眼所見！」

靜靜看著因為沒有人相信的鬱悶而大叫的勝範，靜美突然拍了一下手。

「希望是真的有！這樣就能拍影片傳到YouTube上，就會紅了！」

如此一來，這個成天想著錢的男人會不會多看一眼自己呢？這是靜美將近五年的單戀，打算要告白才努力散發自身魅力，結果對方根本毫無興趣。這滿腦子只想著錢的男人，她已經單戀這個男人五年了！但她還想維持僅存的自尊，不想讓這份心意被當事人以外的人發現，所以在澤榮詢問時，她才會如此矢口否認。

「哪裡有鬼啊，才沒有。」澤榮潑了冷水。

「哪裡沒有？我媽說有。」靜美反駁。

「我媽說沒有啊，她在東大門開餐廳，說都會有人在晚上跑去店門口小便。她常常說都不知道鬼在幹嘛，怎麼連這種垃圾都不抓，我看她到現在都還在講這種話，應該是真的沒有鬼。」

勝範坐在沙發上，雙手掩面。

聽著兩人對話的勝範贊同靜美，世界上真的有鬼，而且自己並不是第一次見鬼了。小時候在父母離婚後，他也有好一陣子都能看到鬼。起初還以為對方是人，結果不知從哪個瞬間開始，對方就一直追著自己並折磨他。每次發作，奶奶都說是他體虛，所以都會帶他去社區的韓藥房，但從某個瞬間開始他就又看不到鬼了，勝範突然頓悟了什麼而抬起頭。

「是因為這樣嗎？是因為最近壓力導致體虛嗎？我是不是該吃點補藥了？」

◇◇◇

隔天——

勝範一到韓醫院上班就吃了一顆陳列在架上的拱辰丹，路過的靜美無言地說：

「還真不錯耶，反正也沒有病人，應該賣掉的藥就院長自己吃。」

「感覺不能再這樣下去了。」

「你現在才知道嗎？」

「找點留言水軍吧，李護理師！不要光顧著看YouTube，也在部落格和社群平台分享，多寫一則評論也好！」

靜美心寒地看著他。

「才用這點招有用嗎？」

「自古以來，就是要用錢才能解決一切！相信我！」

勝範握緊拳頭，拍拍胸脯，不知道是哪來的自信讓他這樣得意洋洋還抬起頭，把鼻子挺得老高，靜美感到一股莫名的不寒而慄。勝範在首爾也只有醫術好而已，他從來不會對病人親切。她原本還天真地以為對方至少可以做做樣子，結果來到雨華市之後卻表現得跟平常不同，反而更加敏感。也不曉得是不是還沒認清現實，所以每當他想做什麼事情，都會讓靜美感到不安。

這次又想在這裡，闖什麼禍呢？

3　五金行門口的小孩

勝範前往韓醫院建物一樓的五金行。

「你好。」

「歡迎光臨。」

在凌亂堆積著各式物品的地方整理庫存的男人打了招呼，在他一確認進門的人是勝範後，就撐起了那熊一般的大塊頭身軀。勝範在架上隨便拿了一個盒子，推到雙手抱胸，一臉不悅的老闆面前，他後來才知道那是防火門的把手，其實沒有要用，他真正需要的是其他東西。

「請給我這個。」

「九千元。」

「可以刷卡嗎？」

勝範從皮夾裡掏出一張信用卡，老闆粗厚的手搶過卡片，隨意地把卡插進機器。觀察著對方臉色的勝範悄悄開口：

「我對這裡不太了解，請問這裡的地方聞人是誰？」

「地方聞人？」

「就是在雨華市裡有很大影響力的人。」

「我也知道這詞是什麼意思，我意思是你為什麼要問這個？」

「想說打聲招呼，剛來這邊就發生過不太好的事，想問問他的意見。」

老闆把信用卡還給勝範，一臉懷疑地上下打量他。

「我是覺得韓醫師你應該先去跟高老闆道歉，事情才會比較順吧？」

「這是當然，只是因為當初吵得臉紅脖子粗，所以才想請聞人幫個忙，畢竟我也不是只想在這裡工作一兩天而已。」

老闆的視線從勝範身上轉移到外頭路過的老人。

「欸！居然這麼剛好，你跟我來吧。」

大步走在前頭的老闆身軀好不容易才擠過狹窄的通道，勝範趕緊拿著櫃檯上的盒子跟上，走到外頭的老闆指著那個正在過馬路的老人。

披在瘦小身軀的那件老舊西裝外套讓人懷疑是不是大得太過誇張，對方每移動一步，外套就會飄揚個不停。從已經束得緊緊的腰帶還留有好一段尾巴來看，應該是年輕時體型相當不錯。老人一隻手臂抱著一個大罈子，另一隻手則緊壓著蓋子。

「就是那位，住在笠洞里的張英浩老先生，雨華市東側的笠洞里和附近一帶土地都在他的名下，雖然現在因為他的子女在首爾創業，已經賣得差不多了，但因為他個性很好，大家都會遵循他的意見，他每天都會像這樣抱著罈子繞市區一圈。」

「那個罈子裡是什麼？」

「嗯？夫人的骨灰。」

「什麼？」

勝範嚇了一大跳，老闆一副早就預料到會是這個反應的樣子，哈哈大笑。

「在韓醫師眼中可能會覺得這個舉止很詭異。那是因為他年輕時老讓夫人傷心，有很多事都沒能為對方做，在夫人離開後心生後悔，從此開始每天這樣繞。夫人當初明明那麼想去逛市場，為什麼當時都不讓她來呢？聽高老闆說，老先生以前偷偷跟十字路口的茶房老闆交往過，所以才會這麼心驚膽戰不讓她來吧。但看他現在還是很後悔，每天都這麼做，應該沒有另外的對象才是，你覺得呢？」

『人都已經死了，還做這些事有什麼用處呢？這都只是自我安慰而已。』

路過素晶韓藥房的張老先生咳了幾聲，在店門口吐痰。勝範抬頭看向五金行老闆，感覺他那龐大身軀好像也震了一下。

「雖然他個性是很好，但跟高老闆處得不太好，夫人生前是跟高老闆很要好的。喔對了，都停電了怎麼不叫我，幹嘛自己修理啊？不是聽說差點出大事嗎？」

老闆一邊搔頭解釋道，又急忙轉移話題。

「什麼？你怎麼知道？」

「不然你以為那是誰修好的？」

那件事是誰講的其實也是顯而易見，他自己的韓醫院裡不就有兩個很多話的人嗎？

「這個也要我幫你安裝嗎？」

「沒關係，這點程度我自己可以的。」

「怕你會因為這樣不小心手受傷——」

勝範再次揚起嘴角，趕緊說了聲謝謝，斬斷這個話題。感覺對方是個比想像中更多話的角色，在不像道別的道別後，勝範準備上樓回韓醫院時，突然蹦出一個男孩子，孩子一撞到勝範，就往後摔個四腳朝天，然後嚇得雙手摀住臉，嘴裡唸唸有詞。

「什麼都……拜託。」

因為發音不標準，所以勝範很疑惑。

「你說什麼？小心點啊。」

孩子的臉上毫無感到疼痛的表情，他看了勝範一眼。

「一個男子漢可不能因為跌倒就哭，是個男人就要自己堅強地站起來。」

那句話讓孩子鬆開手站起身，勝範點點頭。

「別在這玩，去外面玩吧，要來這裡的話就跟父母一起來，知道嗎？」

說完也沒有要聽對方回答的勝範走進韓醫院，坐在櫃檯的靜美一臉喜色起身，碎步疾走到他旁邊遞出手機，想起不好回憶的勝範遠離了手機畫面。

「是什麼？這次又是什麼？」

「幹嘛這麼驚訝？我只是想說只找水軍留言哪有用，也順便一起做宣傳活動吧！」

「宣傳活動？」

「我看這家業者也有在做開業活動，掛個氣球、請主持人幫忙宣傳，還有小丑造勢，然後我們再分送傳單，既然要做就要這麼積極去做！」

積極說明的靜美這番話聽起來挺像樣的。

「那就隨妳安排吧。」

「真的可以隨我想要的方式安排嗎？」

隨便揮揮手表示同意的勝範走進院長室，關門前又轉身再強調一次。

「但是不可以太貴。」

「那還用說！」

靜美回答時目光仍固定在手機螢幕上，雖然她這個樣子看起來很讓人焦慮，但勝範還有其他要事要做。

◇◇◇

趕集的街道上一陣喧鬧，韓醫院入口前擺著氣球裝飾的拱門，音響設備前有兩個女人配合音樂起舞，身高很高的小丑歪歪扭扭地四處走動，在人們面前吹氣球，手中一陣扭轉，立刻變出一隻造型貴賓。開心的孩子們圍繞在小丑身邊，每個人都吵著要氣球，小丑也很識相地做了好幾只送給每個人。

勝範穿得一身氣派，走出韓醫院，手上的公事包看起來很沉重，正在分送傳單給路人的靜美看到他之後靠了過來。

「都這麼忙了，你要去哪裡？」

「我有重要的事情要處理，去去就回。」

「偏偏是今天嗎？」

靜美瞪著雙眼指著附近，露出「你都沒看到這裡有這麼多人嗎？」的眼神。勝範聳了聳肩。

「我哪知道是今天要辦啊。」

「我明明講過好幾次了！」

好不容易才打聽到張老先生的聯絡方式，甚至都約好時間了，但偏偏就剛好是今天。雖然勝範也想過要不要約其他日子，但當機會來臨就應該要牢牢抓住，特別是這又攸關自己的未來。勝範拍拍靜美的肩說道：

「雖然宣傳也很重要，但我現在要去辦的事情也非常重要，請妳諒解，我很快就會回來。」

「到底是要去哪啊？你要幹嘛？金醫師！」

勝範忽視靜美的呼喊，經過小丑身邊，走沒幾步又回到小丑身邊，搶走他手上那個看不出是什麼造型的紅色氣球。

「要給就要公平啊，他從剛剛就一直在伸手，你都沒看到嗎？」

勝範一邊碎碎唸，把氣球遞給那個在孩子們後面舉手的小男孩。不曉得是不是因為他比其他孩子更嬌小的關係，他就算伸手也沒被看見，所以小丑才會老是把氣球送給其他孩子。不久前在樓梯間遇到的那個孩子一跟勝範對到眼，就又再次用雙手遮住眼睛，勝範嘖嘖幾聲，抓住對方的小手讓他抓住氣球。看他這幾天都待在這裡，應該是五金行老闆的兒子吧，畢竟他爸爸也幫了自己一點忙，就當作禮尚往來吧。

小丑和孩子們都皺起眉頭盯著勝範，這些人幹嘛因為插個隊就這麼心情不好啊？

「快點幹活吧。孩子們，這位叔叔很快就會做氣球給你們的。」

隨便打了圓場的勝範踏上他的路途，暫時停在半空中的氣球隨著風飄走了。

4 張英浩老先生

「我有聽說韓藥房跟韓醫院大吵一架的事。」

一口氣喝光勝範買來的維他命飲料，把飲料放在桌上的張老先生舔了舔嘴，然後又從盒子裡拿出一瓶，打開瓶蓋。在張老先生這一連串的行為過程中，勝範掃視家裡，老舊的磚瓦平房，客廳只有老舊沙發、電視，和擺在櫃子裡的釀泡酒。關燈的廚房裡滿是亂七八糟的廚具和吃剩的食物，在勝範抵達前，張老先生還躺在半關的臥室門裡，床鋪也亂糟糟的，雖然有股酸臭味，但勝範還是揚起嘴角。

「那件事還傳到這裡來了嗎？」

「在這種安靜的小社區，那算是很大的騷動了，再加上這裡幾乎可說是集姓村，只要幾通電話就能知道昨天韓醫師做了什麼，甚至連內褲顏色都能知道吧？」

哈哈大笑的老人家牙齒掉了好幾顆，顯得很空洞。

「哎呀，原來是這種程度啊。」

雖然跟著陪笑附和幾句，但因為對方講得很逼真，還是讓勝範起了雞皮疙瘩。

張老先生繼續喝著飲料問道：

「但你有什麼事情才特地跑來這裡找我？」

「我想借助老先生的慧眼，因為我一時太敏感才會導致這麼大的誤會。當然這都是我的不對，不管發生什麼事都不該對長輩如此頂撞，所以我才想請老先生幫幫忙。」

「喔，需要我的幫忙嗎？但我這個待在房間一角的老人家可以幫你什麼？」

張老先生倚靠著沙發，雙手抱胸，他的每個動作都會讓沙發發出吱嘎聲響。

「我聽說老先生個性好，大家都會追隨老先生的話，可說是茫然的我唯一一道光，是我禮數不夠周到，貿然登門拜託了。」

勝範從帶來的公事包裡拿出一個信封，老人灰濛濛的眼神被推到桌上的信封袋吸引，從縫隙之間可以看到黃澄澄的鈔票。

「因為我這個人比較急，打擾了。」

「不會的，我可沒這麼想。」

張老先生拿起信封袋，對手中這個飽滿的厚度相當滿意，聲音也柔和許多。

「怎麼還準備這種東西啊。」

他看著信封袋內，哈哈笑著說。

要是靜美看到現在這個場面，肯定會揪著他的衣領說怎麼可以幹出這種用錢收買患者的非法之事，是想被吊銷執照嗎之類的話。但看到張老先生那充滿欲望的眼神，看來是不需要太過擔心了，賄賂收買人心這種事，失敗過第一次，可不會再有第二次！

「其實我也覺得韓藥房高老闆有點過分，我可以理解你的心情，就算你個性比較敏感，但我不用看也知道，會吵成這樣也是因為高老闆那個粗魯個性吧？那個人本來就很會冷嘲熱諷又傷人心。」

勝範大力點頭，這段時間有多少人對他指指點點，說他沒禮貌，但那些人都只是因為自己不是當事人，沒遭遇過那件事才會這樣講。今天要是換作本人遇到了，肯定都能理解他的心情。被抹布水潑到的時候！該有多煩躁、多不爽、多生氣！而且對方明明只要道歉就能了事，居然還先發脾氣？勝範完全不能理解為什麼大家都只對他說三道四，現在總算遇到一個可以理解自己的人，他的內心深處湧上一股真心的感謝。

「雖然相同行業開這麼近確實不太禮貌，但嚴格說起來，等級還是有所不同啊，更何況你還待過首爾知名醫院。你別擔心了，我只要打個幾通電話，這段時間累積的誤會就會解除的。大家都應該要懂你的委屈，也必須在像樣的韓醫院接受治療嘛。」

「真是太感謝了，不愧是張老先生。」

「沒什麼啦，跑來這種鄉下地方肯定很辛苦吧？噢天啊，瞧瞧我這禮數，居然沒拿點什麼招待客人，你就多多體諒一下吧，到了我這年紀實在很容易忘記一些細瑣的事。」

張老先生把縮起來的身軀伸展開來。

「沒關係的，我也馬上要走了。」

「就這樣讓你離開就太沒禮貌了，你稍等我一下吧，即便只是我們家小崽子下的蛋也帶一點走吧。」

「什麼？」

老人搖搖晃晃地走進廚房，勝範跟著他起身，要是又坐下來也有點奇怪，所以他就在客廳裡徘徊，興致缺缺地看著展示櫃裡陳列的釀泡酒，有沙參、人參，喔？

還有蛇啊？以前還在第一韓方醫院時，有個病人為了表示感謝還曾經拿過蛇酒來，雖然對方說這個酒護肝，能讓血液變乾淨，還能抗老化，但他實在是沒辦法相信，所以就把酒丟了。他搖頭晃腦地繼續往下看，看到中間有個好像在哪見過的罈子。

「啊，這是老先生抱著跑的夫人骨灰罈。」

看起來隱隱顯現青色光芒的白罈子旁有一張老照片，感覺像是去哪裡玩的大合照，站在中間的女人很眼熟，勝範瞇起眼睛盯著那張臉瞧，但照片已經太久了，感覺認識，又好像不認識。

「這是我們第一張，也是最後一張家族照。」

勝範嚇得抬頭，已經站在自己身旁的張老先生把黑色袋子遞給他。

「這是青雞蛋，我們家寶貝傢伙下的蛋。」

「謝謝。」

勝範一收下袋子，老人就伸直手摸摸罈子。

「我老婆嫁過來實在吃了很多苦，在想要男孫的家裡連續生了三個女兒，也被我媽媽罵了不少，但幸好最後還是生了兒子，待遇才變得好一些。但因為孩子又很虛弱，真的吃足了苦頭。我把家裡的事都交給她，自己跑去外頭，她內心肯定是很憋屈的，對吧？」

「嗯，感覺是。」

『我是在哪裡看過那張臉呢？』勝範心想。

「在老婆因為意外突然走了以後，我才終於清醒過來，早知道就對她好一點，裝殮時看到她只剩皮包骨的身體，我心都碎了，所以我現在才會不管去哪都帶著它跑，當作是老婆一直都在我身邊。畢竟她是個眼裡只有我的人，死後應該也還是會在我身邊吧？我這麼傷心難過，總能讓我再見到她一次吧？」

「原來如此。」

勝範點點頭，雖然這個故事他早聽過了，但還是覺得死後才想善待對方有什麼用呢？居然覺得對方死後還逗留在自己身邊？老人直勾勾地盯著他看，勝範感覺自己的內心被看穿，趕緊接著說：

「那個，我也不知道能不能這麼說，但老先生還真是寵妻呢。」

老人的嘴幾乎要笑咧到耳朵，哈哈哈，連眼睛都笑成一雙彎月，看來是很喜歡這個說法吧。

「那我就先告辭了，我真的會好好品嘗這個的。」

「好，事情就包在我身上。」

張老先生揮動那瘦削如樹枝的手，勝範手上的黑色塑膠袋發出了窸窣聲，事情感覺會很順利。老人非常露骨改變的態度讓他有了給多少錢就能獲得多少回報的確信。勝範踏出掉漆的大門，沿著高牆走著，然後他面前突然出現一個女人。

「你來這裡幹嘛？」

看到這個突然出現還大聲嚷嚷的女人，勝範手上的袋子掉到地上，是照片裡的女人，而且是素晶韓藥房那個把自己肚子剖開的女鬼？！！

「我問你來這裡幹嘛！」

「呃啊！」

已經好一陣子沒再看到鬼，勝範還以為自己都好了。

『不是吃藥之後就好了嗎？還是我應該多吃點？我的氣還是太虛嗎？為什麼會一直看到鬼？』

勝範對這不敢置信的現實感到驚愕，撿起掉在地上的塑膠袋拔腿狂奔，女人緊跟在後。

「呃啊啊啊！」

那張蒼白的臉嚴重扭曲，用一種要殺死勝範的眼神怒瞪著他。勝範完全想不到自己到底犯了什麼滔天大錯，在路上狂奔，甚至唸起根本不在記憶中的主禱文，還在胸前劃了十字，但鬼魂還是頂著一張蒼白臉孔追了過來。

◇◇◇

診間內，勝範掀起蜷縮著身子坐在旁邊的洗衣店老闆襯衫，看了他的側腰，一碰到水泡部位，中年男子就縮了一下身體，不斷發抖。

「我看這應該是帶狀疱疹，已經痛多久了？」

「應該是一週前吧？我在整理要洗的衣服時突然覺得有點刺痛，後來只要有動作就會越來越痛，還以為只是腫起來而已，是帶狀疱疹嗎？」

勝範放下襯衫，回到座位。

「對，建議要去內科會比較快康復。」

「我都來了，不能針灸嗎？」

「雖然能用針灸活化免疫系統，減緩疼痛感，但會比較慢。既然都來了，我先幫您針灸，結束之後要記得去內科看診。」

勝範呼喚靜美，走進診間的靜美帶著病人離開，看著對方的背影，勝範嘆了口氣。病人還是非常稀少，雖然多虧了宣傳活動和張老先生的介紹，會有人來看病了，但病人數比想像中少，幾乎是快要心疼起宣傳費和塞給張老先生費用的程度了。而且勝範還是一直都能看到鬼魂，那個阿姨女鬼感覺是要來抗議，甚至追到韓醫院門口，但只要有張老先生介紹的人來看病，她又會很不自在地離開。她那個每次看都令人難以適應的模樣，也每次都讓勝範忍不住打寒顫。

但話說回來，可不能一直這樣繼續花錢下去，貸款利息一直在繳，要用現在賺的錢支付員工薪水也有點吃力，幸好今天有個在首爾就認識的病人說他會過來看診。基於感激之情，勝範下定決心一定要比宋奇允看診時再親切幾百萬倍。

「為什麼大家都去那邊呢？」

一邊替自費購買的盆栽澆水，一邊喝著咖啡，看著窗外的靜美這麼說。勝範走到她身邊，看向對面的韓藥房，有好幾個人成群走著，當勝範看到人群後面時，他的眼睛瞪得大大的。

追在人群後面的男鬼攤開雙臂，手臂肌肉隨著他的動作也拉伸得越來越長。搖晃的手臂擦過試圖脫離街道的老奶奶的手，原本呆滯地看著前方的老奶奶嚇了一跳又回到人行道上。勝範想起自己被鬼抓過的腳踝觸感非常冰涼，老奶奶夾在人潮中，一起進入韓藥房敞開的木門。

叮鈴，電話響了。

「你好，勝範韓醫院。」

在櫃檯無聊翻動桌上物品的澤榮接起電話，說了幾次「是是是」以後，喚了勝範。

「是從首爾來的病人來電。」

勝範接起無線電話，站在窗前，話筒另一端傳來一個穩重的男性聲音。

「那邊離交流道遠嗎？我都開導航了，但看起來還要好一陣子呢。」

「應該不至於太遠才是，不要走地下道，有看到下岔路嗎？」

「啊，我看到市區了，是一進市區就會看到嗎？」

話筒那端傳來方向燈閃爍的聲音，勝範把上半身伸出窗外看向右側遠方，一台白色轎車正在慢慢開進來，距離越來越近，這才看到坐在駕駛座的男性，是那位病人。

「我看到你了，韓醫院在二樓，我正在揮手，有看到嗎？」

勝範朝著車子揮手，跟病人對上眼，對方也朝著勝範揮揮手。很開心見到對方而笑開懷的勝範看到坐在副駕的女性，長長的髮絲，面無表情坐在位子上的女人看到勝範也調皮地笑了，勝範被那個樣子嚇了一跳，試圖移動腳步時卻失去平衡。

「小心！」

要不是靜美反射性動作抓住勝範，他差點就要摔出窗外了。那個女鬼妨礙病人開車，轉動方向盤讓病人把車停在韓藥房前面，病人漏拿了手機就下車，接著一臉呆滯地朝著素晶韓藥房前進，而不是勝範韓醫院。

「喔？先生！」

勝範急忙跑下樓，一進韓藥房就在熙熙攘攘的人群間，發現了首爾來的病人。

「先生！」

勝範一把拉住對方手臂，病人嚇了一大跳。

「喔？金院長？嗯？我什麼時候待在這裡的？」

病人目瞪口呆地四處張望。

「可能是跟著人群進來了，這邊是韓藥房，韓醫院在對面。」

「原來如此，那我們趕緊出去吧。」

「請往這邊。」

勝範假裝沒看到那個在病人身後怒瞪自己的女鬼，但原本坐在電視機前面的孔實看到了勝範。一踏出藥房，走到韓醫院門口，走在前面的病人突然哈哈大笑。

「這根本是完全不一樣的地方，我未免也太迷糊了，反而對院長感到抱歉了，難道是被鬼附身了嗎？」

「別這麼說，第一次開這條路會累也是很正常的，我們先上樓吧，我已經準備好五味子茶了。」

跟著走在前頭的病人，勝範突然想起什麼又停下腳步，不管是剛剛或現在，要是真的如病人所言，大家都是因為被鬼魂迷惑才去韓藥房的話？

「喂，韓醫師小夥子！」

看到不知道何時跟上來的孔實，勝範嚇了一大跳，正當他轉身想逃，孔實趕緊接著說：

「我可以幫忙！」

這句話讓勝範停下腳步，一邊覺得這話很扯但還是不禁轉身，孔實看到勝範停下腳步，又上前一步，這又讓勝範退了一步。

「一隻鬼抵十個人！」

孔實又急著大吼，然後勝範又停下腳步，張大嘴巴。這句話是什麼意思？一隻鬼抵十個人？他看向被人跟鬼塞滿的韓藥房。

「高老闆幫忙把鬼治好，那隻鬼就會帶十個病人過來支付代價。」

「所以真的是鬼在迷惑人類嗎？」

「對啊你看，我不是已經在幫你了嗎？所以我們也好好談談吧，你不要只顧著逃。」

孔實舉起雙手要勝範冷靜，然後慢慢走到他面前。

「我完全可以理解你看到我們會產生恐懼心理，你以為我從一開始就喜歡自己這個樣子嗎？但你能看到我們的能力是原本就有的嗎？實在是太優秀了，可以看得這麼清楚，甚至還能對話。」

「這算什麼能力啊？說是詛咒還差不多。我小時候也曾經這樣過，但吃藥就好了，啊，難道是我抓藥的功力變差了嗎？」

勝範一邊後退一邊碎唸，孔實的眼珠骨溜溜轉動，這是吃藥就能處理的能力嗎？

「那你是什麼時候又重新擁有這個能力的？」

孔實的問題讓勝範想起觸電那天，那天是他第一次見到沒有腳的女鬼跟剖腹的孔實。

「第一次見到妳的時候吧？」

孔實雙手抱胸，搞不好是因為兩人有著類似能力，原本已經沉睡的勝範靈眼受到素晶影響才又甦醒，就像有些普通人在巫女身邊待久了也能感應到神氣，可以感覺到鬼魂存在那樣。

「如你所見，高老闆也有這個能力，你原本暫時失去的能力又回來了，我想這應該是上天的旨意吧？在雨華市裡竟然有兩個擁有靈眼的能力者，不覺得很驚人嗎？」

孔實鼓掌說完，勝範皺起眉頭。

「這話又是什麼意思？」

「雖然你說這是詛咒，但你好好思考一下吧，高老闆靠著這個能力把鬼帶進來，生意這麼興隆，你打算這麼浪費你的能力不用嗎？真笨耶，要在那邊趕蒼蠅趕到什麼時候？韓醫師你也要像她這樣賺錢啊。」

「所以妳才說要幫我嗎？」

「對啊！我也可以介紹其他鬼魂給你，幫你把去韓藥房的客人轉介過來，但是禮尚往來，你應該懂意思吧？」

來到勝範面前的孔實笑嘻嘻的，雖然這個模樣看起來有點恐怖，但要告訴他賺錢方法的那句話讓他發軟的腿又充滿力氣。他乾嚥了一口口水，跟惡魔交易就是這種感覺嗎？

「妳想要什麼？」

風陰森地吹起，在地上猶如灰塵般滾動著的白色蒲公英種子飛揚起來。

◇◇◇

「從首爾過來應該很累了吧？」

一進入診間，邊喝咖啡邊等著自己的張石鍾患者伸出手，勝範也回握了對方的手。

「不會啦，病人當然要跟著名醫走啊，多虧有您在首爾那陣子，我們一家人才變得更健康了。」

「夫人的口眼歪斜症狀怎麼樣了？我應該要負責到最後的，因為我個人不太名譽的事真是對不起你們。」

「已經好很多了，原本上揚的嘴角也回到原位，沒有知覺的臉部神經也恢復了。我今天是要來拿妻子平常在拿的藥跟我要吃的藥，我跟其他韓醫院真的不合，醫師……啊，現在應該是金院長吧？我為了找院長到底到哪去了，也費了一番功夫，哈哈。」

張石鍾患者是從三年前就在第一韓方醫院給勝範固定看診的老病人，每個病人都有各自俗稱「治療感」合拍的韓醫院，但要找到這樣的醫院並不是件易事。必須四處親身嘗試，如果試完覺得有點不滿意，就會覺得這家醫院跟自己不合，接著找下一家韓醫院。這類型的常客通常都會帶自己的家人、親戚、朋友等人來看診，或是會向他們介紹韓醫院，在春秋之際來抓補藥帖，或是有一點點不舒服就來拿藥。對勝範而言，這個張石鍾患者就是猶如他乾涸存摺的甘霖一般的財源。

「一隻鬼抵十人！」

突然，他想起鬼魂孔實的臉，要是幫鬼魂病人治療，他們就會引誘十個人類過來，這其實是很誘人的提案，勝範快速敲打著腦中的計算機，又想起孔實的臉孔，停止了動作，他乾咳了幾聲。

勝範打起精神振作起來，在張石鍾的手腕放上手指診脈。

「都來到這裡了，我會用我的誠意替您看診的，之前您說過後腦勺會有刺痛感的狀況，最近怎麼樣了？」

5 可以拒絕的提案

澤榮正在用電腦找工作。

「這沒用的。」

「別說這種話，真的有地方在徵人，薪水跟福利也很不錯。別再等了，妳也趕緊開始找吧，在這個明天倒閉也不意外的韓醫院，光靠著情面繼續留在這裡，小心連退職金都領不到喔，怎麼？要不要我幫妳一起找？」

靜美嘆口氣，放下手機，她的手臂抵著桌面，心寒地看著澤榮。

「我今年初才去找剛被附身過的知名花仙女算命。」

澤榮的目光離開電腦螢幕，用一樣心寒的表情看著靜美。

「妳相信那種東西？」

「她真的很準好不好！連我每個交往的男人都很窩囊又窮酸，都是我在替他們擦屁股的事都算到了。」

「看吧，我就知道你們倆在交往！我果然是被利用了！」

澤榮拍桌，被靜美巴頭的他哀號了一聲。

「我早說過沒有這回事了。但你這樣講也是啦，金院長好像也是這種型喔？反正那個仙女說我身邊有懂得操弄金和木的貴人，只要好好跟在那個人身邊，就能享受榮華富貴。金和木！會操弄這個的人還有誰？不就是金院長嗎！所以我也勸你先不要想著要隨便挪屁股換工作，再等等吧！」

「她真的這麼說嗎？」

「剛被附身過的巫女說的話是可以相信的！」

靜美非常用力地點頭說的這番話實在很有可信度，從面相來說，靜美的臉也是真的很讓人信賴的那種，所以澤榮也被她說的話給吸引了。他媽媽之前還再三耳提面命，要耳根子超軟的他不要隨便聽信他人，但現在這眼前的誘惑真的太強大，而且他之前好像也有聽說剛被附身的巫女真的都特別靈驗。他一邊揉著剛被打還在痛的頭，瞄了一眼螢幕上的求職網頁就關了。

「哎呀，歡迎光臨喔。」

勝範開門進來，聽到說話聲還以為他是跟病人一起進來，靜美和澤榮都起身迎接，恭順地將雙手放在肚子前，等著要問候。但門很快就又關了，想說應該會是吵吵鬧鬧地，結果勝範卻是對著半空自言自語，然後又像在演什麼啞劇一樣，鄭重打開院長室的門。靜美和澤榮看到勝範這個樣子，面面相覷。他們走出櫃檯，微微開啟院長室的門，卻看到勝範一直笑吟吟地自言自語。

「怎麼辦，感覺真的瘋了？」

「不會吧。」

澤榮否決了一臉欲哭的靜美所說的話，他才剛決定要相信靜美說的話也不過是幾分鐘前的事，現在卻無言到甚至哭不出來。

院長室裡傳來勝範充滿自信的聲音。

「請問你哪裡不舒服呢？」

就像007作戰一樣，勝範在素晶韓藥房前面，躲開了素晶和孔實的眼睛，拐了一隻男鬼回來。要說這個坐在院長室內桌子旁邊的男鬼不可怕是騙人的，乍看之下眼球突出得可怕，嘴唇好像被什麼東西咬爛了，皮肉還甩啊甩的。勝範努力讓自己眼睛失焦，緊緊抓住自己發抖的雙手。鬼魂病患不曉得有沒有看到他的狀態，但他一開口就因為被咬爛的嘴唇說話漏風。

「請浪那鍋撒了偶的傢伙富粗代價！」

嗯？這個年輕男鬼沒講自己哪裡不舒服，卻突然要勝範幫忙抓自己的仇家？勝範雖然有點慌張，依然乾咳幾聲後冷靜地說：

「先生，這裡是幫你針灸或開韓藥處方的韓醫院，所以要是你有哪裡不舒服，請跟我說。」

這裡不是警察局，但因為對方是鬼魂也沒辦法把脈診療，鬼魂不斷重複說著一樣的話。

「請幫偶解冤，這樣我久會好期來的，那歌韓藥方的老闆都似乓忙解冤，字好偶們的，這裡不也似幫偶們字療的地荒嗎？」

「那種事情哪叫治療啊！」

胡說八道！勝範氣得大吼，鬼魂的冤情？那是什麼東西？幫忙解冤就算治療嗎？太扯了！這鬼是在開什麼玩笑！

「如果要繼續講這種糊塗話就請你離開，這裡是治療病痛的地方，不是幫人解冤的那種地方。」

勝範正打算把男鬼趕出去時，對方的嘴巴翹了起來。

「你不幫我？那你也跟其他人類一樣！」

『什麼？發音明明很標準啊，原來不是因為缺了嘴唇，發音才會不標準嗎？』

韓醫院的燈光突然開始閃爍，男鬼的身體散發一陣黑暗氣息，他的臉變得灰暗並且兇狠。勝範遲來地發現自己鑄下大錯，但這種時候該怎麼辦呢？

「先生，請你冷靜……」

男鬼發出禽獸般的低吼，把房裡的所有東西摔在地上。鬼魂的身體逐漸擴張並填滿整個院長室，勝範貼著身體因為無法再擴張而扭曲的男鬼下巴，全身動彈不得。鬼魂的皮膚非常冰冷，感覺就像沾了漿糊般的黏稠。想盡辦法要逃離的勝範，眼睛和低頭看著自己的鬼魂紅色瞳孔對上，鬼魂扭動著下巴，張開嘴，在搖搖欲墜的嘴唇間看到一個黑暗的洞窟，勝範感覺自己就要被吞下去了，身體蜷縮成一團。

「嗚喔喔！」

男鬼對著勝範大吼，一陣強風震碎燈泡，原本好端端的玻璃窗也碎光了。

地震。

桌子和櫃子裡的東西通通掉在地上，靜美和澤榮緊靠著彼此，當地震像謊言一樣戛然而止，勝範目瞪口呆地大叫並縮起身體。

「院長……」

突然吹起一陣怪風，靜美和澤榮往後摔倒。哐啷啷！燈泡和玻璃窗都破了，澤榮大叫，連滾帶爬地靠向靜美緊抓著她。靜美甩掉他的手，從口袋拿出手機，開始拍攝影片記錄混亂的內部，澤榮一刻都不想久留，往外逃跑。

「這家韓醫院真的完蛋了！」

◇◇◇

勝範除了瞞著素晶，還瞞著孔實偷偷把男鬼帶回來，是因為感覺協商是完全破裂了。那天勝範詢問孔實想要什麼的時候，她的灰暗眼神發出了光芒——因為欲望而閃閃發光的那種，這是勝範非常熟悉的眼神，果然不管是人或鬼都是一樣的。

「你不是跟我們家那傢伙見過面嗎？」

勝範回想跟張老先生見面的那天，也一併想起在那個家看到的家族照中，眼前的孔實也是其中一員。

「我不管你們聊了什麼，都不干我的事，但你記得那傢伙帶著走的罈子吧？」

「喔，記得，聽說裡面裝的是您的骨灰耶？」

勝範伸手指著孔實方向，小心翼翼地回答，對方搖搖手大笑幾聲。

「不要叫得這麼尷尬，就親切一點，叫我孔實阿姨吧。還好你還記得那個罈子，我想要，就請韓醫師幫我把那個東西帶過來！」

「什麼？妳意思是要我去把那個罈子偷來嗎？」

「這話會解讀成這個意思嗎？也是啦，即便那個罈子裡的骨灰是我的，也沒辦法稱作是我的東西。但你想想，正因為是身為鬼魂的我做不到這件事，所以才會拜託身為人類的你來做啊！」

「但怎麼能叫我犯罪呢？我不要。妳自己去看看不就好了嗎？反正張老先生也看不到妳。喔對了，沒有什麼能看到鬼魂的方法嗎？他有說他非常想見妳一面。」

這句話讓孔實的眉頭皺得老緊。

「早知如此我就把那傢伙的頭扭下來扔了！因為害怕他人的目光，就幹出這種讓人火冒三丈的事情來。我看這世界上的人眼光都出了問題吧，怎麼會相信這種鬼話啊！」

孔實彷彿丈夫就在眼前似的，扭曲著伸在半空中的雙手，勝範擔心自己的脖子會被扭斷，趕緊用手包覆頸部。

「雖然我不清楚這之間有什麼內情，但不能要我犯法啊，怎麼可以這樣破壞別人的前途呢！」

「一百人！」

勝範轉身拒絕後，孔實急著舉起食指加碼說：

「我幫你吸引超過一百隻鬼過來！」

這是一個非常吸引人的提案，這些數量的鬼魂會帶來的病人該有多少啊？在腦中計算一輪的勝範搖搖頭，他要怎麼把罈子拿來？難道對方會說好啊，然後直接給嗎？難不成要翻牆進去偷？那如果被抓到呢？要是成了前科犯，別說那一百隻鬼了，就連現在僅存不多的人類病患都沒辦法接了。

「我拒絕！」

這是個不用思考太久的提案，所以勝範一口拒絕就離開了。勝範有著不需要孔實的幫助就能辦到的信心，素晶都能做到了，他可沒有辦不到的道理。於是他成功地偷偷把鬼魂病患帶回來了，但也差點就死在鬼魂手上。

當勝範回過神來，男鬼已經消失，只看到正拿著手機拍攝自己的靜美。要錢還是要命呢？他一邊眨著眼睛思考著，當然要選命，但如果沒錢也跟死了沒兩樣；那要選張老先生還是孔實阿姨呢？想到那些像螞蟻屁眼一樣斷斷續續的親朋好友病人，還是一百個鬼魂病患好多了。但那可是明白的犯罪行為啊，勝範憑著僅存的一點良心抬起頭，但回想自己的過往，其實賄賂不也是一種犯罪嗎？

『確實。』

「要是起不來的話，要叫 119 嗎？」

拍完影片的靜美問。

「還沒叫嗎？」

「我想說看你沒有慘叫，應該是沒有哪裡覺得痛。」

勝範抬起頭，看向院長室外。

「澤榮呢？」

「早就逃跑了。」

「什麼？妳沒留住他是在做什麼？」

「感覺我光靠護理師這個工作沒辦法糊口了，所以打算拍YouTube影片大賺一波。」

『如果有拍到鬼魂是真的會紅吧？』

勝範細細咀嚼靜美說的話，認真思考。如此一來就不用擔心幫鬼治療的問題，也不會再無來由地遭受這種暴戾之事，但當他看到靜美回顧手機影片卻悶悶不樂的表情，看來別說是鬼魂本體了，應該連鬼魂的半根寒毛都沒拍到。

勝範站起身，環顧書本和物品散落，玻璃也碎裂一地的院長室。不知該從哪裡開始下手，只能看著殘破不堪的窗戶外。晚春的天空就像秋天一樣蔚藍，朵朵白雲緩緩飄動，因為沒有高樓建築，能將遠處山林的嫩綠盡收眼底，平和安詳的景色跟這裡的氣氛截然不同，實在很讓人洩氣。

「剛剛是怎麼回事？」

靜美開始整理亂七八糟的書，詢問呆站在原地的勝範。這次的語氣跟過往有所不同，是真心在擔心自己的聲音。

「我也不知道我在幹嘛了。」

要是說出來，靜美肯定也不會相信，勝範扶起在地上滾動的垃圾桶，把碎裂的物品裝進去。

◇◇◇

叮鈴，正當兩人在打掃亂糟糟的韓醫院時，門口出現響聲。

「什麼啊？怎麼都沒人？有人在嗎？」

聽到獨自喃喃自語的男人聲音，靜美趕緊放下手上的東西前往等候室。

「你好。」

「好的話還會來這裡嗎？小姐還真是不會講話。」

靜美對著氣呼呼的男人露出笑容，嘀咕了一句「原來如此」，開始撰寫初診資料表，男人看到院長室和等候室之間的玻璃牆破裂，咂舌道：

「這裡都開院多久了，還在施工嗎？可以看診吧？」

「當然可以，是因為剛剛玻璃突然破了，看起來有點亂吧？真的很抱歉。」

勝範趁著空檔把衣服整理得整整齊齊，從連通針灸室的另一扇門出來，他雖然沒辦法幫鬼魂病患治療，但人類病患可就不一樣了。

『這方面我可是專家啊！』

完成掛號的靜美引導病人前往櫃檯旁邊走廊尾端的針灸室。

「請往這邊走，我們在這邊看診。」

64歲的男人非常矮小，穿著整潔的某知名品牌登山服，左手腕上金光閃閃的手錶發出喀嗒聲。他緊抿著薄唇，一瘸一瘸地走在走廊上，一看到是帶他來針灸室就皺起眉頭。

「這裡是直接在針灸室看診嗎？我看其他醫院都是在院長室把脈啊？」

男人一臉不滿地坐在床上，長時間曬太陽的黝黑皮膚，滿是皺紋的臉，讓勝範想起了某個人。

「對不起，如你所見，是因為院長室的玻璃破了。但請別擔心，我會在這邊仔細幫你把脈的。」

「我是張英浩老先生的親家親戚，是相信你會好好看診才來的。」

「這是當然。」

勝範一邊把脈，一邊詢問病人平常的飲食與生活習慣。

「有腰痛腿麻的症狀，隨著年紀越大，身體不舒服的地方也越來越多，連二十幾歲時被朋友揍的後腦勺現在也在抽痛。」

「當時被打得很用力嗎？」

「畢竟對方懷恨在心，是挺用力的。」

「除了血液循環不好之外，因為腰部神經受壓迫，所以才會腿麻。」

「不是足底筋膜炎？」

「那是腳底發炎的病症，跟這個不一樣。今天先在腰部和腿部針灸，也幫你的頭部瀉血，這之後還需要針灸好幾次，有空就過來治療吧。來，請躺下。」

病人解開褲子的釦子和腰帶後趴下，勝範捲起病人的褲管，一看到骨瘦如柴的小腿，正在準備酒精棉片的手部動作遲疑了，拿出針的他好不容易才找到穴位插針。

「其他醫院都因為我說腰痛，就要我立刻躺下來在腿部扎針了。」

「每家韓醫院的針灸方法都有所不同，也有在另一邊針灸的繆刺法，但我是根據患者的痛點壓阿是穴，使用會直接扎在痛處或附近的近位取穴針灸法。」

「喔喔，醫師，但我手臂這邊也會痛，不用扎這邊嗎？其他醫院都會耶。」

「唉唷，是嗎？早點說我就幫你扎針啦！」

勝範又扎了根針。

「啊！」

男人突然叫了一聲，身體蜷縮，扎在身上的針也因此移動。勝範緊抓住扭動身體的男人，這個「啊！」的樣子突然跟以前某個人也因為疼痛而一個勁亂扭身體的模樣交疊一起。

「不可以亂動，針會彎掉的。」

「這也太痛了吧！為什麼會這麼痛？是不是你扎了奇怪的地方啊？我在其他地方可沒這麼痛耶！」

勝範俯視男人生氣的臉，那張臉跟他以前認識的人十分相像。

『我沒事。』

那個人總是這麼說，勝範內心湧上一股鬱憤，那該死的其他地方、其他醫院！

「先生，既然你都來到這裡了，就應該放心把治療交給我，為什麼意見這麼多？」

他對男人狠狠地說了一頓。

「什、什麼？我現在是因為你扎的針覺得很痛，你不跟我道歉就算了，居然還生氣？到底憑什麼這麼囂張啊你！」

「如果每講一句話都要處處跟其他醫院做比較的話，那請你去其他醫院接受治療吧！李護理師，幫這位病人拔針！」

在旁邊顧著看臉色的靜美拔針。

「怎麼還有這種不親切的韓醫院啊！我要跟老先生說！你會後悔的！」

男人指著勝範臭罵一頓，離開韓醫院。靜美一臉荒謬地看了勝範，看來這人是真的想讓醫院完蛋吧！她用眼神咒罵了對方。即便病人再怎麼越界，勝範也不曾如此強壓式地對待過病人，不曉得以前那個把所有病人都想成是錢而試著忍耐的勝範到哪去了，更不能理解明明是他對別人大發脾氣，為什麼還露出一臉受傷的表情。

但今天稍早才發生了大事，平常就也已經不太順心了，醫院裡流淌著沉默。

「這邊我會整理，你出去吹吹風再回來吧。」

「謝謝。」

沒有半點遲疑，勝範就脫下醫師袍出去了。

◇◇◇

當晚，靜美整理完亂糟糟的韓醫院就早早下班，她拿著韓醫院的傳單，挨家挨戶拜訪，除了送上傳單，有時會當店家老闆的聊天夥伴，偶爾也會幫忙生意。

「只要來我們韓醫院，我會跟院長說一聲，請他多做點物理治療的。」

靜美發揮了向保險王媽媽學的實力，幫水果店老闆捶肩，在雜貨店老闆的背上幫忙貼韓醫院販賣的痠痛貼布，雖然這是幾天前她因為肩膀痠痛才拿到處方的貼布，但她一點也不覺得可惜，也和藹可親地跟在市場入口擺攤的老奶奶們買菜。

「因為我們院長被上司騙了，又接連發生很多不太好的事，員工覺得在鄉下生活太辛苦還跑了，他現在應該已經被逼到退無可退了。我覺得雨華市的人都很親切很不錯，但最近的年輕人對一點辛苦也不會忍耐嘛。之前對長輩太過輕妄無禮確實是他的錯，但他本人也有在反省了，大家都只是想把事情做好，還請幫幫我們韓醫院吧。」

靜美撒嬌地大打人情牌，幫忙公車站牌下的老奶奶搬行李，幫助她們順利搭上公車後揮揮手。末班公車一出發，看著車子背影的靜美大嘆一口氣。天色暗了，她環顧陸續關門的店家，走進藥局買了維他命飲料。

「打擾了。」

踏入素晶韓藥房的靜美小心翼翼地觀察著有沒有客人。內部空蕩蕩的，她在散發出比韓醫院內更濃郁的藥材味及甘草味的等候室前探頭探腦，素晶這才走出辦公室。

「有什麼事嗎？」

「妳好，我是對面韓醫院的員工，我叫李靜美。」

素晶點點頭。

「我知道，上次開業時不是有送年糕過來嗎？」
「當時是我們院長太無禮了，真的非常非常抱歉。」
「那是那個人的錯啊，又不是員工的錯？」
「他雖然看起來很心胸狹窄又尖銳，但也不是真的這麼沒禮貌。啊，因為空手來有點怪，我帶了一點點賄賂。」
靜美把維他命飲料放在桌上。
「賄賂？」
「雖然高老闆應該在各方面都看我們院長不順眼，但還是希望能高抬貴手，大家都是鄰居，希望就算當不了好朋友，至少也不要有不好的情緒在。要是妳能發揮雅量，稍微給我們一點點餘地生存就太好了，拜託了。」
「啊哈哈哈，這位小姐還真是唐突。」
一直坐在椅子上看著這一切的孔實捧腹大笑。
「我也會負責讓我們院長好好振作起來的，雖然我還不知道該怎麼做比較好，但我會努力的。」

靜美彎腰鞠躬，覺得太荒謬的素晶也忍不住笑出來，靜美看起來就像是個來求對方原諒子女犯錯的父母。

「像妳這麼有能力又真誠的人，遇到一個不成材的人還真是辛苦，妳是他的監護人嗎？」

「對耶，他們倆是夫妻嗎？都是一起從首爾來的啊！」

聽到素晶的提問，孔實拍了一下手，嚇了一跳的靜美連忙搖手否認。

「不是，還不到監護人的程度，我們只是朋友。之前在首爾同一家醫院共事五年。他一開始真的是個只有實力好的超級混帳，啊，我們倆都是33歲。反正這段時間共事下來，也大概看得出他是怎樣的人。雖然他把病人看作賺錢的財路，但他也還是有為病人著想的心，要纏著病人別放棄治療也不是件易事嘛。他這麼愛錢是因為他覺得錢才能讓人變得幸福，我想妳應該也猜得到，他其實沒什麼朋友，雖然很沒禮貌，但多少還是有點人情，對自己敞開心門的人，一些細微的事情也都很照顧。是因為那些細微的事才帶我來到這裡的，雖然大家都說我肯定是瘋了，但既然事情都已經變成這樣，我打算努力到最後一刻。」

雖然是自己厚著臉皮要來請對方高抬貴手，但話一講多了，靜美的臉也不禁漲紅，還真的是年輕人的霸氣啊，孔實看著不發一語地望著靜美的素晶說：

「不是啊，這程度幾乎是夫妻了吧？」

6 鬼魂們

勝範從韓醫院所在的市區走到市場的二十分鐘路程中，邊走邊在牆壁和公車站牌貼了傳單。鄉下市場跟一般的規模比起來冷清許多，但在趕集的3日或8日時，整個村子和隔壁的青湖市也會有人來逛五日市集，人潮洶湧。從市場正門方向跨過四線車道，有個能到各社區或其他縣市的轉運站。那裡的人總是很多，從這邊再多走十分鐘，就會抵達勝範和靜美居住的聯排住宅。

勝範把韓醫院的傳單貼在「老闆發瘋，開放服飾倉庫大拍賣」的傳單上，貼的時候還偷瞄了周遭。車子絡繹不絕進出，街道上也人來人往，這裡不是素晶韓藥房，大白天要在市區裡分辨鬼魂和人類很困難。一般來說，鬼魂都會維持死亡當下的模樣，如果沒有手臂變長或沒脖子等從肉眼就能立刻辨識的外型特徵，要說是一般人類也都能相信。要是在無意識下有鬼魂經過身邊，對方身上的寒氣會讓他的頭突然緊縮起來，要到這時候才會發現對方其實是鬼。

再仔細一點觀察會發現，他們比起待在陽光下，通常都待在陰影處，也對人們毫無興趣，只活在他們的世界裡，雖然也可能是因為人類看不到他們才放棄交流。

要是那些鬼魂知道勝範看得到他們會怎麼樣呢？會產生好奇嗎？還是會生氣呢？又或者是會像素晶韓藥房的鬼魂那樣，要求用進行治療的名目，要他幫忙伸張冤屈嗎？

「那個人是韓醫院的院長吧？之前磨坊老闆說過的？」

「豈止怠慢了磨坊老闆而已，他跟隔壁的韓藥房高老闆在第一天就大吵一架啦。」

大概是之前對病人發火的消息已經傳開，路上行人們都看著勝範竊竊私語。他忽視那些眼神，用牙齒咬斷膠帶，把傳單貼得牢牢的。午後陽光逐漸西下，人潮也漸漸變少，那些在咒罵自己的聲音也很快消失了。嘎嘎，烏鴉在咫尺鳴叫著。

回過神來，勝範已經站在素晶韓藥房前，手中只剩幾張傳單。他在韓藥房旁一邊貼傳單，一邊探頭看向店內。裡面有點動靜，接著有人出來，他立刻撇頭假裝在認真貼傳單。坐在沙發上無聊地看著電視的孔實，透過窗戶看到正在偷看屋裡的勝範，輕笑著說：

「別這樣吧，進來喝杯咖啡再走啊！」

孔實在勝範身後搭話，沒有察覺的勝範嚇了好大一跳，但他這回沒有逃跑，而是偷偷看著對方臉色。

「高老闆正在看診，她不會發現的，進來看看氣氛怎樣再走吧。」

孔實拉著勝範，勝範一副無可奈何的感覺走進韓藥房。內部跟上次在晚上進來時的氣氛相當不同，感覺比當時狹窄，也有一點點昏暗。有幾個人原先都坐在沙發上，一認出勝範就搖搖頭。

「別理他們，等等就好了。」

他跟著孔實的引導走，桌上已備好咖啡和藥茶，因為等待時間很無聊，於是準備這些讓大家自助泡來喝的服務，這讓勝範決定韓醫院也要這麼做，但想起昨天自己幹出來的好事，又立刻變得憂鬱。

『為什麼會這麼做呢？』

他不知道之後該怎麼面對張老先生，又進化好幾倍的沒禮貌傳聞又該如何是好？勝範也不曉得自己為什麼會這樣，只是單純覺得很生氣。但等他清醒過來，話已出口，病人也早已憤而離開，連靜美也用眼神咒罵他。他癟著嘴，在紙杯倒了藥茶，坐在沙發上。嘴巴一碰到紙杯，桂皮香氣掃過鼻尖，他又不自覺大嘆了口氣，身體倚靠著老舊的沙發，啜著藥茶。如孔實所言，其他人很快就對他不再有興趣，在靜謐的內部瀰漫的熟悉韓藥味濃郁到幾乎肉眼可見，接著他聽到在展示櫃後方的辦公室裡，素晶低沉又輕柔的說話聲，勝範原本非常用力的肩膀這才終於放鬆下來。

「真的很謝謝妳。」

結束諮詢後，中年女子不斷低頭道謝，走出辦公室。

「別擔心了，這不是太嚴重的事，這個記得煎來吃，不要太勉強就好。」

摸摸女子的肩膀，素晶把藥包塞到她手裡，正要出門送客的素晶發現了把這裡當自己家，舒服坐在沙發上的勝範。雖然不知道這傢伙為什麼會在這裡，但素晶連一句話都不想多說，忽視了他。

「英子奶奶，輪到妳了，久等了。」

「要是我沒公車搭，妳要負責喔。」

坐在勝範旁邊，看著窗外的奶奶聽到素晶的呼喊起身。她捶著彎曲的腰，拄著拐杖，走向辦公室，接著又聽到素晶的輕聲細語。原以為對方會對自己不客氣而緊張不已的勝範肩膀再度放鬆，他看著貼在牆上的藥物廣告海報，以及插著過期雜誌的書架，眼皮越來越沉重。

素晶順利讓英子奶奶在公車時間前離開，在距離雨華市三十幾分鐘車程的律營里經營香菇農場的金先生知道接下來輪到自己了，在素晶還沒叫他前就站起身，然後瞄了一眼勝範。

「跑來別人的店裡睡得可真香啊。」

素晶聽到這句話後也看向勝範，孔實在勝範眼前搖搖手，感覺是睡得很沉，沒有要醒來的跡象。

「妳有聽到之前磨坊老闆過來說，在那家韓醫院發生了什麼事嗎？」

素晶聽到這話，忍不住哼了一聲。

「他突然衝進來大吼大叫完就離開，我又不是聾了？」

素晶正在辦公室接客時，張老闆突然衝進藥房大聲嚷嚷著他昨天去了那裡被趕出來，還說韓醫院醫師真的超沒禮貌，活到這把年紀第一次看到這麼不親切的人之類的。在其他等待的人詢問理由前，他就自己通通羅列講完了，然後又因為氣不過，憤而離開藥房。這幾天他都在社區裡四處抱怨，直到他消氣為止。

坐在辦公室的椅子上，素晶咂舌道：

「是因為不懂張老闆的個性才這樣吧？想也知道肯定又一直拿他跟別人比較，心裡很不是滋味吧。」

「是啊，但張老闆跑來這邊講這些也是有點過分了。」

「是想找人支持他吧，但跑來別人店裡大吼大叫也是有夠糟糕，誰不知道那傢伙沒禮貌啊？好啦，你需要什麼藥呢？」

金先生聽了素晶所言，露出他也明白的微笑，接著抱怨起他的肩膀最近突然開始疼痛。

勝範大吸了一口氣，哈哈哈，他腦中意識的另一頭傳來了笑聲。

『以前我媽也都這樣笑。』

勝範的媽媽在看電視或聽廣播時，也不曉得是什麼讓她覺得這麼好笑，常會鼓掌大笑個不停。每當這時，勝範也會在旁邊像媽媽一樣大笑。爸爸曾指責過這種笑聲聽起來很輕浮，是從那時候開始的嗎？媽媽之後就不再笑了。

「為什麼？」

勝範闔上半開的眼皮又再次睜眼，看到背對著眼前的橘黃色燈光下，孔實的臉。

「為什麼媽媽不再笑了？」

「因為……聽說爸爸是因為那個笑容迷上她的，跟已經沒有愛的人過生活有什麼用……嗯？啊！」

勝範整個人清醒過來，把原本癱在沙發上的身體坐直，這才發現這裡是素晶韓藥房，而且自己居然在這裡睡著了，甚至還流口水。他趕緊用手背擦拭嘴角，環顧周遭發現客人都已經離開，只剩他還獨留在這裡。

「我看你是真的很累吧？甚至還說夢話。」

「我如果睡著了就該趕緊把我叫醒啊。」

「我以為你很快就會醒嘛！我現在不是叫你了嗎？這樣不就好了？快點打起精神，準備要開始了。」

「開始什麼？」

勝範嗅了嗅空氣，這麼說來，韓藥的味道好像有點細微的不一樣了。

「晚上的生意！高老闆訂出規則，白天是人類病人，晚上是鬼魂病患的看診時間，她可是個非常嚴守規則的女人。」

孔實走到門邊，用柔軟的身體動作把原本關閉的門打開，接著站到展示櫃後方。有一兩個黑色形體進門，她看著每個進門的鬼魂，扳著手指數數。

「大家排隊，給我排好！喂，那個把腦袋夾在旁邊的鬼！我有看到你這小鬼插隊喔！」

「這是因為我沒有距離感的關係啦。」

看到對方雙手捧著自己的腦袋，孔實咂舌道：

「我只通融這一次而已，過去那邊的沙發坐著。」

鬆了口氣，跟其他鬼魂一樣在沙發找空位的少年鬼魂突然停頓，抱著腦袋的手突然往前伸，少年的頭顱就一把推到勝範面前。雙手大拇指壓著太陽穴，移動食指和中指讓那顆腦袋的眼睛往上抬，接著跟面露死色的勝範對上眼。

「喔？」

他突然把腦袋推到勝範面前。

「是人類。」

「什麼？」

已經填滿屋裡的鬼魂都看向勝範，銳利的眼神和寒氣讓他不禁打了寒顫。他們都把身體傾向勝範，有的臉很腫、或是爛掉的、或是死前模樣稍微好一點的，夾在不分男女老少的鬼魂間，勝範覺得自己要窒息了。他感覺自己就像面前那個脖子被繩子勒斃的男人一樣，是立刻昏倒也不會奇怪的程度。

「他看得到我們嗎？」

「跟高老闆一樣？」

「這樣比較好嗎？」

「不好嗎？」

「高老闆一天只接七組，有下線的話搞不好就可以接雙倍。」

「瞧瞧你這說話語氣，是怕人家不知道你是賭博賭到被斷手的鬼嗎？」

他們跟勝範面面相覷，竊竊私語著。

「雖然我的下場是這樣！但我的預感正確率是挺高的，這可是好不容易才縫補起來的，手都要凍死啦。」

手腕縫合起來的男人雖然相當自負，但沒有半個人聽他說話，他的手又無力地垂下。

「所以他看得到我們嗎？」
問題再度回到原點。
「感覺可以。」
「但感覺又不行。」
他們在勝範眼前晃來晃去。
「唉唷，別再折磨人了！他等等又要昏倒。」
忙著整理隊伍的孔實看到這幅光景，走到隊伍前面像在趕蒼蠅一樣揮動著手，鬼魂們都退開一步，那股能讓豎直的頭髮凍僵的寒氣也一起退去。
鬼魂們又互相眉來眼去。
「又？」
「那就是看得到的意思吧。」
「雙倍！」
砰砰砰！
走出辦公室的素晶敲門，大家的目光都集中到她身上。

「吵什麼？你們都不治療了嗎？」

「高老闆，這人是帶回來要當妳下線的嗎？」

「竟然找到了這樣的人才！」

「會變雙倍名額嗎？」

排山倒海的問題讓素晶怒瞪勝範一眼，那眼神比鬼魂的寒氣更加冷冽。

「什麼狗屁下線，不要再胡說八道了。你如果睡飽就快點走吧！不要再來別人的店裡搗亂了，這是妨礙營業！」

因為這句話產生傲氣的勝範立刻起身，因為是久坐後的突然動作，走到素晶面前時身體還吱嘎作響。

「送走過去我們之間發生過的各種不愉快，我們往前看吧。」

第一句話講得真不錯，接著勝範滿意地詢問他真的很好奇的問題。

「所以我想問的是，妳是怎麼幫鬼魂病患治療賺錢的？」

眼前這人也不想想自己當下的模樣如何，竟在這邊油嘴滑舌？往後梳的頭髮亂七八糟，眼睛裡還有眼屎，嘴角還有乾掉的唾液，睡得可真香，但又因為看到鬼了，臉色顯得鐵青又蒼白無力。

「你以為我是瘋了才會跟你講我的營業秘密嗎？給你個忠告吧，雖然我不知道你為什麼看得到鬼魂，但還是裝看不見會對你比較有利。」

「別這樣板著一張臉啊，先教我一點皮毛也好吧！」

素晶皺起眉頭。

「煩死人了，不要吵了快點出去！」

勝範眼睛瞇得細長，聽對方的話走到門邊。

「別以為這樣我就做不到！總會有辦法的！」

他翹著嘴走到外面，孔實跟上。

「所以你到底想怎樣？」

「什麼怎樣？」

勝範知道孔實的言下之意，但他故意裝聽不懂。

現在不會覺得夜晚的空氣太涼了。在關著門的建物前看到韓醫院的燈還亮著，看來靜美還沒下班。既然澤榮落跑了，為了獨自辛苦的靜美，今天該買點好吃的犒賞她才行。飛蟲聚集在路燈的光源下方。

孔實看懂了他的心思，笑了出來。

「我是指我的提議啊，你都這樣對待他親家親戚的磨坊張老闆了，那條線肯定沒啦。」

想起這個暫時忘記的事實，勝範心裡又開始亂糟糟，但他刻意佯裝鎮定，還呵呵笑了幾聲，他現在最需要的是內心平靜。

「把鬼魂帶到連怎麼治療鬼魂都不知道的蒙古大夫面前又有什麼用？看來我是沒辦法靠著韓醫師的工作賺錢了，還是當個 YouTuber 把鬼魂拍下來賺大錢吧。」

孔實眨眨眼。

「You……什麼？你這人怎麼這樣啊？只要替鬼魂搔搔癢處就行啦！」

「我謝絕這種莽撞盲目的做法，妳不知道高老闆有什麼獨門技術嗎？」

「那些我也嫌煩，我不懂啦。」

呿，看起來在辦公室裡應該不只是單純進行諮詢問診而已。

「還會做什麼驅鬼之類的事嗎？」

「不知道耶，大部分都是靠對話解開的。」

「還是高老闆有什麼神秘力量嗎？不是只能看到鬼而已，還有類似超能力的東西，例如把東西從這邊移動到那邊，或是什麼治癒能力，或能自由操縱火跟水之類的！」

勝範急切地活動著手指說明，孔實一臉憐憫地看著他。

「我看你是看太多電影了，你覺得這可能嗎？」

「怎麼？都看得到鬼了，這種事還做不到嗎？妳到底知道些什麼啊？就沒有什麼能夠跟我分享的情報嗎？只會講自己期望的事情而已……怎麼會這麼輕易就開口叫人去犯罪，但卻給不出任何高級情報啊？」

支支吾吾的孔實突然拍了一下手。

「好吧，要高老闆本人才知道所謂的治療方法，那我就告訴你她都去哪好了。你覺得我看了就會懂嗎？總要你自己看著學，只要繼續跟在她屁股後面走就行了吧？」

「在我搞清楚之前，這個提議暫且保留。」

勝範的嘴角上揚，孔實看到他這時才總算明亮起來的臉色，忍不住笑出來。

「都市人就是這麼計較啊，好，那就這樣吧，但是再一個！」

「什麼？」

「一個情報抵一份點心！」

「什麼？」

近處飄來一陣東西燒焦的味道，韓藥房後頭冒出白煙，隱隱的煎藥材味之中好像還混雜著某種嗆人的氣味，但勝範實在聞不出那是什麼味道，是藥煎到一半燒焦了嗎？他皺起鼻子。此時，男鬼踏出韓藥房，那個在賭場失去手腕的鬼魂大叔腳步變得非常輕盈。

「今天感覺還不錯，根本走運啦！我敢說你肯定是個福星！」

他搖搖欲墜的手上戴著很不適合的粉紅色手套，男鬼愛惜地摸著剛剛還沒有的手套，不斷稱讚勝範。

「不要聽那種因為賭博而死的鬼講的鬼話。」

孔實的警告讓勝範關閉了耳朵。累積一份點心。

「隨便你們，再會啦！」

也不知道自己心情為什麼這麼好，男鬼哼著歌，頭也不回地消失在黑暗中。

7 PRADA皮鞋

勝範只要一有空就往韓藥房跑，可能是因為磨坊張老闆的地位不低，勝範不親切的傳聞導致醫院乏人問津。既然橫豎也只能坐在只有蒼蠅的韓醫院裡，倒不如去韓藥房想辦法找到素晶的秘密武器。勝範偶爾還會在韓藥房的辦公室外探頭探腦，觀察素晶是怎麼跟病人聊的。在法律上韓藥業者是無法進行診療行為的，這也算是某種針對對方是否提供用藥諮詢的監視。抱持著不管是什麼秘方都好，只要繼續挖應該都能挖出什麼的心態，他幾乎每天都會去韓藥房。看到今天也是一開門就進來的勝範，素晶沒好氣地說：

「又來？你韓醫院沒工作嗎？不管有沒有病人，老闆不就是應該固守在崗位上嗎？嘖嘖嘖，沒救了！」

「我有個非常有能力的護理師！」

勝範對於素晶的指責輕描淡寫地帶過，他朝著坐在指定席的孔實揮揮手上的塑膠袋，接著拿出餅乾，打開包裝袋口，孔實抓了一把點心塞進嘴裡，玉米片碎片掉落在沙發和地板上。

「吃慢一點啊，還有。」

勝範從塑膠袋裡拿出其他餅乾，孔實點點頭。

「我就是因為不能盡情吃我想吃的東西才會變這樣，他動不動就說我肚子凸出來了、胖了、不要再吃了，所以一直挨餓。」

接著她又抓起一把零食塞進口中。看到根本沒有好好咀嚼，塞滿餅乾的那張嘴，勝範突然想起吃生魚片的第一韓方醫院院長。他趕緊抹去腦中那段記憶，又拆了一包餅乾。

「唉唷，慢慢吃啦。」

勝範在韓藥房裡東奔西走打掃著，同時觀察著從掛在天花板上的簍筐裡，拿出乾藥材的素晶一舉一動，她用鍘刀把艾草、益母草和人參切斷，放進空的藥櫃。她盡量都使用採藥人親自採回的藥材，親自處理風乾。滋陰補血的熟地黃也是她親自拿生地黃泡酒，歷經九蒸九曝後做成的。光看韓藥材的品質就能保證療效，而且她還用家傳秘法煎藥。

在客人湧入的時段，素晶幾乎都在辦公室裡，進不去那裡面實在是很可惜。

一開始大家看到待在韓藥房的韓醫師勝範還會警戒，睜大雙眼盯著他看，觀察他到底想在這裡挖出什麼事。此時的勝範會看一眼素晶所在的辦公室，接著把藏在懷中的韓醫院傳單發給那些人，但有十之八九都會把傳單丟掉，咒罵他，也會有一兩個病人搞不清楚狀況就收下了，或是一些無法在當事人面前丟掉的心軟人士。

原本覺得勝範很荒謬的病人看到在韓藥房裡待上好幾天的他，後來也都不太在意了。

◇◇◇

一邊看電視的勝範搶過孔實的零食。女主持人們和一位嘉賓正在邊吃料理邊聊天，感覺比起他們的對話，孔實似乎對料理更感興趣。

「一定很好吃。」

「我吃過，很難吃。」

「你看那料理的顏色，怎麼有顏色這麼漂亮的綠豆煎餅啊？」

「因為加了色素啦！」

孔實的目光離開畫面，沒好氣地看了勝範一眼，然後打了對方正在拿自己零食的手。

「別吃了！這是我的！我的天，你也吃太多了吧？」

「這是我買的，吃一點也還好吧？喔？那個人跳舞的樣子好像花蟹喔！」

「天啊！怎麼有辦法把身體折成這樣？哈哈哈哈！」

勝範也捧著肚子跟她一起大笑，然後詢問坐在後頭的爺爺奶奶要不要吃零食。

「吃一點吧，也不知道是不是太久沒吃這種東西了，真的很好吃。」

老爺爺呆呆地看著那包遞過來的零食。

「噢！」

對於老爺爺無視對方的行為感到丟臉的老奶奶代替他接過零食。

「謝謝，幾天前就有看到你了，我看你在這邊挺自在的，要不要乾脆把韓醫院收了，在這邊工作呢？」

「老闆會生氣的。」

「換作是我也不要。」

老爺爺插嘴道，老奶奶戳了他的側腰，他這才閉嘴乾咳好幾聲。此時，一個年輕男人進門，男人環顧了展示櫃上各式各樣的藥袋，勝範趕緊起身。

「請問在找什麼呢？」

「我想買點藥。」

男人的回答有些支支吾吾，勝範走到藥櫃後，仔細瀏覽玻璃櫥窗裡展示的藥品，人們好奇地看著他。

「我看看喔，看你感覺很累，還有冒冷汗的症狀。如果才剛新婚，這邊有加了非常多紅棗和黃耆的雙和湯；如果是因為工作壓力太大，導致腸胃不適，這邊也有加入香附子的香砂平胃散；那如果是需要男人那個！就是對那個很好的藥呢！可以去對面的韓醫院洽詢。」

「哈哈哈。」

原本很安靜的韓藥房裡突然爆出大笑，因為這股騷動，素晶踏出辦公室。

「到底是什麼事……」

「呃！」

原本站在藥櫃後面的勝範趕緊跑進等候室，平常即使客人很多也很安靜的空間，這幾天因為勝範的關係變得吵雜。這讓素晶心煩意亂，導致諮詢時間拉長，也更讓她覺得煩躁。但其他人卻與素晶不同，臉上都掛著笑容與生機。她突然發火，揪著走進等候室的勝範後頸。

「喔喔？」

「你這傢伙到底為什麼一直來亂？不要再妨礙我營業了，快出去！」

「我哪有妨礙營業啊！別看我這樣，我在首爾也是靠著優越口才跟針灸技術挺走紅的好嗎！」

「那些事情就在你自己的韓醫院做！」

勝範內心湧上一股憤恨，我也想啊！但就是沒有病人，才會在這裡搞這齣不是嗎？他吞下差點要衝出口中的話語，今天就到此為止吧。

「不要推我！我自己出去！老人家的力氣還真大耶！」

「什麼？老人家？快滾！」

勝範抓著門，老舊的木拉門一陣晃動，勝範對著在素晶身後，興致盎然看著這個場面的客人們大喊：

「都記好了！我可能會一直長長久久陪在大家身邊喔！」

「還不快滾！」

◇◇◇

一週後，除了素晶對每天從早到晚都坐在韓藥房的勝範再也忍無可忍，靜美也開始碎唸，要是韓醫師不務正業，從白天就坐在韓藥房裡，會讓他連原本就沒有的風評變得更差。

「可憐也要有個限度吧！」

這種時候就必須好好聽靜美的話，畢竟不能讓她也跑了，所以折衷點就是白天待在韓醫院，下班後再去韓藥房。太陽下山，亮燈的韓藥房前已經有很多黑色形體在排隊，大家都在吵著是自己先來而爆發口角，其中有個鬼魂出拳動粗，抓著對方頭髮扯，用指甲劃傷對方，互相扭打的身體變成一個巨大的黑色形體，猶如黏稠液體般的身體黏在地上。隔岸觀火的其他鬼魂歡呼，但他們也不是有特別擁護的一方，只是不斷搖手呼喊著「隨便誰打贏吧！」。勝範避開他們進入韓藥房，站在展示櫃後方的孔實指著辦公室，意指素晶人在裡面。

『今天也順利進來了。』

最近不知道是因為什麼事變得特別敏感的素晶，因為出診關門兩天沒有營業，可能也是因為這樣，今天的韓藥房比平常有更多鬼魂。

「大概是在哪裡聽說了兒子的消息吧。」

「她有兒子？」

「喔？對啊，以前好像有吧，呵呵。」

「什麼意思？居然連這種事情也這麼不確定嗎？」

「呵呵呵。」

感覺像是失言說了不該說的話的孔實乾笑幾聲，勝範的眼睛瞇得細長，但又覺得這跟自己無關，就沒再繼續追問，他把在進口零食店買的高級零食遞給孔實。

開門後，鬼魂陸續進門，今天有七個鬼魂入座，其中也包含剛剛有起衝突的兩個男鬼。他們沒有坐在一起，雙手抱胸各自看著其他地方，看他們肩膀還在起伏，鼻翼撐開用力吐氣，應該是方才的激動尚未散去。勝範把身體蜷縮在沙發裡，要是不小心捲進人家的糾紛，搞不好自己也會屍骨無存。

勝範轉動眼珠，看向一個年輕男鬼，跟看起來相較正常的其他部位相比，他注意到男鬼的腳上有特別多的傷口，坐在對方旁邊的老奶奶鬼碎唸了句：

「不是啊，你這腳是怎麼回事啊？」

「這個嗎？」

男鬼抬起腳，勝範也抬頭仔細看著男鬼的腳。他的腳底裂開見骨，好像也不覺得痛，還用手指把卡在傷口裡的石頭挖出來。勝範討厭這個畫面，又回到自己位子，縮起身子。

「我起床時發現皮鞋不見了，沒有那雙鞋我就不能上班，想到老闆肯定又會唸我就覺得前途黯淡。我回憶了一下去過的地方，要趕緊找回皮鞋，再去客戶那邊推銷，因為我最近業績不太好。那雙皮鞋是我媽因為我找到工作才買給我的……真不知道是跑去哪了。」

他喪氣地垂下肩膀。

「哼，不過就一雙皮鞋而已。」

坐在勝範身後的男鬼唸了句，然後坐在前面的那個年輕男鬼猛地轉身，隔著勝範兇相畢露地怒視著大塊頭男鬼。非常出力的四方形下巴晃動，嘎嗒，緊閉的嘴裡發出聲響。勝範為了讓自己不要太顯眼，盡可能地把身體蜷縮起來。

「什麼？剛才就是因為你插隊，我差點就無法上班啦！我要是被老闆炒魷魚了，你要負責嗎？」

「已經死掉的傢伙還要上什麼班啊？皮鞋還會在哪？肯定在你死掉的那個現場啊！肯定也是因為看到了什麼東西，所以才把它整整齊齊脫在一旁了吧？」

「那你自己呢？你自己穿著一雙發臭的運動鞋，哪裡能懂這種高尚的動作？」

「什麼？高尚？別搞笑了，我的運動鞋才是真的高尚好嗎，臭小子！這可是我配送快遞，挨家挨戶跑的辛苦勞動痕跡！什麼發臭？這才算是真正的血淚，難道不高尚嗎！」

「哎唷？高尚的傢伙還插隊啊？」

「臭小子，你說什麼！」

後面的男鬼猛地起身，他拉起工裝夾克，把原本就有點突出的肚子挺出來，身形顯得更加巨大。

「那雙皮鞋是我媽媽買給我的！要是我從懸崖上掉下來的時候還穿著它，把它弄髒了，我媽媽該有多傷心呢！」

「那你的鞋子肯定就在懸崖邊嘛！到底是上班重要還是那該死的皮鞋重要，還是你老媽重要？」

「啊！我要上班！」

年輕男鬼起身走向孔實，手托著下巴的孔實用一臉索然無味的表情看著對方。

「那個……」

他彎下腰，搓著雙手。

「怎麼？」

「因為我趕著要上班的關係，有辦法早點見到高老闆嗎？」

「這又是什麼沒頭沒尾的話啊？別說了吧。」

後頭的男鬼搖搖手入座，孔實上下打量了眼前的男鬼。

「想把這腳醫好會需要一點時間，你今天應該沒辦法去上班喔。」

「不行耶，老闆肯定會發飆的，他才因為我在客戶那邊犯錯，說這對公司造成很大損失，還要我賠錢，我還得去找他求情耶。」

聽到男鬼嘟囔著這句話，老奶奶鬼魂嘖嘖道：

「唉唷，該拿他怎麼辦啊？感覺是因為內心太煎熬，才會這麼年輕就變成這樣子，居然還有人想插他隊。」

勝範偷瞄了後方一眼，跟臉色青一陣紅一陣的男鬼對視。

「我怎樣了！真要計較的話，這裡有哪一個鬼魂不可憐啊？」

他大發雷霆地說。

「既然大家都一樣可憐，該遵守的規則就該遵守啊！別再吵下去才是真正為大家好吧？」

老奶奶鬼魂說了一句，其他鬼魂也都附和點頭。此時，素晶走出辦公室，應該是他們的對話也傳進辦公室了。她環顧四周，直望等候室，走到坐在沙發的勝範面前，勝範在變得安靜的室內想盡辦法要閃避素晶的眼神。

「你又來？」

低沉的嗓音就像松針一樣戳著勝範的良心，他一直蜷縮的身體已無法再縮得更小，看來又要被趕出去了。

「不是，我只是路過見到認識的人，才來打聲招呼……」

「你就這麼想來這裡嗎？那把你皮鞋脫下來。」

「什麼？」

勝範低頭看著自己的 PRADA 皮鞋。

「我叫你脫啊。」

「為什麼要脫？」

雖然口頭這麼問，但他還是乖乖脫鞋，素晶拿起他脫下的皮鞋。

「如果你就這麼想來我這，我也該收點攤位稅吧？年輕人，你跟我來。」

「什麼攤位稅啊？妳要去哪裡！」

年輕男鬼有點不知所措地跟著素晶走，勝範只穿著襪子，也跟著素晶來到韓藥房後院。暢快的夜晚空氣拂過肺部，素晶打開牆上的開關，掛在棚子下的白熾燈泡亮起，院子裡擺著醬缸和風乾架，中間有個滿是黑煙的油桶。素晶在戳了好幾個小洞的油桶裡生火，不久後，小火花變成猛烈火勢，勝範用滿是不安的視線看著那個凝視火焰的素晶側臉，攤位稅的意思難道是指那雙皮鞋嗎？不會吧？

「老闆，妳可能不知道，但那雙皮鞋是PRADA的，是很有名的精品，非常昂貴……喔？噢！」

素晶根本不聽勝範說話，直接把皮鞋丟進火焰之中。

「啊啊啊！」

嚇了一大跳的勝範試圖衝過去救出皮鞋，但他根本無法靠近炙熱的火焰。

「給了就給了，哪來這麼多話？」

「妳知道那雙鞋多少錢嗎！我哪有說要給了？是因為妳跟我要，才會搞不清楚狀況就給了！那雙鞋很貴欸！」

「吵死了！年輕人，你穿這雙鞋去上班吧。」

「還穿什麼穿啊？都已經燒……喔？」

勝範的皮鞋在不知不覺間出現在男鬼面前，勝範來回看著在油桶裡被燒成灰燼的皮鞋，以及擺在地上安然無事的皮鞋。

「雖然這比不上媽媽送你的那雙，但你穿著這雙鞋，抬頭挺胸去上班！誰都可能犯下失誤，你們老闆應該是因為克制不了脾氣才會想到什麼就罵什麼，你不用因為這種話受傷。賠什麼錢啊，叫他切腹吧！去叫老闆負起責任，能對這種事負責的人才能稱得上是老闆。你不要這麼畏縮，這種不懂得珍惜員工的公司，辭呈寫一寫就離開吧。千萬不要覺得離職可惜，不需要繼續待在這種不懂珍惜他人的人底下工作。做完這些事情之後，你再回家見媽媽，媽媽應該在等你。」

男鬼聽了素晶的話低下頭，嗚嗚，他用緊握成拳頭的手擦去眼淚。

「雖然我是很想叫你不要管那種爛公司直接離開，但既然你覺得這很重要，你就去上班，把你生前沒做完的事做完吧。」

男鬼哭出聲，勝範靜靜看著只剩下形體的皮鞋，那雙很貴欸！耳邊傳來大哭的聲音，這是精品欸！精品！

「可惡。」

勝範邊發脾氣，邊脫襪子，然後把襪子丟進火焰，素晶挑眉看向勝範。

「精品要配精品！PRADA皮鞋就要配PRADA的襪子！連這都不懂還只跟我討皮鞋？但妳至少給我一雙拖鞋吧，不然我怎麼回家？」

勝範雙手插在口袋，走進韓藥房。

◇◇◇

下一個鬼魂病患一進辦公室，孔實就回到自己的位子，她一入座，勝範就黏在她身邊，鬼魂們原本都一臉神奇地看著勝範，因為孔實登場才轉移目光。

「這是美國製的耶！」

遲來的孔實拿出零食爆出歡呼聲。

「是很昂貴的美製品！我下次再買日製的過來。」

勝範打開他買來的零食鐵盒蓋，孔實嘻嘻笑著拿出餅乾塞進嘴裡，鬼魂們表示疑惑，有點看他人臉色的勝範把餅乾遞給他們。

「要吃一點嗎？」

「謝謝你，真沒想到我居然也能吃到這種東西。」

面前的老奶奶鬼接過零食，勝範瞄了一眼辦公室，然後把身體往前彎。

「妳是哪裡不舒服啊？」

「我想到被我撇下，只剩下一個人的老伴，心裡堵得慌。」

「這種事為什麼要問啊？你知道了可以幹嘛？」

後方的男鬼突然詢問，勝範哈哈大笑。

「我只是抱持著萬一的心態，看到各位就想說，不知道我能不能也像高老闆一樣，給各位提供一點微薄幫助。天曉得更年輕的我會不會更快把各位治好呢？」

哼，男鬼雙手抱胸，嗤之以鼻。

「鬼魂也是有個人隱私的，我不想跟不懂的人講。」

「你應該不知道，但就這麼剛好，我是對面韓醫院的韓醫師，在首爾知名的韓方醫院工作過五年！藥到病除！」
「那這傢伙不就是那個對我們高老闆很沒禮貌的傢伙嗎？」
「什麼？」
老奶奶鬼一聽到這句話就把手中的餅乾丟掉。
「那個不懂敬老尊賢的小鬼？你怎麼會在這裡？」
當情勢變得奇怪，勝範舉起雙手。男鬼大聲說：
「還能來幹嘛？感覺自己快因為高老闆完蛋了，所以才想來這裡拐病人過去吧？聽他說話的態度跟語氣不就是這樣嗎？」
勝範感到非常冤枉。
「不是這樣的，你們剛剛沒看到嗎？我還用我的皮鞋付了攤位稅耶。」
「給我滾！就算高老闆沒關係，我有關係！」
「你這傢伙的壞習慣就由我來改！讓你知道為什麼需要長幼有序，平常的心態應該怎樣擺正！」
男鬼捲著袖子，勝範看到對方這樣也癟嘴。
「不是吧，我應該沒必要聽一個插隊的人講這種話啊？」

「就只會出那一張嘴！我就看你要被揍幾拳才會死！」

男鬼猛地起身，又捲起袖子，氣氛瞬間變得嚴峻，原本溫暖的韓藥房裡充滿寒氣，男鬼彷彿立刻要抓住勝範吃掉似地衝過來。

「夠了！他是我的客人！也算是高老闆認可的客人。」

孔實舉起手，擋住那個男鬼。

「什麼客人！那傢伙可是間諜！」

「如果繼續製造紛爭，就請你離開。」

聽到孔實這麼說，男鬼才不再進逼。他皺著眉，一臉看不慣地回到座位坐好。老奶奶鬼又嘖嘖幾聲，因為氣氛依然冷淡，孔實把餅乾盒放在一旁站起身。

「我想吃別的了。」

勝範趕緊跟上。

走在空蕩蕩的街上，在建物後方的田地有青蛙在叫，他們透過路過的小貨車前燈掃視熄燈的商店內部。影子映照在牆上並與黑暗連接，流浪貓從商店與商店連接的巷子裡出來，看到孔實就跟著走，在他們跨過十字路口時便停在原地。他們經過路燈，朝著這裡唯一一家便利商店前進。

「如你所見，我很容易餓，必須一直進食，你想聽聽我的高見嗎？」

進入便利商店的孔實手指著眼前所見的所有餅乾，在超過三包，又指向第四包時，勝範去櫃檯拿了一個購物籃，孔實的手指依然沒有停歇。

『到底要吃多少啊？』

勝範繞完一圈貨架，把堆滿零食的購物籃放在櫃檯。結完帳的他走到外頭，把一包零食遞給孔實。笑嘻嘻地抓著零食吃的孔實，用一副要給予什麼厲害建言的方式說：

「他們不是那種你想收買就能被你收買的鬼魂，你要展現出你的真誠。」

「真誠？」

「韓醫師，你賣很貴的藥給病人時是怎麼做的？不也是掏心掏肺地想盡辦法嗎？」

嗯，真誠是吧？這東西已經出賣掉太久了，雖然有點找不回感覺，但乍聽好像也知道孔實想說什麼。在馬路對面等著的貓咪跟著孔實走，咬了掉在地上的餅乾屑。

回到韓藥房的他們走向一臉不滿的鬼魂們，勝範有很牢靠的孔實在側，清清喉嚨說：

「各位，雖然我之前曾冒犯過老闆是實情，但我已經在深刻反省了，老闆不也已經原諒了那樣的我，收下我的攤位稅，讓我留在這裡了嗎？請大家相信我一次，我並不是那麼壞的傢伙！我也會用便宜的價格幫助大家解冤，每次治療只要帶五個人類回來！如何？」

「如果她有原諒你，還會收攤位稅嗎？」

「光看他還有這種想法就知道已經沒救了。」

適當混雜著謊言與真實所提出的提案淪為笑柄，即便是破格提案，對方也是充耳不聞。感覺不管再多說什麼都會被無視，這讓勝範怒火中燒。

「你們到底是為了什麼才會一直打槍我啊！」

聽了勝範所言，男鬼猛地起身，他把身體往前傾，採取立刻會衝出來的姿勢，身體周圍瞬間籠罩著一圈黑色。

「為了什麼？為了你那新鮮的肉體！」

勝範嚇得不輕，趕緊躲到正在搖頭晃腦的孔實身後。哈哈哈，一陣訕笑穿出韓藥房的牆壁。

8 鬼魂的冤屈

溫和晚風吹拂，都市因為霓虹燈而閃亮，從燈火通明猶如白天的夜晚到早晨，有很多人在街道穿梭。但勝範所住的地方不一樣，太陽都還沒下山，人們就趕著要去搭乘繞行村莊，一天只有幾班的公車。店家都早早打烊，也只打開最少量的路燈，就連在路上喝醉踉蹌的人也屈指可數。離開市區的道路早已被黑暗吞噬，雖然來這裡已經兩個月了，勝範依然很不適應這種生活。

也不曉得是怎麼回事，韓醫院開始有病患上門，而且是人類病患！上次跟磨坊老闆鬧得不太開心的事件所造成他很不親切的傳聞應該已在整個村里間傳開才是，但病人反而變多了。是因為靜美免費替他們多貼一片痠痛貼布，或是答應能多做點物理治療的關係嗎？看起來比平常更有幹勁的靜美讓人感到煩躁。當初決定要來雨華市的時候，勝範就已經有所覺悟，但生意好壞應該是他自己要處理的事，不應該是靜美需要一肩挑起的責任。

「再等我一下吧。」

「什麼？」

「再過不久，等我幹完大事，我們就會變成有錢人的。」

「你沒有想要腳踏實地工作的念頭嗎？」

「光靠這樣是遠遠不夠的，所以妳再等我一下吧。」

接著勝範說了句要靜美先下班的話，就又跑去韓藥房了。

天下可沒有白吃的午餐，勝範為了等待那一筆大的，在自己臉皮鋪上鐵板，一面看著素晶的臉色，厚著臉皮努力要學會鬼魂治療術。不管其他人怎麼在他身後指指點點，他也不以為意，反正那些人也不會來韓醫院，比起那些人，他眼前的貸款利息才是最可怕的。

在那之後又過了幾天，勝範哼著歌走路回家，沒去韓藥房是因為今天是週六晚上，一方面也是他有點想要休息。他踏著輕快步伐經過市場，聽到一股嘻笑聲轉頭看卻發現靜美在那裡，比勝範早下班的她正在幫忙整理雜貨店的貨架。

『她在幹嘛？』

不知道是不是跟老闆很熟，他們聊著天還哈哈大笑。把店門關上，揮揮手離開的靜美又到了對面的服飾店，幫忙把老闆擺在外頭的衣架搬進店裡。

「再見喔，下班順利，如果腰痛就來我們韓醫院吧！扎幾根針就會馬上好起來，不要因為嫌麻煩就自己忍耐，我會好好照顧你的。」

「謝謝。」

「知道啦，既然明天沒有營業，記得星期一幫我預約第一個喔。」

「我們其實是不接預約的，因為是老闆我才特別幫忙約的喔！」

「李護理師，這個給妳帶回去。」

已經熄燈的水果店老闆走出店，拿了一袋東西給靜美。

「老闆！幹嘛這麼見外給我這些啦！」

「這是常客優惠！」

「天啊，李子肯定很好吃！謝謝老闆，我真的很喜歡吃李子，我會好好享用的。」

「好喔，路上小心。」

「好。」

勝範想起堆滿冰箱的蔬果，直到這時他才頓悟靜美提早下班都在做些什麼。之前要是靜美明明也沒幹嘛，還在碎唸自己很累，勝範都會要她不如出去發傳單。自己每天都仗著要去韓藥房當間諜的名義，實際是坐下來跟孔實摸魚時，靜美卻是挨家挨戶跑了每家商店，幫忙幹活，就為了把韓醫院救起來。從非常現實的層面來說，他到底是憑著什麼底氣才會這麼理直氣壯地要靜美相信自己呢？靜美又是為什麼沒有覺得這樣的他很令人心寒呢？這已經超越丟臉，而是感到羞恥了。

「喔？金醫師！」

靜美一發現勝範就笑得很燦爛，跑到他面前。

『妳怎麼都沒說？』

這句氣話雖然已湧到喉頭，但當勝範看到若無其事又笑咪咪的靜美卻說不出口，他哪裡有臉說。

「剛下班嗎？好晚喔。」

「妳明明就討厭吃酸的。」

「什麼？啊，你是說這個嗎？人家都要送了幹嘛不收？而且院長你喜歡吃啊。」

一邊說著這句話，走在前頭的靜美突然停下腳步，哈哈大笑。

「幹嘛突然笑？」

「我只是突然想起以前，我們第一次見面的時候，是聚餐嗎？你還記得續攤的時候不是上了水果和下酒菜嗎？我吃了幾顆青葡萄，結果超酸，但丟掉又很浪費，你那時候坐我隔壁，所以我就偷偷把葡萄放在你的碟子，你那時候不是吃得很開心嗎？」

是嗎？勝範表示疑惑，靜美接著說：

「真的很喜歡那個感覺。」

勝範呆呆地看著在昏黃路燈燈光下笑得燦爛的靜美，靜美若無其事地繼續走。

「啊，好餓喔。」

勝範鬆開緊握的拳頭。

「走吧，我做妳喜歡吃的義大利麵給妳吃。」

勝範才說完，走在前頭的靜美笑聲搔得他耳朵發癢，內心深處卻隱隱刺痛。

◇◇◇

掛著薄窗簾的窗戶透出隱約光線，風吹進半開的窗戶，窗簾搖曳著，另一頭的黑色形體朝著屋裡探頭探腦。

趴在床上的勝範翻動身體，側躺著抬頭看向開啟的窗戶。在前一晚睡著前還覺得熱，凌晨卻覺得有點冷，但他又懶得去關窗。於是他把被子蓋到頭部，一邊調整呼吸又把被子拉開，再次抬頭看向窗外。還睜不太開的眼睛眨了幾下，他注意到那個晃動的窗簾尾端。起身雙腳接觸到冰涼地面讓他打了寒顫，眼睛半開，他將被子披在肩上，走到窗邊把窗簾拉開。沒幾棟的灰白建物另一頭是半被黑暗籠罩的山，潮濕的風讓勝範吸了吸鼻子，當他伸出手準備關窗時，黑影無聲無息地靠近他，一張白淨的臉在他耳邊低語。

「你還要繼續睡？」

「啊！」

嚇了一大跳的勝範原地跳起，踩到被子往後跌個四腳朝天，睜開睡意全消的雙眼看著面前的孔實，對方看到摔倒的勝範兀自竊笑。

「可惡，突然跑來幹嘛？」

「現在是睡覺的時候嗎？」

孔實一臉嚴肅。

「隨便跑進別人的房間是一種失禮！」

勝範一邊拉起被子，一邊撐地起身，跌倒的衝擊力道讓他不自覺哀哀叫。

「這點我很抱歉，但那是因為我很急！還不都是因為高老闆突然準備要出門！」

「今天韓藥房沒有營業，她可能是要去哪裡串門子吧？」

「你也未免太遲鈍了吧？要偷別人的技術也要懂得察言觀色啊！高老闆又沒有那種能見面聊天的親戚好友，你覺得會是什麼事？」

「是要出診的意思嗎？」

「總算是能夠講得通了，感覺要快點準備出門了。」

勝範在一陣驚慌失措中，趕緊披上一件襯衫，要去廁所時，怒瞪了原本還想跟進來的孔實一眼。隨便洗漱過後的勝範穿好褲子和襪子踏出房門，早早起床的靜美已在客廳裡的瑜伽墊上做瑜伽，她的左手手臂往前伸直，用左腳支撐身體，然後用右手抓住右腿，在旁邊看著她的孔實問道：

「這是什麼詭異的動作？」

「你這麼早就起床啊？」

靜美沒有因為勝範出現就解開動作，她問道。

「這種動作是人類有辦法做的嗎？」
對此感到神奇的孔實跟著做，但身體卻完全不聽使喚，搖搖晃晃的。
「別做了吧，會受傷的。」
喔不對，鬼魂應該不會受傷吧？
「什麼？」
靜美看著勝範。
「你居然還會擔心我？放心吧，我都做幾年了。」
接著換邊做出相同動作。
「哎呀，年輕女孩的動作真美，我還年輕的時候身材也是很不錯的，如果我跟著做也能變成那種身材嗎？」
得早點去高老闆那邊，但孔實卻自顧自地沉迷瑜伽動作。
勝範拍手兩次，讓孔實把注意力擺回自己身上，孔實擺出「知道了」的手勢，靜美轉過頭。
「幹嘛？」
「沒事，覺得妳很厲害。」

「我就說嘛。」

靜美仰起鼻子，勝範趕緊動身走向玄關，孔實則是看著靜美的下個動作，詢問正在玄關穿鞋的勝範。

「我是出於好奇才問的，你是跟那位小姐交往才會住在一起嗎？」

「才不是！」

「你說什麼？」

靜美瞪了勝範一眼。

「沒事沒事，我只是自言自語。」

他隨便說了幾句唬弄過去，就逃出家裡。走在前頭的孔實不斷竊笑，還真享受讓人感到慌亂困擾喔。

即便是星期天，凌晨的街道也還是因為開門營業的店家而忙碌著，但素晶韓藥房的門已經深鎖，是來晚了嗎？勝範心急地東張西望。

「啊，往那邊去了。」

孔實指向某處，然後推了勝範的背。

「快跑。」

「妳不一起去嗎？」

「我幹嘛去？都已經把消息都跟你說了，要偷治療術就是你的工作啦！」

「是是是。」

把手背在身後的孔實雖然很討人厭，但這話也沒說錯，勝範沒有半點遲疑就開始跑，趕在瘦小的素晶身影感覺立刻就要消失在眼前之前。

◇◇◇

素晶前往轉運站，一輛老舊公車彎進轉運站停下，車門一開，就有幾位乘客下車。素晶拿起放在地上的沉重包袱上了公車。勝範猶豫片刻，把外套往上拉，遮著臉也上了公車。

把包袱放在座位底下，正要坐下的素晶看到經過身邊的西裝男，又多看了對方一眼，在這裡會穿這種衣服出沒的人就只有一個。她皺起眉頭，到底是怎麼知道才又跟上來的？她乾咳幾聲坐下，若要對每件事都有反應實在太麻煩了，於是她選擇忽視。

公車在鄉間小路開了好一陣子，插完秧的田野在眼前無盡展開，經過林蔭道，早晨陽光灑進公車，刺眼的陽光讓人瞇起眼睛。老舊的公車車體不斷晃動，勝範倚靠著公車椅背，他這才想到，來到雨華市以後，他還從沒好好參觀過這個地方。

勝範看向窗外，差不多的風景和田地，跟剛剛看過的景色沒兩樣的住屋，偶爾有人，偶爾有狗出沒，看著看著讓勝範的眼皮越來越重，闔眼後再睜開的眼前視野有些模糊，雖然他試著出力，但素晶的背影卻發散成兩個消失，他失去了意識，閉上眼睛。

哐啷！車體一陣大晃動，嚇了一跳的勝範睜眼，快速眨眼甩掉睡意的他打了個哈欠。

『這時候如果能喝一杯濃濃的咖啡就太好了——』

勝範突然從位子起身，素晶該在的位子空蕩蕩的，他透過公車後方窗戶發現素晶的身影越來越遠。

「請、請等一下！司機！」

公車一停，趕忙下車的勝範朝著走在連接村莊農路上的素晶狂奔，在漫長的水泥路上沒有任何常見的路樹，陽光直接照在頭頂。跑到素晶後方的勝範在適當距離停下腳步，喘著粗氣。都想不起自己多久沒這樣跑了，他決定從明天開始要好好運動，一邊伸展著腰部，用手背擦完汗又接著走，素晶已遙遙領先在前頭。

原以為目的地應該是村子裡的某一家住戶，但素晶卻是直接穿過村子，然後又踏上在田野間開展的上坡路。到底要去哪裡？素晶爬上那條窄路，中途停下來喘口氣的勝範轉頭看向後方，沒幾戶人家的村子裡的房屋屋頂已經在很下面的地方。他心死地看著素晶的背影，現在就想要立刻下山。

「哈，這老人都不累嗎？」

在路的盡頭出現一條上山的路。

都已經爬到這裡了，不是應該要出現點什麼了嗎？難道這老人只是為了讓自己吃癟才耍小手段嗎？跟孔實串通要讓他吃苦算是挺合理的懷疑，但話說回來，這條路到底何時才會到盡頭啊？

「呼、呼！」

勝範開始一件一件脫衣，先脫了西裝外套，然後是領帶，接著是扣到脖子的釦子，穿著皮鞋的腳底相當疼痛。早知如此就穿運動鞋來了，他嘟嘟囔囔著爬上陡峭山路。

鬱鬱蔥蔥的高聳樹木遮住陽光，能避開陽光讓他心情好上許多，吹著涼風讓已經紅到快熟透的臉冷卻下來，被汗浸濕的衣角沾上涼爽的空氣，是一種讓人心情愉悅的浸潤感，但這感覺也沒維持多久，因為眼前的山路根本沒有盡頭。才想著爬完這個坡應該就到了吧？過了那條山脊應該就到了吧？雖然他總是抱持著這種期盼，但每當爬上一個坡，就又會出現另一個坡，過了一條山脊，又會是另一條山脊在眼前展開。穿著皮鞋的腳底滑了一下，勝範使勁抓著相思樹。

「呃！」

勝範看著在遙遠前頭就像飛鼠一樣迅速爬山的素晶背影，看起來絲毫沒有疲憊，搞不好連半滴汗都沒流。他的皮鞋不斷打滑，汗如雨下，他忍無可忍地大吼：

「啊！妳等我一下啊！哪來的老人走得跟尤塞恩·博爾特❷一樣快啊！」

聽到已經忘記自己是在偷偷跟蹤的勝範喊聲，素晶往後瞥了一眼，嘖嘖嘖，那個咂舌的聲音成了回音。

越往深山走，四周也越來越暗，原本的浸潤感也被黏膩感覆蓋，雖然吹著涼

❷牙買加前男子短跑運動員，曾獲八面奧運金牌，世界紀錄保持者。

風，但卻夾帶沉重的濕氣。落葉腐爛的味道刺激鼻頭，飛蟲的聲音一直在勝範耳邊迴盪，他伸手打死停在手臂上的蚊子，紅色的鮮血渲染了白襯衫。他擔心自己又會滑倒，刻意避開落葉多的地方走，也不知道是什麼時候被蚊子咬的，他用指甲搔了搔發癢的脖子凸起處。

沙沙，從剛剛就一直聽到草叢有動靜，黑暗陰森的山路看起來沒有什麼不同，但心情卻感到莫名詭異，於是勝範又更加緊腳步跟著素晶。心臟從剛剛開始就已經跳得很快，但感覺又因為內心的不安加速了，是不是有什麼東西跟上來了？會是什麼？不會是鬼魂吧？

此時，草叢間有了動靜，有個東西竄出。

「啊啊啊啊！」

嚇得不輕的勝範抓住素晶的手臂，躲到她身後。

「你這人怎麼回事啊？」

勝範發瘋似的動作讓素晶身體一個不穩，勝範一邊尖叫，一邊指著某個地方，接著看到一隻山野兔蹦蹦跳跳。

勝範感到一陣丟臉。

「妳到底要去哪裡？」

雖然覺得丟臉又羞恥，但勝範還是沒有鬆開抓住素晶的手問道。

「我說了你就會知道？」

「雖然我不知道，但至少跟我說一下吧，太恐怖了。」

「那你幹嘛跟來煩我啊？既然這麼害怕就立刻下山！」

「下山應該更恐怖吧？」

勝範想像那個場景，真心哽咽。素晶又嘖嘖幾聲，覺得緊黏著自己的勝範很煩，試圖搖動手臂甩掉對方，但勝範反而黏得更緊。

「我這什麼八字啊，還得帶著這個累贅走。」

不斷抱怨的素晶拖著比自己重上許多的行李走出這座大山，隨後出現一片寬廣空地，空地上有一間老房子，沒有圍籬，看起來已年久失修，院子裡滿是雜草。其中一側有個半倒的空牲舍，旁邊有一個灶和生鏽的鐵鍋。泛黃的石板屋頂下有著龜裂如蜘蛛網的土牆，感覺立刻就會倒塌。咳咳、咳咳，屋裡傳來陣陣咳嗽聲，素晶熟門熟路地打開那扇用報紙補黏在窗紙破裂處的門。

「有人在嗎？」

「唉唷，這是誰啊！妳怎麼跑來這種深山裡了？快請進！」

原本躺著的老婆婆起身熱情迎接，她掀開厚重棉被，又是一陣咳嗽。身材瘦小，背又非常駝的婆婆隨意紮起白髮，用顏色暗沉的銀髮釵固定。進到屋內就聞到一股老屋子特有的味道，勝範尷尬地正打算坐下，素晶叫住了他。

「我不能看診，既然你都來了，來幫老太太把個脈吧。」

「什麼？」

「你是來玩的嗎？」

「這倒不是。」

「怎麼了？」

婆婆看著素晶，用幾乎沒有牙齒的嘴問。素晶笑著說：

「喔，我們韓藥房對面開了一間新的韓醫院，他是那裡的韓醫師，出於好奇才跟我來這裡。也好啦，還可以順便把個脈。」

「唉唷，真是太感激了。」

雖然他不是來玩的，但也不是來幫人家把脈的啊。勝範膝蓋跪地往前爬行，握住婆婆的手腕，只剩骨頭的手腕非常纖細，他靜靜按著跳動得非常薄弱的脈搏，接著抬頭看向對方混濁的眼睛。

「請把舌頭伸出來。」

婆婆像個會乖乖聽老師話的學生，把舌頭伸出來，滿佈黃苔。

「在發燒呢，會頭痛嗎？」

勝範摸摸婆婆的脖子和肩膀等處，很僵硬。

「一下冷，一下熱的。」

「腸胃應該不太舒服吧？有想吐的感覺嗎？會覺得胸悶，一直有鼻涕跟痰往喉嚨去的感覺嗎？」

婆婆點點頭。

「這是胸口有水氣的感冒，已經有了一定年紀，身體也很虛弱，必須小心，三餐還正常嗎？」

「沒什麼胃口……」

身上看起來沒什麼肉，只能摸到骨頭，瘦到這種程度，應該不是一兩天沒胃口而已，雙手抱胸的素晶向婆婆說：

「我不是說過要好好吃飯嗎？」

「太麻煩了。」

「我講過很多次，妳這樣原本沒生病也會搞到生病的，妳看，才過一個星期就生病了啊。」

這句話讓勝範挑眉，所以素晶一週前也來過這裡嗎？

勝範再次觸摸正在乾咳的婆婆手腕。

「以手腕為基準，稍微下面一點的手臂外側這邊是外關穴，裡面是內關穴，因為現在沒有針，我用指壓的方式幫忙疏通。這種程度的刺激應該會舒服一點，然後應該要吃藥……」

勝範看向在一旁靜靜觀望的素晶，素晶打開她帶來的包袱。勝範很好奇包袱裡裝的是什麼。裡面有裝著一些藥包和韓藥的盒子，底下還有小菜和幾個黑色塑膠袋，勝範倒抽了一口氣。

「妳揹著這麼重的東西來這裡？」

然後他剛剛還糾纏著對方，這體力到底多好啊？勝範張大了嘴，感覺素晶搞不好還比自己力氣更大呢！素晶把藥包遞給忍不住驚嘆的勝範，呆呆看著那個東西的勝範問：

「這是什麼？」

「你不是需要藥嗎？」

「我嗎？」

「不是嗎？」

「這倒不是。」

雖然是有在想，但就這樣遞給他是打算要他怎樣啊？他一邊抱怨，一邊起身。

「房間裡很涼，在廚房的灶生火，然後用外面的灶煎一煎這包藥就可以了。」

「我要怎麼生火？」勝範氣得頂嘴。

「可不能讓這麼尊貴的人來做這種事！」

婆婆試圖起身，撐著地要起來的身體不斷發抖。

「哪裡尊貴了？妳不要起來，還想用那副身體做什麼啊！」

素晶壓住婆婆的肩膀制止她。

「這哪有什麼難的，我來吧，我來。」

勝範也趕緊搖搖手。

「既然我們都來了，都會幫忙做的，妳休息一下吧。」

素晶跟著勝範一起出來，她走進廚房又走到住家旁邊，正在穿鞋的勝範看著黑漆漆的山的另一頭，她怎麼會有自己一個人走這條路的勇氣呢？正當他還在思考的時候，聽到踩草的聲音，在屋子旁邊的素晶叫了他。

「後面有一些木柴，但不多，在生火前得去撿一些生火用的燃料，掉在這附近的東西大多是樹枝，這應該不難吧？」

「很難！」

咳咳，但聽到屋裡傳來的咳嗽聲，勝範又癟著嘴。他在保持房子不會消失在視線範圍內的地方撿樹枝。這附近確實有很多斷掉的樹枝，他抱著一些比較長或厚的木頭，來回跑了幾趟。

「早知如此我就不會跟來了，妳是故意的嗎？怎麼有辦法這樣使喚人做事啊？我看這根本就是預謀的，肯定是妳們倆串通好，故意要讓我吃苦的吧！是我瘋了才會說要來做這種事，還自以為哇真棒耶才跟上來。」

「你在幹嘛！不煎藥了嗎？」

素晶在院子裡對勝範大吼。

「要去了啦！」

一直抱怨的勝範抱著倒下的樹幹尾端，拖回家裡，樹幹上的枯葉都被地上的雜草叢掃落。

勝範將點火的報紙放在堆滿木柴的灶裡，接著開始吹氣，燒得焦黑的紙只剩灰燼，虛無地消失，紅火看來是沒有要被點燃的跡象，只湧上一股嗆人的煙。勝範用手背擦掉眼淚，再次用火柴棒摩擦火柴盒側面點火，他快速把火轉移到報紙上，接著又塞進灶裡，原本兇猛的火勢再度熄滅。

廚房裡的素晶探出頭。

「還沒好嗎？我真的是被你打敗。」

靠過來的素晶身上有股香香的栗子味，這麼一想還真是一整天都沒吃東西，勝範肚子發出咕嚕聲，聽到聲音的素晶瞥了他一眼。

「才做多少事情肚子就在叫？」

「這程度已經算做很多了好嗎！我今天什麼都沒吃耶。」

「誰叫你要追上來。」

早知道會這麼辛苦，他根本不可能會追上來，但如果他繼續在床上磨磨蹭蹭，那些債誰來還？什麼時候才能賺得到錢呢？正因如此，雖然他癟著嘴，倒也沒有表示不滿。他伸手把眼前的煙霧揮散，沒有形體的煙霧在空中散開。素晶熟練地抽掉幾根木柴，在縫隙處塞了乾燥落葉和小樹枝，接著將報紙點火塞進去，用她帶來的扇子搧風。風勢讓火焰順利轉移至木柴，搧了幾次風的素晶把扇子放在地上。

「你知道怎麼煎藥吧？」

「那當然，還怕我做不了這點事嗎？」

勝範把水倒進洗乾淨的鐵鍋，攤開藥包的包裝紙，裡面有麻黃、草芍藥、細辛、乾薑、桂枝、甘草、五味子、半夏，他用手掂了一下藥材，是小青龍湯。他一臉無語地看著廚房裡的素晶，這是針對婆婆感冒症狀的正確處方藥。她明明早就知道是什麼症狀，還要他來把脈是為了要測試他嗎？不對，既然一週前也來過這裡，應該不知道對方感冒了才是。那她怎麼有辦法帶著這些藥過來？還是婆婆其實生病超過一星期了？

疑惑的勝範把藥倒入鐵鍋，蓋上鍋蓋，拾起扇子。雖然他一邊搧風一邊細想，但還是想不到合理的答案。

「過來吃飯吧。」

拿著小餐桌走進房間的素晶呼喚勝範，聽到有飯吃，勝範趕緊進房找好位子坐下，素晶則是捧著一碗粥來到臥床的婆婆身邊。

「你快點吃一吃，再去後院劈柴。」

「劈柴嗎？」

「總要付飯錢吧？難道要撇下力氣大的年輕人，讓我們這些老太婆來劈？怎麼？你劈不了柴嗎？」

『看來是要使喚我到底了。』

勝範嘆了口氣。

吃飽飯，勝範依照素晶的指示用斧頭劈柴，劈了數千次那末端短禿又生鏽的斧頭，汗如雨下，視線模糊。勝範突然驚覺，為什麼自己在做這件事？每當他揮舞著根本不好使的斧頭，十次中有兩三次都會差點劈到自己的腳。

「可惡！」

他丟下斧頭，辦不到！

「唉唷，叫你幹嘛都是有去無回，你不想回家了嗎？」

看著這個也不知道是用了多少力氣，漲紅一張臉的勝範，素晶噗哧一笑又緊閉著嘴。勝範一邊整理在地上滾動的木柴，哀怨地走到房門口。素晶看著勝範心想，這次居然沒有頂嘴，要他做的每件事都還是硬著頭皮做完了，但又因為他事情做得不好，老是得出手幫忙。她看著搖搖晃晃的勝範背影，感覺自己長達十年的鬱結好像都往下沉了，既然這次都吃了大虧，以後應該不會再繼續跟著她了吧？

不知不覺間，陽光減弱，暑氣也銳減。勝範在水龍頭邊洗臉，可能因為是地下水的緣故，水非常冰冷，他原本只是用水擦手臂和臉，後來甚至還洗了頭。

「要按時吃飯跟吃藥，我會來確認的，如果吃完這些藥覺得有好一點，就吃盒子裡的藥，那是補帖。」

「每次都很感激妳，該怎麼回報妳啊。」

「如果真的感謝我，以後就別再生病了。」

在後頭的勝範用手帕擦乾身上的水，說完話的素晶走在前頭。

「一起走啊。」

「韓醫師，今天謝謝你了。」

「不會，要好好調理身體，按時吃藥，三餐也要按時吃。」

快速說完這句話的他趕緊走向素晶。

「路上小心。」

「好的，請回吧。」

跟來到家門口送行的奶奶道別後，勝範碎步跟上已走在前頭的素晶。

「都說要一起走了。」

「很熱，不要黏著我。」

素晶避開身旁的勝範，他用手帕擦著依然在滴水的頭髮，潮濕的風吹拂著沾水的部位，十分涼快。入山之前，他回頭確認婆婆進屋了嗎？卻看到婆婆依然在原地揮著手，勝範趕緊做出要她進去休息的手勢，然後又頓了一下。婆婆身邊有個女鬼，是之前在韓藥房見過的，沒有眼睛也沒有腿的女鬼。

他的心裡一沉，為什麼那個女鬼會在這裡？臉色變得蒼白的勝範又緊黏著素晶，她皺著眉頭回頭看，然後嘆了一口氣，說道：

「你現在是在替那個女鬼解冤。」

聽到這句話的勝範，來回看著素晶和女鬼，女鬼彎下腰鞠躬。

「……什麼？」

幾天後，勝範又在路上見到那個跟素晶一起看到的女鬼，當時的他正在韓醫院看著窗外，吃午餐，喝咖啡。對方打扮得整整齊齊，幾乎是認不出是同一個女鬼的程度，算是比較不像鬼，比較人模人樣了？原本沾血的衣角換成新衣，不再流血淚了，表情也從悲傷痛苦變得比較平靜。

這樣的她帶了一批人類過來。

「啊，一隻鬼魂抵十個人。」

原來是在還債啊，勝範一邊喝著冰涼的咖啡，一邊看著進入素晶韓藥房的人們。他揉揉自己的肚子，不是因為咖啡太涼，而是因為忌妒讓他的肚子發酸。認真想想，就跟素晶說的一樣，幫忙解冤的人其實是他不是嗎？雖然事情是兩個人一起做的沒錯，但肉體上的勞動可是他做得更多欸！

『真過分！』

正當他翹著嘴轉頭時，發現女鬼正帶著其中五個人類過馬路。

「喔？」

勝範不自覺出聲，跟女鬼對上眼。對方露出微笑用眼神致意。人們就像是因為身體不舒服要來韓醫院看病似地，紛紛踏上樓梯。

9 素拉

「那些沒辦法實現，沉痛又委屈的心情，可稱作是一種冤屈。」

勝範坐在韓藥房的沙發上聽孔實說著。直到午餐時間，人潮洶湧的韓藥房才總算進入暫時平靜的狀態，咬一口巧克力派，咀嚼個不停的孔實突然笑出來。

「舉例來說，此時此刻你賺不到錢的心情，也可以稱得上是一種冤屈。」

「哇，還真貼切。」

勝範雙手抱胸，靠著沙發椅背，眼睛雖然盯著電視螢幕，但腦中還在反思素晶所說的話。他幫女鬼解恨了，幫忙解恨跟治療鬼魂是有關的嗎？孔實伸手，勝範替她拆開巧克力派的包裝。

「昨天住在隔壁素基里的素拉媽媽來了。」

「素拉媽媽是誰？」

勝範一遞出巧克力派，孔實立刻一口吞下。

「就叫妳細嚼慢嚥了。」

「嘿嘿，不知道多久沒吃巧克力派了，是因為很開心啦。」

孔實笑得露出牙齒，齒縫卡滿了巧克力。

「不用擔心牙齒爛掉還真好，所以那個素拉媽媽是誰？」

勝範再拆了一包。

「啊！該說她是高老闆沒辦法治療的鬼魂嗎？」

「居然還有醫不了的鬼嗎？」

這非常令人意外，居然也有醫不了的鬼魂。孔實吸吮著手指上的巧克力。

「哪有百發百中的治療啊？如果有人叫你去殺死那個殺了他的人，你會答應嗎？」

「確實沒辦法。」

勝範想起自己之前偷偷帶回韓醫院的男鬼，對方也是突然變得兇神惡煞，還毀了半間診間。想到當時重新整修的費用，嘴裡一陣苦澀，他把巧克力派放進自己口中。

「都叫你不要吃了！」

「這是我買的欸！然後呢？」

「高老闆好像因為素拉媽媽的拜託，去了好幾次她在素基里的家，但每次都遭到拒絕，她也沒轍。」

「發生什麼事了嗎？」

「他們家女兒生病了。」

勝範遞出巧克力派，接著又收手不讓原本要拿巧克力派的孔實拿到，她的眼睛瞪得老大。

「這是在幹什麼！」

「細嚼慢嚥！」

「好啦！」

她皺著鼻子，擔心巧克力派又被搶走，一把抓著，然後咬了一口咀嚼，勝範看著每次孔實有動靜就會掉在地上的巧克力派。

「有試過用繃帶纏嗎？」

「嗯？」

「妳的肚子。」

「啊，這個嗎？」

她把衣服往上掀，被直直切開的肚子裡露出剛吃下肚的巧克力派。勝範一開始覺得很恐怖，但現在已經不會了，仔細看剖面會發現黑乎乎的地方是乾淨的，看起來應該是生前肉體就有的手術疤痕。

「好像是因為車禍導致內臟破裂吧？因為是在連急救都來不及的狀況下就死了，那些破裂的東西也不可能縫得多好，我有用繃帶纏過，也有用塑身衣固定過，但真的太悶了。」

孔實搖搖手放下衣服，勝範這時上下打量了孔實的模樣。非常纖瘦的身材，有點太大件的華麗碎花短袖上衣跟短褲，拉到腳踝以上的黑襪，以及黑色運動鞋。發現勝範眼神的孔實將雙腳的運動鞋尖碰在一起。

「這些都是高老闆買給我的，她每個月都會買新衣給我，雖然我不確定你知不知道，但高老闆是很有錢的，羨慕吧？」

「是看不出來，但如果是真的，很羨慕。」

「那還是，你來做這件事吧？」

「連高老闆都做不來的事情，我行嗎？」

「如果你做到連高老闆都做不到的事，不只是雨華市的鬼魂，這消息應該會立刻在全國所有鬼魂之間傳開吧？都說話無足能行千里，鬼無足可是能行萬里的！」

聽起來好像挺合理的。

「她女兒生病了嗎？」

「如果能帶女兒去醫院檢查可就好嘍。」

「沒帶去嗎？」

「素拉媽媽因為有點小感冒去了醫院卻死了，所以她老公完全不相信醫院。孩子看起來好像也生病了，高老闆說她會負責把孩子治好，結果丈夫不讓她接近孩子。」

這難道不算虐童嗎？但總而言之，聽起來應該是只要說服那個頑固的老爸就行了吧？勝範笑嘻嘻地點點頭。這又不是什麼難事，明明這麼簡單，素晶卻辦不到？肯定是一直堅持自己才是對的，又倚老賣老了吧。

「妳說那是哪裡？」

「你寫下來。」

勝範從腰間抽出一張傳單寫下地址。

勝範的轎車停在素基里入口，烈日刺眼，戴著墨鏡下車的他拿出抄寫地址的傳單，看了一眼地址。經過一家小型超市後確認巷弄號碼，穿過發出嘈雜蟬鳴的槐樹，槐樹樹蔭下只有幾張空蕩蕩的椅子，路上沒有半個能問路的人，也不曉得是不是因為太熱，大家都待在家，路上非常寧靜。

因為之前有過太過辛苦的經驗，今天勝範穿著黑色短袖上衣和舒適的棉褲，以及白色運動鞋。為了鍛鍊體力，還從幾天前開始跟著靜美練瑜伽。但今天好像特別沒風，濕度太高，才走沒幾步路就開始喘。他沿著比自己更高的圍牆走，看著每家大門寫的數字，挨家挨戶探頭張望。在差不多快抵達社區盡頭時，空氣中那股細微的牛糞臭味變得更加濃烈，接著看到一間寬敞的畜舍。

「這是有幾頭牛啊？一、二、三、四……這每一頭不知道值多少錢耶？」

畜舍各個角落都擺著運轉中的電風扇，勝範穿過堆得老高的稻草堆，終於在路中央看到一個蹲坐在地，正在用白色粉筆在地上畫圖的孩子。被汗浸濕的粉紅上衣黏在身上，肩胛骨和脊椎骨很突出。把長髮紮成一束的孩子在豔陽下似乎也不覺得熱，在地上畫著奇怪的圖案。勝範摘下墨鏡細看，圓圈底下畫了一個三角形，然後下面又畫了一個倒過來的豆芽，到底在畫什麼啊？他一靠近，圖案被他的影子覆蓋，孩子抬起頭，用清澈的雙眸看著勝範，瘦削的臉上結了粒粒汗珠。勝範把傳單遞給孩子。

「叔叔是做這個工作的人，妳知道韓醫師吧？會幫忙治病的人，所以我不是危險的人。叔叔有幾件事情想問妳可以嗎？妳是素拉嗎？」

孩子點點頭，素拉摸摸手上的傳單，看了一下正面，又翻到背面，發現上頭寫著這裡的地址。

「妳爸爸在哪裡？」

素拉聽到問題，指向某個地方，小小手指指向正在餵牛吃稻草的爸爸。勝範因為豔陽而皺起眉頭。

「妳不熱嗎？要畫畫也可以在樹蔭下畫啊。」

素拉搖搖頭。

「那如果妳覺得熱，就趕緊去樹蔭下乘涼喔。」

看到對方點頭，勝範才走進畜舍。老舊的電風扇轉動聲非常吵，在聽得到牛叫聲的畜舍裡，他走向正把飼料倒進飼料桶的素拉爸爸。

「素拉爸爸，你好。」

勝範非常有禮地彎腰鞠躬，素拉爸爸停止手邊動作看向他，並用披在肩上的乾毛巾擦拭汗水。

「你是哪位？」

「我是在市區經營韓醫院的醫師，原本在首爾第一韓方醫院，現在來到這個水質清澈的地方。雨華市有好山好水，也很有人情味的傳聞，都傳到首爾去了。」

「韓醫師來找我有什麼事嗎？」

一句話直接斬斷嘰嘰喳喳的勝範，素拉爸爸用豎起尖刺的語氣詢問，表情寫著並不想跟韓醫師對話的感覺，勝範也直接切進正題。

「孩子看起來好像生病了，我想替她診療，也還有母親的拜託。」

「誰生病了？我的孩子非常正常，而且我老婆已經死了，哪會有什麼拜託？我無話可說，請你離開。」

「孩子最近不是變得消瘦，也生病了嗎？」

「我們素拉才沒有生病！」

「那至少讓我替她把個脈吧？」
「你要是敢碰素拉一根寒毛，我絕對不會放過你！」
對方大吼，勝範被這股氣勢逼退幾步，因為是在醫院失去妻子的，對方看起來對於跟這相關的一切都有著非常深的不信任。
「我對夫人的死感到遺憾，但如果再這樣固執下去，本來可以立刻醫好的病也可能變得無藥可醫。」
「你懂什麼？一個醫師是懂什麼啊！我老婆當初只是單純的小感冒而已！都已經講過了，我老婆就是被你們這些人的失誤害死，現在還想來覬覦我的小孩嗎？」
「請你冷靜，並不是所有醫師都一樣，我待過首爾知名的第一韓方醫院，也是那邊有能力的人才——」
「如果你要繼續講這種鬼話，就給我閉嘴離開！」
「先生，我的意思是——」
「還不快滾？」
素拉爸爸看了看四周，拿起倚靠著柱子的鐵鍬。勝範被對方高舉鐵鍬的模樣嚇了一大跳，倒退好幾步。

「滾！」

對方揮舞著鐵鍬，感覺立刻就會追上來的模樣讓勝範轉身逃跑。

勝範頭也不回地跑到村莊入口不遠處的超市，上氣不接下氣的他多次回頭確認素拉爸爸沒有拿著鐵鍬追上來。在槐樹樹蔭下調整呼吸的他踉蹌地走向超市。走進店內，黑漆漆的內部十分安靜，老舊的收納櫃擺著種類偏少的零食、泡麵和調味料等。他穿過有股臭味的屋內，從發出吵雜聲響的冰箱裡拿出一瓶水。

「老闆！有客人！」

他扭開瓶蓋，咕嚕咕嚕地喝水，天氣很熱，那位爸爸也令人鬱悶，不但對他的話充耳不聞，還一口回絕了舌粲蓮花的他。勝範一下就喝光整瓶水，但不曉得是不是冰箱溫度不夠冷，還是故障了，水一點也不涼，於是他走向門邊的冰淇淋櫃。

「有客人！」

「來了！」

推開櫃門，寒氣接觸皮膚，勝範在櫃裡翻出他喜歡的西瓜冰棒，屋內深處有個大塊頭的大叔出來，勝範拿出口袋裡的錢包。

「一瓶水跟這個。」

「你是去了素拉家嗎?」

掏出現金時，大叔裝熟詢問。

「你怎麼知道?」

勝範拆開西瓜冰棒的包裝反問，大叔指著他的身後，這才看到在門邊探頭的素拉。

蟬鳴聲震耳欲聾，勝範和素拉並排站著，吃著冰淇淋。

◇◇◇

勝範下車時揉揉自己的後頸，他這幾天都用出門看診的藉口，在沒有病人的時段去了素基里。無聊的素拉如果有瞞著爸爸跑出來，勝範會趁機觀察孩子是否安好。孩子雖然不說話，但她會用點頭或搖頭的方式跟勝範交流，原本想說孩子應該是本來就不會說話，但因為聽過好幾次她叫爸爸的聲音，讓勝範莫名有了野心。

「叫叫看『韓醫師』吧。」

雖然也曾用過糖果餅乾誘惑，但孩子依然搖頭。

「為什麼？爸爸叫妳不要跟不認識的人講話嗎？」

孩子針對勝範這個問題點頭。

「但我們都見過這麼多次了，應該已經很熟了吧？」

雖然無法成功利誘對方，但勝範趁著遞上餅乾時抱怨幾句。素拉總是會拆開餅乾的包裝，先把餅乾遞給他吃。勝範摸摸孩子的頭。

「爸爸這方面教得很好呢，爸爸現在在哪啊？」

覺得勝範很煩的素拉爸爸為了閃躲他，每次都會待在不同地方，有時候在牛舍，有時候在後山的玉米田、溫室，或萵苣田，勝範總會不自覺喊出「素拉爸爸好有錢！」然後找到他。應對靈活的勝範緊抓著只要看到自己就會皺著一張臉的素拉爸爸，不斷重複自己的能力有多好，非常努力要挽回對方對醫院的信心。雖然每次都是不久後，素拉爸爸就會勃然大怒，拿著鐵鍬把勝範趕走。但他都已經做到這種地步了，應該就連他們家的牛都會想要邊吃飼料邊測試一下對方能力了才是，但素拉爸爸卻仍是雷打不動，不給他任何機會碰素拉一根寒毛。

勝範下班後在家吃過晚餐，再次前往韓醫院。為了尋找跟素拉症狀有關的資料跟治療方法，他好一陣子都沒去韓藥房了，這也顯現這次對勝範而言是個很好的機會，如果能在沒有素晶的幫助下，解決鬼魂的冤情，他的名聲應該能在鬼魂界有所提升，而且如果把素拉的病治好了，韓醫院想必也能在雨華市立足，素拉爸爸已經在村裡住了很久，又很有錢，這件事肯定會傳開。雖然他今天又跟素拉一起抓蚱蜢，以遊說失敗坐收，但成功治療肯定只是時間問題，所以他必須隨時做好能為素拉治療的準備。

「你最近都在忙什麼啊？」

聽到素晶的聲音突然冒出來，勝範原地跳起，他嚇得回頭，發現素晶手背在身後，站在韓藥房門口。

「嚇死我了。」

「是犯了什麼罪才會嚇成這樣？」

「哪有犯罪，我只是怕又被潑水才嚇到的。」

覺得被嚇到的自己很丟臉，勝範重新抬頭挺胸，但素晶的表情看起來十分兇狠。

「所以你最近都跑去哪？」

「我只是出去兜兜風而已，但我為什麼得跟妳報告啊？」

「如果只是單純兜風的話，就別白費功夫了。」

「什麼白費功夫？」

「我沒看都知道你會幹嘛！手法太不自然，肯定只是徒增對方的怒火吧！」

什麼不自然？即便他真的不太懂鬼魂好了，但這句話真是過分了。每件事都有所謂的第一次，第一次也都可能犯錯，但對於他正在努力要把素拉帶去醫院的此時此刻，「不自然」這幾個字還真是令人傷心。

「妳還怕我沒辦法替鬼魂病患治療嗎？這件事又不是只有高老闆妳能做，如果有這種法律規範倒是拿來給我看看啊！沒有的話就別對我指手劃腳的。」

勝範撇下對方，癟著嘴走上階梯。

「什麼嘛，她自己懂就了不起喔？也未免太看不起我了。」

勝範打開韓醫院的門，穿過黑漆漆的內部。窗外的路燈燈光映照進來，他走向有電燈開關的櫃檯。

「我這次一定要成功，好好挫挫她的銳氣！」

答，等候室的燈光亮起，勝範跟站在明亮燈光下的女人對到眼。

「呃啊啊！」

因為鬼魂的突然登場，魂飛魄散的勝範躲到角落，膝蓋跟骨盆撞到桌子的邊角，頭抵著牆壁，眼冒金星的疼痛讓他掉了幾滴淚。他已經躲在角落，但能感受到女鬼正在靠近自己。

「妳哪位啊？為什麼要這樣對我？」

「我是素拉的媽媽。」

「什麼？」

◇◇◇

隔天，勝範跟前一天一樣，把車停在超市旁邊。下車的腳步十分沉重，前一晚撞到的骨盆和膝蓋令他一動就發疼。他在超市買了零食前往素拉家，素拉原本倚靠著稻草堆，跑向他的腳步看起來非常危險。

「別跑，會跌倒的。」

勝範拿出零食打開，遞給素拉，孩子的小手在半空中抓了幾下，試了幾次才總算抓住零食袋。勝範在孩子面前移動手指，素拉的瞳孔慢了好幾拍才跟上移動的手指，勝範豎起一根手指問道：

「這是多少？」

孩子豎起兩根手指，這是不太好的訊號，孩子的視野開始模糊，把一個東西看作兩個了。勝範環顧四周，沒有看到素拉爸爸。

「趁爸爸不在的時候快吃吧，不然又要像上次一樣被罵了，給叔叔看看妳的臉。」

勝範看著素拉的臉，比之前蒼白許多。

「叔叔可以知道妳是什麼時候開始流鼻血的嗎？」

素拉聽到這句話，看向畜舍後方。看來是爸爸有強力警告過孩子不能回答任何問題。

「沒關係，不說也沒關係，吃零食吧。」

勝範朝著素拉眼神所向之處移動腳步，一到畜舍後方就看到正在用雙輪車清理牛糞的素拉爸爸。

「唉唷，素拉爸爸，今天也在辛苦工作呢，是不是很累啊？」

「我應該講過要你別再來了吧？」

看到勝範的素拉爸爸把鐵鍬插在牛糞堆上，要是被那根鐵鍬打到會是件很羞恥的事，勝範覺得自己的頭莫名發癢，他一邊搔頭，一邊說明已經說過不下數次的專業能力。

「我只要把個脈就能知道孩子哪裡不舒服了，我應該有講過吧？我之前待的首爾第一韓方醫院是韓國知名的癌症專門韓方醫院，你應該也聽過幾次，可以想像得到要在那邊工作是多困難的事吧？那裡有名符其實的韓醫師和西醫師，在那些人之中的第一還能是誰？」

「你不是說是你嗎？聽幾百遍了，都背起來了！」

「那看來你很了解嘛，所以我是可以治好她的，為什麼？因為我是有能力的韓醫師。」

「那麼有能力的韓醫師又是為什麼老是忘記我說過不需要呢？」

勝範偷瞄了一眼手握著鐵橇握把的素拉爸爸，他想起前一天素拉媽媽分享素拉的狀態。不能再拖了，今天就用挨那根東西打一下的名目把素拉帶走吧！

「再繼續放任下去真的不知道會變成怎樣！孩子不是從幾天前就開始流鼻血，

還昏倒好幾次嗎？請不要因為你的個人私心把小病變大！」

「你怎麼會知道這件事？」

「這……」

實在沒辦法說這是孩子媽媽說的，勝範有點支支吾吾。

「素拉！鄭素拉！」

素拉跑進畜舍。

「我都叫妳乖乖待在家了！」

爸爸大概認為是素拉講的，對孩子說話很不客氣。

「先生，不是素拉講的……」

素拉爸爸理都沒理勝範，直接帶著素拉回家。

◇◇◇

或許是因為晚霞的關係，韓醫院等候室一片紅通通的，沒有病人的韓醫院非常安靜，勝範因為昨天才剛跟素晶吵架，要去韓藥房也有點怪怪的，他趴在治療室的桌子，看著外頭的紅霞，接著聽見哪裡有玻璃破碎的聲音，勝範抬起頭詢問靜美：

「這是我們韓醫院發出的聲音嗎？」

「我什麼事都沒做耶。」

正在翻書的靜美這麼回答，接著說道：

「那不是韓藥房的聲音嗎？」

「什麼？」

聽到靜美說的話，勝範起身看向窗外，路過的人們都在韓藥房外頭張望，敞開的門外灑了一堆韓藥材。勝範跑向韓藥房，路上的車子對著突然竄出的勝範長按喇叭。

「妳是瘋了嗎？是妳在整個鄰里宣傳我女兒生病吧！」

是素拉爸爸，他亂砸韓藥房的東西，正對著素晶發火。即便韓藥房被砸，表情也沒有一絲變化的素晶靜靜看著對方的舉動。

「你突然跑來講這些，我真聽不懂在講什麼。」

「妳不是跑來我家好幾次，說要治療素拉嗎！現在還跟我裝不知情？那該死的韓醫師跟妳一樣，信誓旦旦說要把素拉治好，這事妳不知道？我女兒才沒有生病！」

他拿起磅秤砸向牆壁，看著這一切的五金行老闆走進韓藥房。巨大身軀一站到素拉爸爸面前，就像站在獐子面前的熊一樣，熊老闆抓住手裡拿著臼的獐子爸爸的手。

「夠了吧？你再怎麼生氣也不該來砸別人的店啊。我看這些事也是為了你好才做的，你要發脾氣也有點限度。」

「崔老闆你懂什麼？你覺得這些人折磨我們就有限度嗎？還把我女兒當成病人！她才沒有生病！」

素拉爸爸對著素晶大聲嚷嚷，勝範站在素晶前面。

「不是啊，如果你對我生氣應該來找我解氣才是，跑來這裡鬧哪齣啊？這件事跟這家老闆毫無關係，都是我自己做的。而且你要替孩子著想就應該想得徹底一點吧？這麼為孩子著想，還放任孩子跟著媽媽去，你還正常嗎？我都說要救了！」

「不要口無遮攔，別說了！」

素晶打了一下勝範的背，拍擊聲音滿大的，因為打了好幾下，勝範試圖掙脫。

「很痛啦！」

素晶粗魯地拽著勝範的手往外走。

「孩子的爸都說沒生病了，你要硬拗也要有個限度！」

「那妳為什麼要堅持？」

「我已經不堅持了，你出去！」

「可惡。」

勝範甩開緊抓住自己手臂的素晶，嚇了一跳的她眼睛瞪得圓圓的。

「孩子媽媽說孩子從幾天前就開始流鼻血，還因為頭痛暈倒，我看她應該還有眼球震顫的問題，視線沒辦法聚焦，會嘔吐，走路的樣子也很奇怪，這肯定就是——」

「夠了！」

素晶大吼，停止說話的勝範這才意識到聚集在自己身上的路人目光，這裡不會有人不知道，那個男人的妻子已經死了。

「這騙子現在還要拿我死去的妻子來招搖撞騙嗎？」

素拉爸爸一陣怒吼，撲了上來，崔老闆緊抓住他，大家又開始竊竊私語。

「可惡。」

勝範撇下一切，回到韓醫院，那些竊竊私語依然跟隨著他。

◇◇◇

「喝吧。」

靜美遞了罐啤酒，坐在等候室，看著黑漆漆的天空發呆的勝範接過那罐塞到他面前的啤酒，靜美準備了零食和魷魚，也不知道是何時出去買的，地上的塑膠袋裡滿是啤酒和燒酒。

「今天我請客！」

她打開啤酒，跟勝範手上那罐碰杯，咕嚕咕嚕痛快喝下。

「哈，真好，你還在幹嘛？快喝啊！」

勝範聽話地喝了啤酒，吞下沁涼的啤酒，他的喉頭一陣刺痛，接著像靜美一樣咕嚕喝下。靜美往勝範嘴裡塞進一整塊魷魚，接著打開燒酒瓶蓋，把燒酒倒進啤酒罐將空缺部分填滿。

「搖一搖再喝！」

「妳不是討厭喝燒啤嗎？」

「嗯，太好喝了，感覺今天可以喝到爛醉。」

她嚼著魷魚腳，也在自己的鋁罐裡倒入燒酒。

「把這些喝完就要抬頭挺胸喔！」

「我肩膀很垂嗎？」

「對，非常。」

勝範喝下酒。

「大家也真搞笑，只是想幫個忙也這麼多意見。明明根本沒必要打成這樣，也不用吼成這樣啊，幹嘛洗臉別人呢？孩子都生病了，讓她接受一次檢查就這麼難以接受嗎？我們院長的眼光應該是很精準的啊。」

「我就不該在那邊講出孩子媽媽的事。」

「對啊，不是聽說她去年過世了嗎？」

勝範看著拿了一塊零食放進嘴裡，平淡說著這句話的靜美。

「是去年嗎？妳怎麼會知道？」

「超商的工讀生跟我說的。」

「是嗎？」

看著擔心自己的靜美，忍不住鼻頭一酸，如果是她的話……

「我有話想說，因為我相信妳，我——」

「等一下！」

原本在嚼魷魚的她停止嘴部動作，眨了幾下眼睛，把嘴裡咬著的魷魚腳拿下來。

「在嚼魷魚腳的時候講什麼認真的話啊？」

她先用燒啤漱口，用認真的眼神點點頭。

「好吧，如果到了該說的時候了，那就說吧，我準備好了。」

聽到對方允許，勝範嚥了口水，把他這段時間憋著的話說出口。

「我看得到鬼。」

這跟靜美原本預期的走向完全不同，她呆滯地看著勝範。看得到鬼？好不容易才聽懂這話是什麼意思的靜美說道：

「哇……你是瘋了吧？」

「是真的，孩子死掉的媽媽昨天來找我。」

「你真的能看得到鬼？」

靜美張大嘴，勝範揮舞著手，為了說明昨天發生的事還手腳並用，十分努力。

「是真的，昨天素拉媽媽的鬼魂真的就在這裡等我！不然我怎麼會這麼清楚孩子的症狀？」

「所以你在這麼多人面前講這件事？難怪大家才會竊竊私語說你瘋了啊，誰會相信啊？連我都覺得你瘋了，韓藥房老闆唸你也很正常啦！等一下，剛來這裡不久的時候，你不是就說過在韓藥房看過鬼嗎？還說韓藥房老闆會跟鬼對話什麼的？所以韓藥房老闆也看得到嗎？」

「啊，雖然我現在才說，但我就是因為這樣才一直去韓藥房的，那個老闆會幫鬼魂治療——」

「但他們真的是鬼嗎？拍得到靈異照片嗎？可以的話很適合拍YouTube耶。」

靜美打斷勝範的話，眼神閃閃發亮。勝範嘴巴張大又閉上，他堅決地說：

「我先講，手機是拍不到鬼的。」

這句話讓靜美把手上的點心扔掉，不悅地將啤酒罐抵著嘴邊。

「原來已經試過了啊。」

10 請救救這個孩子

砰砰砰，有人在敲韓醫院的門，在沙發上睡著的勝範因為這連串的聲響睜開眼睛。外頭天色未亮，他撐起身體卻是一陣天旋地轉，還沒從宿醉與睡意中清醒的他，即便聽到如此吵雜的聲音也難以行動。到底是誰？即便喝醉也還是為了研究素拉的病該怎麼治療而獨留韓醫院的勝範，不小心在沙發上睡著了。

「請問是哪位？」

聲音不斷傳來，他氣得回應，結果又是一陣敲門聲。

「不要再敲了，門都要破了！」

好不容易才起來開門，門前的人是素晶。

「大半夜的，有什麼事嗎？」

對方沒有回答，臉色慘白地指著自己身後，後面跟著進門的是揹著素拉的素拉爸爸。勝範頓時清醒，素拉爸爸的背被滿滿的嘔吐物浸濕，正在艱難地呼吸著的孩子已失去意識。

「孩子突然說頭很痛就吐了，然後就昏迷不醒了。」

「不是啊，這應該要送醫院急診吧？」

「你不是說要把她救活嗎？拜託！」

「都到這時候了還不相信醫院嗎？」

「對不起。」

「院長，拜託你了。」

不知道是何時過來的素拉媽媽站在素拉爸爸身邊拜託著勝範。勝範抓抓頭，把頭髮往後撥。

「先來針灸室！」

勝範看著躺下來的孩子，推開闔上的眼皮確認後，用濕毛巾替孩子把嘴角擦乾淨。

「嘔吐或頭痛是因為腦壓上升所造成的，現在必須先把腦壓降下來，我會先針十宣穴。」

勝範用酒精棉片搓揉孩子的指尖，接著用放血器刺了指尖，十根手指頭開始出血，接著他揉搓孩子冰冷僵硬的身體，放血後他替孩子把脈，隨著氣血開始循環，原本很紊亂的脈象也逐漸緩和。

勝範看著熟睡的素拉的蒼白臉龐，他的心情就像胸口堵住般的鬱悶，病情比想像中進展更快也更嚴重。當初他雖然誇下海口會治好對方，但時間實在太不夠了，就算只是提早一天也好，都該讓素拉用更好的設備接受治療才會讓她更舒服，他想起之前吃著冰淇淋，會因為遞出零食而發笑的孩子那雙透亮的眼睛。素晶在一旁用溫熱水泡過的濕巾擦拭沾血的素拉身體，不曉得是不是剛哭過，素晶的鼻頭紅紅的。

「所以你的看法如何？」

「成神經管細胞瘤，這症狀我看過好幾次了。」

「醫得了嗎？」

勝範對這個問題沉默不答，雖然他為了這天很努力在研究治療方法，但打從一開始就無濟於事，他看著孩子蒼白的臉龐。

「細節必須要接受檢查才會知道，如果我的看法沒錯，必須讓孩子立刻接受手術，想在這種小地方治療是門都沒有。」

「所以？」

勝範看向坐在後頭的素拉爸爸。

「生病的孩子更適合擁有比這裡更厲害的醫療團隊和優秀設備的大醫院，第一韓方醫院的院長是這方面的名醫，雖然名稱是韓方醫院，但不是只用韓醫學進行治療而已，跟西醫的協診體系構築得很好，院長也是有好幾次將這個病治好的專家，如果腫瘤不大，還是有高度可能性的，你真的想把孩子醫好嗎？」

「那個人可以幫忙治療嗎？現在狀況非常緊急，但等著要讓他治療的人應該也很多吧？」

素晶問。但勝範忽略了這句話，再問一次。

「你說說看吧，你想把素拉救活嗎？」

素拉爸爸抬起頭，淚流滿面的他看向素拉。

「真的能讓素拉活下來嗎？」

「我會想辦法讓她活下來的。」

勝範毅然決然地點點頭，素拉爸爸低下頭。

「……那就拜託你了。」

語畢，勝範抓起車鑰匙。

太陽已經升起，勝範讓素拉躺在車子後座，素晶坐在旁邊，小心翼翼地讓素拉的頭枕著自己的大腿，接著替孩子蓋上勝範遞來的毛毯，輕輕地關上後門。

把早起煮好的解酒湯帶來醫院的靜美發現準備上車的勝範，她看出狀況不尋常，立刻跑上前。

「怎麼了嗎？」

走近靜美的勝範襯衫上沾滿了血跡和髒痕。

「素拉的病情比想像嚴重，現在要去首爾，今天韓醫院的預約病人就拜託妳了。」

「你該不會是要去第一韓方醫院吧？」

嚇了一跳的靜美抓住勝範手臂。

『被那裡趕出來的人要自己回去那邊？就算去了，他們難道會歡迎你，會開心嗎？他們肯定會想盡辦法要折磨你啊，你現在都已經是個各方面處境都很艱難的人了。』

勝範讀懂靜美臉上的心思，他把手覆上對方抓著自己手臂的手。

「會沒事的，素拉跟我都是。」

勝範回頭看向素拉爸爸。

「請跟著我的車走，萬一跟丟了請直接到第一韓方醫院來。」

「好。」

「請務必打起十二萬分精神，要是出意外就麻煩了。」

「好。」

勝範拍拍對方肩膀，跳上駕駛座。素拉爸爸也上了一輛貨車駕駛座，素拉媽媽坐在副駕。勝範發動車子，驅車前往首爾。

◇◇◇

因為很早出發，抵達首爾時也還沒過中午，市區因為上班車潮非常壅塞，勝範順利擺脫複雜車況，熟稔地彎進小路，接著抵達首爾第一韓方醫院。素晶抬頭看著高聳氣派的大樓，她實在不相信勝範曾是在這裡表現優秀的醫師。勝範把車停在韓方醫院入口，警衛立刻衝上前。

「不能在這邊停車，喔？醫師？」

「因為有緊急病患的關係，請你諒解。」

「但不能把車停成這樣……」

勝範小心翼翼地從後座把素拉抱出來，接著把車鑰匙拋給警衛。

「真的很抱歉，如果你能幫我停車的話就更謝謝你了！」

「醫師！」

勝範沒有回應對方，頭也不回地跑進醫院，院務科和候診室所在的一樓大廳已經擠滿患者。注意到外頭騷動，在裡面駐守的幾位警衛發現勝範後阻止了他。

「醫師，如果要接受治療，請先掛號。」

「我只要見一下院長就好。」

「院長嗎？有預約嗎？」

「當然啊，請幫我轉達金勝範正在等著院長。」

其中一位警衛走進院務科準備打電話。對方接到電話就算只是因為好奇，應該也會下樓吧，那麼……

「在吵什麼？」

聽到耳熟的聲音讓勝範皺起眉頭，眼前出現的人是成為副院長的宋奇允，從他那傲慢的樣子看來，應該從剛剛就在關注所有狀況。站到前頭的宋奇允一和勝範對到眼，就裝出一副很蹩腳的驚訝狀。

「這是誰啊？這不是在這裡工作被炒魷魚的金勝範醫師嗎？是什麼風把你給吹來啦？明明離開的時候搞得好像再也不會回來似的。」

奇允說的話吸引了候診室人們的目光。

『現在是大聲嚷嚷著要我離開醫院是吧？』

勝範趕緊吞下已湧到喉頭的話語，懷裡的素拉身體非常冰涼，宋奇允瞄了一眼他懷中的孩子，他這個人有很多種能力，其中一種就是非常會察言觀色，另一種是非常懂該怎麼挑釁勝範。看他嘻皮笑臉的樣子，應該是正在盤算著該怎麼同時活用這兩種能力。宋奇允一開口，勝範沒有錯過機會，搶先對方發話。

「一次就好！」

宋奇允張著嘴表示疑惑，勝範接著說：

「就放過我這一次吧！」

「你說什麼？」

「當時打你的事我是真的感到抱歉，這是真心的。是因為你說我沒有父母，我才會失去理智，你也知道那就是我的觸發器嘛，真的沒辦法忍耐。」

慌張的宋奇允轉動著眼珠，意識著周遭人的視線。

「喂，你又不是單純因為那件事才打我！」

「對，不只有那件事而已，我也同意。我一直都很羨慕你爸媽，這種為了兒子好，不管是哪裡都能痛快捐錢的父母，不羨慕的人才是傻瓜不是嗎？所以我才會那麼做，一無所有的我爸媽跟你那擁有一切的偉大父母，我是因為忌妒才會一直想要領先你，雖然最後還是沒能做到，但我真的很抱歉。」

勝範垂下肩膀，宋奇允退開一步，這傢伙是吃錯藥了嗎？他明明不是個會這麼輕易道歉的傢伙，為什麼會這樣做？對眼前這生疏的光景感到慌張的宋奇允看向竊竊私語的人群。

「你這傢伙是在拐彎罵我嗎？」

「當然我是不可能再踏入這家韓方醫院一步，但至少幫忙治療這個生病的孩子吧？如果是被病人選擇，還這麼有能力的你，應該是可以替孩子治療的吧，對吧？」

「你在耍什麼手段？」

宋奇允忍無可忍地大吼。叮鈴鈴，院務科的電話響起，員工接起電話，看到他低著頭回答的樣子，勝範看向跟樓上連結的露台。院長金振泰拿著手機抵在耳邊，正俯瞰著所有人。跟勝範四目相交的他比出上樓的手勢，接電話的員工來到勝範面前。

「院長說請你上樓。」

「什麼？誰？」

宋奇允氣憤地說。勝範微彎身體，用只有對方能聽到的聲音說：

「喂，你臉色好看一點，你現在的臉、脖子跟眼睛都是紅的，不覺得頭暈嗎？我懷疑你是急性高血壓，要記得吃藥喔，三黃瀉心湯。」

勝範撇下扶著後頸的宋奇允，走向隔幾步遠的素晶，在她面前還真是醜態百出。

「在這邊等我，我會想盡辦法讓素拉住院的，之後再聯絡妳。」

語畢，勝範走向電梯，搭上正好開門的電梯，按下最頂樓的按鍵。電梯門緩緩關上，發出金光的電梯門映照出自己的臉，他想起幾個月前搭乘這部電梯上樓的自己，如果說當時的自己是容光煥發，現在這張臉根本已經鬆弛，且泡在無盡的疲憊裡。但不曉得為什麼，他現在的心情反而舒坦，懷裡的孩子身軀有著細微動靜。

◇◇◇

片刻，電梯門開，勝範看著敞開的院長室大門，秘書前來問候並示意要他進去，一踏入鋪墊高級地毯的內部，就再也聽不到皮鞋鞋跟踩在地上的聲音。坐在上位的金振泰捧著茶杯，啜了一口。

「你就沒想過要來醫院大亂之前，可以先聯絡嗎？」

呼嚕嚕，熱茶消失在嘴裡。

「是因為真的很緊急。」

「有什麼事這麼急？」

「七歲女童，從症狀來看，我懷疑是成神經管細胞瘤。」

「沒做過檢查嗎？」

「沒有那種設備。」

金振泰點點頭，抬起手指。

「我如果是你，肯定也會來找我的，但是呢，這不是我會收她的意思，你知道現在有多少病人在排隊等我替他們看病嗎？我可沒這麼閒暇又心胸寬大到非要為了造成紛亂而被解雇的你做這種事。」

金振泰又呼嚕嚕喝了口茶，嘖嘖，咂嘴的聲音聽起來實在刺耳。勝範把素拉暫時放在沙發上，金振泰的小眼跟著他的動靜移動，勝範在金振泰面前下跪。

「我有看到內審新聞，院長應該因為我非常心煩意亂，真的非常抱歉，我也有深刻反省了，微不足道的我竟敢頂撞高高在上的院長，對此我感到非常抱歉，我以後絕不會再挑戰權威，還請院長消氣海涵。」

勝範甚至還彎腰伏地，放下茶杯的金振泰倚靠著沙發，他蹺著腿俯視這個趴跪在自己面前的年輕人，雖然他實在很想拍下影片，但這不符合他的地位名聲才好不容易忍了下來。他看著躺在沙發上的孩子，既然都已經上來院長室，也就表示有很多雙眼睛和耳朵看到、聽到，還真是鬧得有夠亂，難道這也在那傢伙的計畫之中嗎？還真是個機靈鬼，要是不接受這份請託，他肯定會利用這孩子緊揪住自己。金振泰鬆開原本蹺著的二郎腿，乾咳幾聲。

「我就接受你的道歉吧，是不能放任孩子珍貴的生命就這樣離開，我會親自為她治療，別擔心了。」

聽到這句寬宏大量的話，勝範面露喜色，因為這是金振泰第一次見到的表情，他好奇地詢問：

「可以問你跟那孩子是什麼關係嗎？」

「關係嗎？喔……是我的第一個病人。」

哈哈，金振泰爆出大笑，勝範一頭霧水。

「你這段時間有發生什麼事嗎？你變了好多。」

「什麼？」

走出院長室的勝範依然對院長最後那句話百思不解，他明明沒有變，但卻說他變了很多？是在講甚至拋棄自尊心下跪的部分嗎？其實勝範起初也沒打算做到這地步，他原先是想針對自己的錯誤道歉換取求情，或懇求對方看在賄賂的價值份上，幫孩子治療而已。原本覺得做到這程度應該就差不多了，但在抱著素拉那弱小身軀，一見到院長的瞬間，他才知道自己最盼望的是什麼，那就是治好生病的素拉。

相較於此，下跪根本不算什麼，想到此，他覺得自己其實沒變很多，但也多少有了一些改變。

電梯抵達一樓就聽到警報聲響，第一醫院是從韓醫院到西醫院都有的合診醫院，在韓醫院後門和西醫院大樓之間的急診室門口剛開進一台救護車，救護隊員和病人一下車，急診中心就有醫師和護理師前來迎接。

此時也有醫師迎著勝範的面跑來。

「快讓開！」

醫師嚷嚷著與勝範擦身而過，他原地跳起，揉著寒氣逼人的肩膀回頭看。

「唉，是因為這裡是醫院嗎？甚至還有死掉的醫師鬼啊。」

勝範邊碎唸邊走向一樓大廳，素拉爸爸一發現他就趕緊跑來。

「醫師，素拉人呢？狀況怎麼樣了？」

勝範帶著素拉爸爸去辦入院手續。

「院長跟我約好他會親自替素拉治療，先幫孩子辦入院手續吧。」

勝範說完後看向旁邊，一直跟著他們移動的素拉媽媽鬼魂臉色也變得明亮。素拉爸爸哽咽地說：

「都是我不懂事，年幼的女兒都已經病成這樣了，我還遮住自己的眼睛跟耳朵說一切都會好的，很快就會好起來的。真的很對不起，也很謝謝你，要不是有醫師，我真的是……」

「現在還不到哭的時候，還不知道需要多少時間才能完全康復，兩位都要堅強起來。」

「……什麼？」

「嗯？」

勝範和素拉爸爸之間流淌著短暫的沉默，素拉爸爸不知道素拉媽媽一直都在旁邊啊。

「我意思是素拉媽媽肯定也在天上擔心著孩子，希望兩位要一起加油。但話說回來，高老闆人呢？」

勝範含糊帶過，趕緊轉移話題。

「啊，她說想出去透透氣，從那邊那扇門出去了。」

「那我也先過去那邊，趕緊去辦手續吧。」

◇◇◇

把因為不安而發抖的素拉爸爸留在大廳，素晶暫時出來外面透氣。小庭園裡的大家都在散步或聊天，陰鬱的天空感覺快要下雨了，有點濕氣的微風吹來，她坐在木頭長椅上，看著充滿著灰色大樓的市中心，眼前的景色模糊不清，連空氣也是混濁的。

「不是聽說金勝範醫師來了嗎？你有聽說他在大廳跟副院長大吵一架嗎？」

「真的假的？」

「金勝範醫師是誰？」

素晶旁邊有三個穿著白袍的人在竊竊私語。

「啊，你剛來沒多久不知道，他是實力很好的專科韓醫師。我都懶得講他有多油了，不是精品根本不穿，個性非常挑剔，被超多病人抱怨，但因為他醫術很好，就算個性很差也還是有病人會找他看病，也自然能一路往上爬，氣焰很囂張，在他爬到一個程度之後沒搞清楚自己分寸，居然想靠賄賂得到副院長的位子被抓包，所以被趕出去了，之前還有上過新聞啊！」

「真的嗎？難怪副院長在那個人面前什麼都不敢做，但他為什麼要回來啊？」

「我也不知道，他說是跟院長有約，難道是院長找他嗎？」

「該不會要回來了吧？」

「都上過新聞的人了，何必呢？」

「噓！」

勝範跑到素晶面前，表情相當明朗。

「我聽素拉爸爸說妳在這裡。」

素晶看向身旁那些說人閒話的人，對方面露死色趕緊逃走了。素晶看著他們的背影，勝範也跟著目光看過去，對方夾著尾巴，落荒而逃的樣子讓他有點疑惑。

「怎麼了嗎？他們找碴嗎？」

「素拉呢？」

「事情很順利，院長說會親自治療，素拉爸爸正在辦手續，素拉也在準備接受檢查，現在才是開始。」

「真是好險。」

素晶起身，胸口很悶的她用拳頭捶打胸口。

「怎麼突然這樣？是口渴了嗎？那邊有飲水機。」

「……」

素晶撇下在旁邊嘰嘰喳喳的勝範，走在前頭。首爾果然就是沒半點能讓她滿意的，滴滴答答，陰鬱的天空下起了雨。

11 醫師曹根宇

首爾第一醫院。

雖然還沒開始看診，但昏暗的等候室已滿是人潮。大家都一大清早就來醫院，在充滿藥味的醫院裡，吵吵鬧鬧地正要在等候室椅子坐下時，掛號櫃檯裡有員工出沒。他們各自就定位，打開等候室的燈，人們開始等待著頭上的數字面板亮起自己的號碼。

每位預約病患依照各自症狀前往家庭醫學科、感染內科、神經科、外傷外科、循環內科、神經科、眼科等樓層，坐在各科診間前的椅子。螢幕面板羅列了病患姓名，姓名會伴隨叮咚聲閃爍，姓名主人起身走到在房間旁的護理師面前，依照護理師引導走進診間的人們再次出來的時間通常無法預測，要不很快，要不很久，就算已經提早預約掛號，等很久也是家常便飯。

醫院裡充滿各種噪音，孩子的哭聲、咳嗽聲、聊天聲、尋人的廣播聲，以及遠處傳來的救護車警笛聲，陽光透過很多扇窗戶灑進來，然後日落。

被救護車載來醫院的病危患者進入急診室，有人大喊這是車禍意外的傷患，床上四肢骨頭已碎裂的男人全身鮮血直流。醫師看到他腫脹的腹部大吼著：

「快去準備手術室！聯絡麻醉科金醫師，現在有哪位醫師沒有手術？」

醫師詢問護理師。身軀精瘦，沒時間洗頭的油膩頭髮，臉色病懨懨的，要不是因為他身穿白袍，看起來根本和病人沒兩樣。護理師沒有回應他的問題，反而叫了其他醫師，聽到護理師呼喚而跑來的醫師穿過他，開始檢查患者狀態。

「還在幹嘛？要快點動手術啊！」

醫師看著機器，又看著正在進行觸診的醫師以及在一旁輔助的護理師大吼。他們忽視了他，感到憤慨的醫師垂下肩膀，他拖著穿著拖鞋的腳踏出急診室，大嘆口氣。

「他們怎麼可能聽得到。」

他的雙手插在白袍口袋，垂下頭，然後肩膀開始顫抖，接著又把手抽出口袋。

「眼前的人都要死了，卻救不了對方的醫師。」

他凝視著自己又長又凹凸不平的手指喃喃道，然後扯著頭髮。

「雖然用功得要死，但居然猝死了？好罪惡！」

醫師癱坐在地上痛哭，啪啪，此時有人輕拍他的肩膀。嚇一大跳的醫師回頭看。醫院有很多鬼魂，因為他很害怕，通常會盡可能避免碰上他們，難道是自己被注意到了嗎？眼前一個穿著精品西裝的男人看著他，笑吟吟地。

「哎呀，醫師好，請問大名是曹根宇嗎？」

勝範看了一眼醫師袍左胸前的名牌，驚嚇的醫師趕緊遮住胸口。

「是、是陰間使者嗎？請放過我吧，我還沒做好要去陰間的心理準備……嗚嗚，我真的太冤了，從小就夢想當醫師，也不斷朝著這條路努力，沒有出去玩，是拚了命讀書才好不容易得到在外傷外科治療傷患的工作，也好不容易才被李國忠教授接受了，結果卻這麼虛無地死了，我真的太冤了。」

他用手臂擦乾眼淚，但沾在手臂的不是眼淚，而是血。原本站在他面前的男人環顧四周，感覺好像被什麼東西追趕似地左顧右盼，接著上前一步低頭，用生怕讓別人聽見的聲音低語：

「我來幫你解冤吧。」

◇◇◇

深夜，韓藥房也熄燈的街道很寧靜，遠方不知道誰家的狗吠聲在街道迴盪，每當聽到產業道路上偶爾有車呼嘯而過的聲音，以及時間一到就會經過此處的火車聲，咫尺之處可聽見的草蟲鳴叫聲就會安靜下來。

勝範在韓醫院屋頂用露營用爐台生火，火花越來越大，嗆人的煙氣也讓勝範流鼻水，他從事前準備好的箱子裡拿出用塑膠袋包覆的東西。

「真的只要燒了這個，就都會過來我這邊嗎？」

勝範身旁的曹根宇醫師一臉不信。

「我親眼見過。」

雖然勝範講得很篤定，但其實他內心也很不安，在首爾跟鬼魂曹根宇醫師擦肩而過後，他才猛地想起一件事。韓醫師治療鬼魂是在幫忙解恨，那醫師鬼應該有辦法替鬼魂進行真正的治療吧？為了證明這個假設，勝範懷著悲壯覺悟，站在火爐前。

他把全新未拆的手術用針線和縫合線丟進火裡，接著把手術衣、手套及口罩丟入，這些是曹根宇特別要求的物品。

「不過，你真的需要這些東西嗎？」

現在是為了幫鬼魂縫合外在可見的傷口，才會燒這些醫療用品，但勝範卻浮現「有需要這種東西嗎？」的念頭，因為鬼魂不會被病毒或細菌感染啊！

「就想成跟醫師白袍一樣，鬼魂也需要看得見的信任與信賴吧。」

面對勝範的質疑，曹根宇冷靜回應。

噢，塞進火源裡的物品化成黑色灰燼，在一旁關注的曹根宇發出嘆聲，他把手伸進火勢，抓出某個東西，這些被燒掉的東西都變成那個世界的物品。勝範倒抽一口氣，再看一次也是令人震驚的光景。

「第一個實驗很成功。」

曹根宇喃喃道。看到這個結果的勝範接著把箱子裡的東西都倒進火裡，包含手術刀、鉗子、剪刀、棉花、頭燈等都燒掉了。

夜晚空氣裡混雜著一層淡淡的燒柴味。

從頂樓樓梯下來的勝範推開二樓玻璃門，叮鈴，掛在韓醫院門上的鈴鐺響起，小心地關上門，接著打開開關，韓醫院的燈伴隨電流流通的聲音亮起。

勝範穿越走廊，走進針灸室，拉開長長的簾子，床上躺著的是肚皮敞開的孔實，她閉著眼睛像是死了一般地躺著。曹根宇跟在勝範身後，把剛燒給他的各種器材準備好的醫師鬼甚至還穿上了手術衣，踏進針灸室。在孔實身邊祈禱的曹根宇大大深呼吸一口氣後睜眼，他看著站在對面的勝範，勝範也點點頭。

「手術開始。」

曹根宇毅然決然地說完，孔實的眼睛猛地睜開，看著站在她腳邊的勝範。

「都已經死了還動什麼手術啊？一定要這樣做嗎？」

「我會幫妳把妳的冤恨通通解除的，妳相信我，不只，還要相信這位醫師鬼，乖乖躺著就對了。」

曹根宇聽到勝範所言，也跟著點頭。

「沒錯，孔實鬼魂病患，相信我就對了，來，準備開腹。」

孔實再次抬頭，雖然實在不明白已經裂開的肚子是還要開什麼腹。她一臉不悅，但曹根宇壓住她的額頭讓她躺好。曹根宇剖開肚子固定，開始針對撕裂處進行縫合。

「噢，可以耶！韓醫師！第二個實驗成功了！」

原本還很懷疑是否真能成功的曹根宇大叫，勝範看著他的樣子笑開懷。

『我果然是天才！』

「阿姨，妳說妳想吃什麼？炸醬麵？炒碼麵？排骨？妳儘管說，我通通買給妳。」

「不是，你哪來的錢說要全請啊？」

「別擔心嘍，我已經知道怎麼賺大錢了。」

勝範用充滿愛的眼神看著正在專心動手術的曹根宇。直到昨天為止，他所見到的鬼魂，比起四肢健全，軀體不夠完整的鬼魂反而更多。只要向他們推出這個方案！未來的事業計畫正在勝範腦內展開。

想到鬼魂們會帶著很多病人過來，勝範已經開始覺得幸福了，嘴唇像是洩氣漏風般地露出笑容，而且以後孔實不管吃再多東西，也不會撒落一地了，肯定能體驗到久違的飽足感。

「孔實鬼魂病患，會痛嗎？」

曹根宇一邊把破肚皮縫起來一邊詢問。

「會痛就不是鬼了啊。」

雖然這是溫暖的關心話語，但感到焦慮的孔實抬起頭癟著嘴。勝範突然把她叫來，還帶了個醫師鬼說要幫她把肚子縫起來，還要讓她盡情吃想吃的東西。

『該不會是想把這件事當作替我解冤，就假裝不知道我們的約定吧？』

勝範順利幫素拉媽媽解冤後，這件事迅速在鬼魂間傳開，居然辦到了連素晶也做不到的事！如同孔實跟勝範所預期的，韓醫院也迎來鬼魂病患需要排隊接受治療的榮景了。她希望勝範變得更忙之前，可以趕緊先替自己解除冤屈。

素晶的病情日漸嚴重，孔實看著這樣的素晶更是沒辦法繼續再等，與其期待她幫忙，孔實現在只希望勝範能去丈夫那邊把骨灰罈帶回來，而且是越快越好。

但不明白孔實心情的勝範，正沉浸在準備爆紅的美夢而嘻笑著。

12 孔實的恨

颱風過境，在狂風暴雨中只能悶著不吭聲的蟬開始鳴叫，從天還沒亮叫到夜深，非常頑強。

啪。

靜美打掃完就把窗戶關上，雖然灰塵隨風吹走，但也湧進一股炎熱的夏天氣息，等候室就像個蒸籠。關上氣密窗，蟬鳴聲也跟著遠去，她打開冷氣。

「你今天也要去對面嗎？」

靜美在報紙中間釘上防止散開的訂書針，身體深埋在診間椅子裡的勝範抬頭，然後嘆了口氣，這個聲音也讓正在折報紙的靜美看向他。

「那聲嘆氣是什麼意思？」

勝範去了趟首爾回來原本還笑逐顏開的，結果沒幾天又變得無精打采。靜美還想說是不是因為沒辦法由他本人治療病人，傷害了他的自尊，但觀察了一下又完全沒有那種感覺。去了醫院的素拉開始慢慢說話，她一天會跟勝範通一次電話，聊著有沒有哪裡痛，有沒有好好吃飯等。那時的他看起來就像放下一切重擔的愉快寫意，但不知道從何時開始，臉上又掛著愁雲慘霧。

「你是之前有問過院長有沒有職缺，被拒絕了嗎？」

「他說他公私分明。」

「看來是問了啊。」

「嗯。」

勝範雙手抱胸，把報紙推得老遠的靜美托腮問：

「那你是怎麼了？」

看著天花板的勝範又嘆了口氣。

「女人為什麼要這樣呢？」

「怎麼？韓藥房老闆說了什麼嗎？還是那個鬼魂阿姨？」

靜美詢問的態度太過如常，從椅子上滑下來的勝範重新坐好，他用驚訝的雙眼看著對方，靜美就像是偶爾會進入勝範腦海又跑出來那樣令人驚訝。

「妳怎麼這麼懂啊？難道我在心裡講的話有實際講出來嗎？」

「對院長而言，稱得上是女人的人除了她們以外還有誰？怎麼？這次又做錯什麼事了？」

「問題就出在我不知道。高老闆叫我幫忙治療孩子，我也做了，去首爾那段時間，我們關係也沒有很差。」

「但去了趟醫院回來，就又變冷淡了？」

靜美雙手抱胸把勝範後面還沒說的話講完，他抓著椅子開始抱怨。

「就連孔實阿姨好像也對我有點疏遠，她應該要介紹我很多鬼魂病患才是啊！這次我是真的表現得很不錯吧？雖然最後不是我本人進行治療，但我對那個掃把星宋奇允低聲下氣，甚至還在院長面前跪——」

「居然還下跪？」

『在自己腦袋瓜都要落地時，也因為自尊心逞強把頭抬得老高的人幹了什麼？』

在從位子上跳起來的靜美面前，勝範緊閉著嘴不說話。

「這件事就先算了，反正我真的沒做錯事！可是她們倆已經是超越對我冷淡的那種疏遠程度了。」

勝範講完又把身體縮回椅子裡，手扶著額頭的靜美再次坐下，勝範竟然對著那個私吞賄賂還把他炒魷魚的院長下跪拜託？而且居然是他自願的，事實太令人衝擊了。那個自尊心這麼強的人再怎麼為了患者好，也不至於做到這地步啊？是有什麼心情轉變嗎？真的只是因為錢嗎？不是的話，那是什麼？

想到這麼遠的靜美瞟了一眼又癱在椅子上的勝範，然後就像被傳染一樣，她也跟著勝範嘆了口氣。

叮鈴，是預約十一點三十分看診的病患，棉被店老闆。

「你好。」

聽到靜美的問候，勝範也接著致意。

「頭痛有好一點嗎？」

「疼痛感是少了一點，但還是一直會痛。」

「請往這邊，先針灸吧。」

「但頭部也可以放血嗎？我有糖尿病，擔心會不會發炎。」

「這只是表皮刺激而已，沒事的。」

病人逐漸變多，靜美的宣傳效果終於開始生效，連同素拉的事也傳開來了，有些人忘掉勝範過往不好的形象，主動找上門。九點是出門外送時發生車禍後有後遺症的米店阿姨、十點是因為縫紉導致肩頸和手腕疼痛的裁縫店老闆，每小時都被預約病患填滿明明應該是開心的事，但勝範內心一隅卻好像長了尖角般刺痛。

「你好奇為什麼會這樣嗎？」

靜美突然詢問剛扎完針的勝範。他看著天花板，就當作素晶本來就對他比較冷淡好了，但連孔實的行為都突然變得像在對他生氣，他很想早日擺脫這種總有哪裡不對勁的心情，於是他點點頭。

「那你去問吧。」

「嗯？」

「單刀直入地問為什麼要這樣？為什麼生氣？如果聽完覺得確實是自己做錯了，那就鄭重道歉。你自己在這邊想破頭也不會有答案的，誰知道呢？會不會其實真的只是什麼微不足道的原因？」

聽起來挺有道理的，如果不是什麼太無聊的原因，也只要道歉就好。從靜美的建議得到勇氣的他脫下皺皺的醫師袍。

「不懂就問！好！」

勝範撥了一下頭髮，大大吐了口氣，買一些孔實喜歡的零食去問問看吧，正當他要走向門口時——

「等一下！」

靜美伸直手臂讓他站好。

「怎麼？」

「你不要又表現得很跩，先深呼吸一口氣，放輕鬆……」

◇◇◇

「阿姨妳有在對我生氣什麼事嗎？」

突然衝進韓藥房的勝範，走到坐在沒有人在的等候室指定席的孔實面前問，他依照靜美所給的建議深吸一口氣再吐氣。這到底算什麼了不起的大事讓他緊張得喘不過氣啊？結果他實際說出口的話又變得刺耳，正在看重播電視劇的孔實眼睛瞪得又圓又大。

「我從首爾回來之後，你明明就對我很……」

很疏遠嗎？還是很冷淡？還是無視？正當勝範猶豫著該說什麼時，心裡突然湧上一股熱熱的東西讓人哽咽，這怎麼回事？

「為什麼要這樣對我？」

他語氣顫抖，雙手扠腰深呼吸，心情才終於冷靜下來，然後想起自己是空手而來。

「可惡，忘記帶零食了。」

「勝範，最近工作還行嗎？」

「哪有還行，這時間我還能來這裡，還看不懂嗎？」

「你都幫素拉媽媽解恨了，也救了素拉性命不是嗎？」

「是啦，這部分是還行。」

下跪也沒什麼了不起的，勝範在孔實身旁坐下，韓藥房短暫地因為電視劇對話而有點吵雜。對於沉默感到不自在的勝範不斷偷瞄孔實，手指摳著褲子，要是孔實繼續生氣下去，搞不好會突然說不幫他介紹鬼魂病患了，那他以後到底該用什麼理由來韓藥房？想到此就覺得一切好像又回到原點，他也還沒真的賺到錢。

『也還是一個人？』

最後浮現的這個想法讓勝範嚇了一跳，到底是在想什麼莫名其妙的東西啊？他連忙搖搖頭。

「你也幫我解恨吧，幫我把肚皮縫起來又不等於全部。」

勝範抬頭看向孔實。

「那件事嗎？」

「不是挺簡單的嗎？」

「所以，妳是因為覺得我不會幫忙才生氣嗎？」

「你要幫我嗎？」

「哈，哈哈！」

一切都跟靜美所說的一樣，還真的是！

「當然啊，真是的！這件事情直接講不就好了嗎！幹嘛還生氣啊？其他鬼魂不好說，我是一定會幫妳解恨的！」

「你不是說那是犯罪，所以不想做嗎？」

「但那裡面不是妳的骨灰嗎？只是物歸原主而已，我一定會幫妳帶回來，以後不可以生氣了喔！」

「我沒生氣啊，但你什麼時候才要帶零食給我吃啊？」

被孔實逼問的勝範說他很快就會買來，匆匆離開韓藥房，要去市場買她喜歡的韓菓禮盒嗎？苦惱的勝範突然被五金行的崔老闆叫住。

「韓醫師！」

老闆站在五金行門口的姿勢有點微妙，看起來好像哪裡不太舒服。勝範穿越馬路靠近對方，他的巨大身軀蜷縮起來。

「是腰受傷嗎？」

勝範一伸出手，崔老闆就呵呵笑著抓住那隻手，因為力氣很大，連勝範也有點踉蹌。

「真不愧是韓醫師，一看就知道，我的眼光果然沒錯。」

「要針灸一下嗎？」

「我有辦法爬上二樓嗎？我也真是的，竟然曬辣椒曬到閃到腰。」

他一邊顫動，光是伸腿出去都顯得不安，勝範的腿跟著用力，避免萬一對方摔倒，自己也會跟著一起跌倒。

「對啊，早點加蓋個電梯不是對你我都舒服嗎？」

「哈哈，誰知道會因為曬辣椒就閃到腰啊！」

「是是是，我已經明白這是曬辣椒的關係造成的了，腿先用力吧，哎呀，算了算了，先回五金行吧，我拿針下來。」

這句話讓崔老闆眼眶泛紅。

「我都不知道你是會在這種時候幫忙的人，之前還罵你沒禮貌，真是抱歉。」

豈止這樣，你還罵了更過分的啊。勝範跟著對方一起呵呵陪笑，但他其實只是想避免一起滾下樓的風險而已。

「別擔心，我是會收出診費的。」

◇◇◇

孔實看向窗外，一個老男人穿著跟他本人差不多老的舊西裝經過五金行。今天也不意外地穿著跟那瘦成皮包骨的身材不符的西裝，每當老人移動腳步就顯得飄搖踉蹌。老人突然停住腳步，站在他面前的人是勝範，勝範看著對方打了招呼，對方臉上閃過一絲不悅，但很快又藏起來。

「哎呀，老先生，最近過得還好嗎？」

勝範用他特有的油腔滑調說道。對方看著他，站成三七步，單手扠腰的男人當他的面大嘆一口氣。

「我剛好也有話要跟你說，你到底是怎麼做事的，才會有這麼多人打給我啊？是因為你請我多多關照，我才跟親朋好友把你稱讚到飛天，你怎麼能這麼不給我面子啊？你如果還有嘴的話，倒是跟我說說看啊！」

男人的怒斥讓勝範低頭。

「關於那件事，我還真是無話可說。當時他一直要我這樣做，那樣做的，但說實在的，總要能讓我專心治療吧？我都搞不清楚誰才是醫師，誰是病人了。老先生都特別關照了，我卻沒能報答這份恩情，真的很可惜。」

把已經事隔兩三個月的事記在心上還跑來找碴其實很搞笑，但嘴巴不饒人，把挖苦偽裝成道歉的勝範也實在厲害。

「就算他這樣子做，你的工作本質不就是應該要親切嗎？」

「是啊，老先生此話甚是，但病人與醫師間的信賴也非常重要。這件事是因為他對我的信任，以及我能成功為他治療的信任感不足才會變成這樣，還請老先生海涵。」

男人乾咳了幾聲，勝範向他道別後回到韓醫院，年輕韓醫師的霸氣也讓孔實嗤之以鼻。

『換作是我，那老傢伙肯定會教訓我一頓。』

男人過街朝著這邊走來，雖然身體非常瘦削，但他散發的壓迫感仍然逐漸擴大。孔實瞪大著眼，目光緊盯男人捧著的罈子，她的骨灰應該在那罈子裡腐爛著吧。

「老先生來啦？」

「嗯，最近過得好嗎？」

走出韓藥房的人跟他打招呼，他露出誇張的笑容搖搖手。

「我全身都痛，才想來買點藥，老人家怎麼好像更年輕啦？」

對方的場面話讓男人的心情變好，呵呵笑的嘴裡假牙也嘎嗒作響。對方目光掃到男人胸口的孔實骨灰罈。

「現在也還是會帶著夫人出來啊？真不愧是愛妻家。要是夫人還活著，兩位應該可以手牽著手，到處遊山玩水才是。」

「是啊，我是對我們家老婆滿好的，但其實可以再對她更好的。」

『還真是厚臉皮。』

每次看到男人把鐔子當成獎狀推到人們面前，看著那張得意洋洋的嘴臉，總會讓孔實湧上一股噁心。兩人互相打過招呼，男人和善的笑容也隨之消失，他刻意在韓藥房門口透過窗戶探頭探腦，然後跟孔實四目相交。孔實全身起雞皮疙瘩，以為對方看見自己了，但這其實只是偶然。對方視線很快移開並吐了口痰。她緊握著自己不斷發抖的手起身，接著走出韓藥房。

「妳要去哪？」

雖然聽到身後的素晶發問，但孔實沒有回答，那陣表示著對方明明就知道答案的咂舌聲越來越遠。

◇◇◇

「所以都是晚上八點睡嗎？」

在可以清楚看到張老先生家的山坡上，勝範看了眼手錶，家裡所有燈都不曾亮過，只有蒼白的電視燈光在主臥閃現了一陣就消失。夜色已深，在路燈映照下的手錶指針精準指向八點。

「這是上了年紀以後才有的習慣吧，他以前那麼愛喝的酒也只有年輕時才覺得好喝。現在上了年紀，體力跟不上，最近也不太常喝了。他為了活得久一點，一直在做些養生的事，你以為他為什麼會這麼瘦？是因為不知道在哪聽說吃少一點會變健康，所以才變這樣的。」

「在妳生前就是這樣了嗎？」

「唉，當時所有食物都送進他肚裡啦，就不多說他有多討厭食物進別人口中了。」

孔實癟著嘴說。

「就算這時間已經睡了，十點再進去比較不會引人注意，住家附近或是家裡有裝監視器嗎？」

「哪有這種錢？」

「好喔，那就明天行動吧。啊對，還要翻牆，我也是第一次做這種事，心臟已經開始噗通噗通跳了。」

因為緊張而冒手汗的勝範搓著雙手，孔實眼睛瞪得大大地，抬頭看他。

「你在講什麼？我才不進去。」

勝範猛地轉過頭看她。

「什麼？妳不進去嗎？妳要幫我把風耶！」

「你都不知道我是費盡多少辛苦才從那裡出來的，我絕對不會再回去，你以為我的冤恨有這麼簡單啊？」

「偷跑進別人家本身就是很艱鉅的事了，這是犯罪耶！如果去了不想被抓包，妳也一定要在啦！」

「別擔心啦！他只要睡著，就算睡夢中被誰扛走了也不會醒，何況他又是那種覺得自己最厲害的傢伙，睡覺甚至都不鎖門。韓醫師你只要翻牆進去把罈子拿出來就好，這不是很容易嗎？」

說著這番話的孔實一臉堅決。

「出一張嘴當然簡單啊！」

「我討厭看到他直到最後也只為了他自己高興，就帶著我的骨灰罈四處跑。」

孔實說這話的時候還打了個寒顫，看起來並不像開玩笑。勝範看著被黑暗吞噬的張老先生的家，一個人去？若能跟孔實一起去，感覺會像是吃涼粥一樣簡單的事情，現在卻突然變成要單兵行動，這件事的等級變得像是要打大魔王一樣難了。

勝範一臉欲哭，要幫鬼魂解恨真不是件簡單的事。

翌日，素晶韓藥房。

距離晚上十點越來越近，開著的門讓不少冷風吹進來，咳咳，正在瀏覽處方箋的素晶用手帕摀住突然爆出咳嗽的嘴角。咳嗽的頻率越來越高，她放下手帕，深呼吸了一口氣。今晚的生意特別冷清，素晶環顧安靜的韓藥房，這時間應該都會來跟孔實七嘴八舌地聊天的勝範也沒出現。

她想起那個因為替素拉媽媽解恨而變得氣焰高張，四處試探的勝範。事情順利解決了當然好，但總不可能每次都能遇到好的鬼魂，既然有善良的鬼，肯定也有邪惡的鬼，要是下次遇到壞心腸的鬼，他還用那臭脾氣應對呢？要是知道勝範看得到自己，而且還對這部分充滿賺錢欲望，那些鬼魂肯定會拿這件事當弱點，毫不猶豫地撲上去威脅或利誘他，最後就會連自己好端端的肉體也被奪走。

『總要自己遭殃了才會清醒過來。』

她忍不住嘲笑，然後又想到那個因為看到鬼而躲在自己身後發抖的勝範。素晶看著自己的左臂，那隻緊抓著自己的手，細微顫抖的感覺再度湧上，她像在拍灰塵一樣，拍了幾下手臂。

正當她打算把目光移回處方箋上時，孔實映入眼簾，今天的孔實看起來特別奇怪，喜歡的連續劇也是愛看不看的，不知道她是在等待什麼，一直看著窗外。她把脖子伸得很長，眼睛看著遠得看不清的方向轉動著。

「又來了！你們倆又在謀劃什麼事！」

素晶唸了一句，孔實裝作若無其事地看電視，素晶合上處方箋，她再也看不下去了。

「哪有什麼謀劃。」

孔實裝沒事地說。

「快說，妳肯定知道那個人去了哪裡，不是嗎？你們一天到晚黏在一起，這次妳把他送去哪了？」

「我怎麼會知道，我也不是對韓醫師的行蹤都瞭若指掌的好嗎？」

素晶拍桌。

「非要我放鬼出去了解這件事嗎？」

要是這麼做，不用多久就會知道真相，自己也會立刻被趕出去。只有這裡可以睡覺的孔實癟著嘴，皺眉考慮片刻後才大聲嚷嚷著說：

「對啦！我叫他幫我解恨！也不知道什麼時候會死的妳又不幫我，我就只能拜託他啊！」

「什麼？妳該不會是叫那傢伙去拿罈子回來吧？因為不知道我何時會死，擔心沒辦法幫妳解恨，就因為焦慮這件事，把什麼事都不知道的年輕人拖下水？」

「對，我跟他說了！每天都在這看那傢伙的臉我已經看膩了，我是再也看不下去他抱著我的骨灰，在其他人面前假裝自己很善良了！也不想想我是怎麼死的！」

「妳瘋了嗎？那妳也不能拜託人家這種事啊，妳那跟瘋子沒兩樣的老公又不會乖乖把罈子交出來，妳是叫他去偷吧？不管是指使的人還是去做的人都一樣糟糕！」

素晶捲起袖子走出韓藥房，孔實追上去。

「現在去也沒用，他肯定早就進去了，現在是那傢伙睡得正熟的時間，不用擔心！」

「妳明知要是他被抓到肯定會被弄得屍骨無存，還敢講這種話？妳都不覺得那孩子可憐嗎？如果知道就不應該做這種事啊！」

語畢，素晶趕緊跑向張老先生家，孔實在後頭看著。

「哪裡可憐了？世界上哪有誰比我更可憐啊！」

孔實想起勝範，一開始提出要他把骨灰罈帶回來時，只是因為覺得想倚靠她老公勢力的勝範很可惡又討厭，但她現在卻猶豫了。為了讓自己的心軟重新堅強起來，才會刻意刻薄待人，還強詞奪理地吵著要他幫自己解恨，然後就把對方逼入絕境，那個韓醫師對自己的老公一無所知。

孔實開始跟著素晶跑。

◇◇◇

今天的勝範對衣著特別用心，為了不要在黑夜中太顯眼，穿了黑色衣服，也為了不露臉，還戴了帽子將帽簷壓低。他依照計畫在晚上十點出現，身體緊貼著路燈照不到的圍牆。他環顧四周，遠方某戶人家的狗在吠，風吹拂草木的聲音和草蟲鳴叫聲讓四周顯得喧囂。他豎起耳朵仔細聆聽確認自己的動靜會不會穿透這股噪音被聽到，然後在有了某種程度的確信之際，抓著圍牆頂端，利用反作用力把上半身往上提，不顧圍牆擦破了皮肉，順利翻牆。

在另一邊落地的他搓著熱辣的手掌，這才想起褲子口袋裡有棉手套，他緊張到忘了。因為不能在屋裡留下自己的指紋，於是他戴上手套，觀察屋裡動靜，裡面黑漆漆又很安靜。他打開為了在黑暗中行動才帶來，只有手指頭大的手電筒，微弱光源切穿院子。

勝範躡手躡腳地站在玄關門前，他緩緩抓著把手將門拉開，果然如孔實所言，門打開了。一進屋內就被潮濕的空氣包覆全身，好像有形體似地，每當勝範移動腳步，這股黏膩感就會緊黏他的身體，妨礙行動。屋裡停留在夏天的尾巴而顯得陰沉，他回憶著上次來這裡的記憶，用手電筒把路照亮。

在寂靜的屋裡，勝範的呼吸聲、衣角摩擦所發出的聲響，小心翼翼伸出的腳也發出了腳步聲。因為自己發出的聲音實在太大，擔心屋主會發現而讓他滿心焦慮，連心臟也跳得相當用力，感覺立刻就要把心臟從嘴裡吐出來。

他試著冷靜，盡可能大口但安靜地吸氣，吐氣。一走進客廳，燈光映照著老舊沙發，對面是電視，電視旁邊則是展示櫃。吱——臥室的房門突然打開，勝範反射性躲在沙發後，老人赤腳貼在炕上又挪開的聲音延續著，然後聽到開啟另一扇門的聲音。對方沒有開燈，在黑暗中聽到小便無力落在便斗的聲音，對方沒沖水就從廁所出來，步履蹣跚，踏出去的步伐聽來沉重。他很快穿越客廳進入房間，不久後就又聽到鼾聲響起。

勝範不自覺嘆了口氣，他好不容易才挪動僵硬的雙腿起身，該死，這種事真的不可能再做第二次，他好想快點離開這屋子。他偷瞄臥室一眼，小心翼翼地站在展示櫃前，一拉展示櫃門就發出細微聲響，他乾嚥了口水，伸向罈子的手不斷發抖，心臟劇烈的跳動聲在耳邊響起。在他正想著要是再這樣下去，心臟大概要從耳膜跳出來之際，他聽到很明顯的鼾聲，耳邊有股冰涼的氣息。

勝範眼睛往旁邊看，黑影把頭探向勝範的臉，接著又聽見特有的壓喉音。

「這是誰啊？這不是韓醫師嗎？」

手電筒掉在地上，嚇了一大跳的勝範後退幾步，結果撞到半開的展示櫃玻璃門。反作用力導致玻璃門大大敞開，微弱燈光下看到張老先生的眼睛看著門骨溜溜轉動著。勝範躁動的心臟讓腦筋無法正常運轉，他全身僵硬，冷汗直流。

「那個，不是老先生你想的那樣。」

勝範根本沒有準備好碰到這種狀況應該要講什麼，雖然也不是沒想過可能會被抓，但還真沒料到竟然真的被發現了。孔實不也信誓旦旦地說了嗎？說老先生只要睡著，被誰扛走了都不會知道。
　說完這句話的勝範上下打量眼前的老人，胸口破洞的老舊灰色跑步衫，露出黃色鬆緊帶的睡褲，以及他手上的木拐杖。
　「恩將仇報也要有點分寸吧？再怎麼生意不好也不能這樣啊，跑進別人家裡，甚至還想來偷我的東西？」
　滿臉皺紋的張老先生再度走向勝範。
　「雖然你應該不會相信，但這都是夫人的意思，請你以後也別再掛心，可以放下了。」
　「我看你真的是徹底發瘋啦？你覺得這像辯解嗎？我老婆的意思？她都不知道死幾年了，我要拿著我老婆的骨灰幹什麼都是我的自由，你憑什麼說三道四啊？」
　「我是受到死去的夫人請託——」
　勝範看到對方抬起手，本能地往旁邊避開，拐杖對空劈下，哐啷，四散的玻璃碎片掉到趴臥在地的勝範身上。
　「那婆娘早就死了！已經因為車禍死了！聽懂沒啊你！」
　他對著趴地的勝範大吼。

「老先生，你先冷靜，先聽我說——」

「別吵！我幹嘛聽你這種小偷說的話！」

他再度舉起拐杖，勝範連滾帶爬地拔腿狂奔，因為周遭太黑，也不知道自己是跑往哪裡，撞到餐桌和椅子摔倒後，這才知道自己跑進了廚房。勝範緊抓著椅子起身，環顧四周，橘黃色的路燈燈光從長長的廚房窗戶外映照進來。

張老先生衝了上來，勝範一拐一拐地逃到餐桌後，哐啷啷，張老先生也像勝範一樣在黑暗中被餐桌絆倒。與此同時，勝範衝向玄關門，在暗夜之中他沒有穿鞋，顧著伸長手要找到門把開門。

「我會讓你後悔來這裡的！」

勝範摸索著冰冷的門扇，但卻怎樣都摸不到門把。張老先生在黑暗中的咆哮讓他打不起精神，再這樣下去感覺真的會被抓住，於是他在玄關門旁邊的兩個房間之一，選了一個房間，盡可能輕聲進入。

勝範的心跳聲在耳邊狂亂作響，他吞嚥口水看著房內，滿是衣櫃、梳妝台和各種雜物的房裡充滿著混濁的霉味。

噠噠，重擊地面的腳步聲朝玄關前進，勝範看向路燈照亮的窗戶，要是能打開這扇窗出去就好了。此時，有個黑影迅速穿過房間，嚇了一跳的勝範倒抽一口氣，是誰在這裡？在梳妝台和窗旁的衣櫃間的角落，有個四腳爬行的黑影蜷縮身體。

勝範完全沒有預料到，會有誰在這裡，不是，這裡哪有任何事情是在預料之內的？屋主感覺想把自己活活打死，現在這個狀況還不如被警察抓呢！在他想挪動腳步到窗邊時，外頭灑入的橘黃路燈光線照著一顆小小的頭，灰白頭髮、滿臉皺紋的老奶奶面部扭曲，她和勝範的目光相交，猶如竿子一樣細瘦的雙手摀住臉。

「啊！不要打我！」

「老奶奶，對不起，我什麼事都不會做，我只是要從窗戶出去而已，所以拜託妳安靜……」

搓著雙手求饒的他往前一步，嚇得不輕的老人張嘴大叫。

「啊啊！啊！」

對方將身體蜷縮到極致，淒厲又連續的尖叫聲感覺要撕裂勝範的耳膜，慌張的他伸出雙手。

「我不會傷害妳，請妳冷靜，冷靜一點！」

哐啷！房門開啟，張老先生進來了，將身體倚靠門口站著的他摀住雙耳。

「又來了！媽！妳給我安靜一點！在我殺了妳之前……喔？可是我媽已經死了啊？」

「可惡。」

勝範往前衝，在他推倒張老先生往玄關衝時，孔實的骨灰罈就像進了眼睛的沙子一樣映入眼簾。雖然都被抓了，但還是幫忙解恨吧，於是他回到客廳，捧著罈子轉身，張老先生已經站在他身後，粗重的喘氣聲越來越頻繁。在勝範看到張老先生的當下就已經萬念俱灰，但這好像是一種比萬念俱灰更深層且冤恨的情緒，突然，他的背脊發涼。

高舉著手，不斷搔著平頭的張老先生，另一隻手裡握著水果刀，他擋在勝範面前，身上散發一股無論勝範要往哪裡逃，都會揮刀的凌人氣勢。

「據我所知，我國應該還沒有認可正當防衛殺人的先例。」

「住嘴！」

「好。」

對方的怒斥讓勝範閉上了嘴，他一閉嘴，屋裡就充滿老奶奶的驚叫聲，張老先生一臉混亂地往後偷瞄，勝範則是緊盯著對方手上晃動得令人不安的刀子。誰會想得到疑似偷竊的情境下會有人這樣揮刀啊？雖然早知道對方不是個普通人物，但還真沒料到竟是如此殘忍的狠角色。

早知道剛剛就應該先跑了，早知道對方手上有刀，哪裡還管得了這段時間跟孔實累積的情分，就算打破窗戶也應該要逃走啊！是被玻璃片劃傷會更痛？還是被那把刀刺中會更痛？連針灸都會痛了，哪有什麼不痛的啊？

「我媽一直在叫，但她明明死了啊，是我殺的啊！」

手上依然緊握著刀的張老先生這麼說。這話是什麼意思？張老先生也看得到那個老奶奶嗎？但他又說是他把媽媽殺了？就在此刻，不給勝範任何整理腦中思緒的空檔，他聽見非常大聲的怒吼。

「你難道只殺了你媽嗎？你也殺了我啊！」

「阿姨？」

孔實出現在張老先生身後，雖然看到熟悉面孔讓勝範涼了大半的心情冷靜一些，但大家到底都在說什麼啊？他非常混亂。

「韓醫師小夥子，你還好嗎？」

在孔實看著勝範一身狼狽樣詢問狀況的同時——

「啊啊！」

張老先生大叫一聲，往後摔倒，他的視線是看著孔實的方向，和他目光相交的孔實也嚇了一大跳，孔實回頭看向剛進屋裡的素晶。

「那傢伙看得到我耶？」

素晶衝進臥室，張老先生猶如乾柴般的身軀躺在隨意攤平的棉被上，素晶替他把脈，脈搏沒有跳動，但濕潤的皮膚上還留有溫度。

「喂，韓醫師！」

素晶把手放在張老先生的胸口，大吼一聲。

過去——

好久以前，老舊的房子原本是這個村子裡第一間落成的新房，在那件寬大老舊的西裝還很合張老先生，也就是張英浩的年輕身材時，在他還很容光煥發的時候。

孔實聽到大門打開，院子裡傳來的皮鞋聲，十分緊張。她停下手中原本的清潔工作起身，然後感到一陣眩暈，好不容易才撐著牆讓自己的精神恢復過來，心臟跟隨著那股劃過院子的口哨聲跳動，她希望丈夫今天的心情是好的。

玄關門打開，酷辣的爽身水味飄入屋內，立刻讓她空空的肚子裡翻攪作嘔，她乾嚥口水，跑向門口。

「你回來了。」

她雙手整齊交疊，半低著頭說。

「嗯。」

丈夫的回答毫無誠意，他脫下亮晶晶的皮鞋，一經過孔實身邊，孔實就立刻跪趴在地上整理皮鞋，並將鞋頭朝外擺放。張英浩脫下西裝外套，孔實趕緊跑去接過那件灰色西裝外套。一邊解開領帶，自然地走進廚房的張英浩用手指掃過展示櫃和層架，他用絕不容忍一絲灰塵的眼神緊盯著手指。

接著他打開冰箱，確認他出門前就先看過的小菜和食物量，也確認了飯鍋裡的白飯量，並一一清點擺在廚房旁邊小竈裡的馬鈴薯和玉米數量。

「還真稀奇。」

正在數算的丈夫停止手部動作，相當疑惑，孔實的瞳孔在顫抖，張英浩看向她。

「妳說，妳是背著我偷吃了什麼才變這麼胖？」

「什麼？」

「看來應該不是吃這個家裡的東西，是隔壁嗎？隔壁那女人又來找妳閒聊了吧！」

「沒有！」

「妳自己看！」

張英浩把孔實只剩皮包骨的手臂抬起來。

「妳的手臂和側腰肉，還有肚子都長肉了啊！」

他拉扯孔實的肚皮。

「我早說過，上了年紀就應該要控制體重，不是嗎？妳也想跟媽一樣變得又老又胖，還生病死掉嗎？到時候要是完全動不了，還要我替妳把屎把尿？」

對方用力的手勁讓孔實虛弱倒地，在婆婆過世後，丈夫把與事實完全不符的想法變成了事實。丈夫才是有病的人，但他本來就是這種人嗎？孔實抬起頭看著他。

「我三天都沒有吃任何東西了，你看，已經只剩下骨頭了啊！所以拜託你別生氣了。」

媽媽也不是因為生病才不舒服的，所以你別生氣了。

「妳少在那邊裝模作樣！妳以為我是笨蛋嗎？我什麼都知道！而且我明明叫妳不要頂嘴！」

他粗魯地抓著倒在地上縮成一團的孔實手臂，將她拽起身。

此時，叮咚，門鈴響了。張英浩甩掉孔實的手臂，看著對講機。畫質不好的模糊影像中出現剛當上里長的男人。張英浩想起之前有次偶然擦身而過時，他曾隨口說過要找一天一起吃飯，看來那天就是今天了，於是他按下打開大門的按鈕。

「不要躺在地上了，快起來準備飯菜！客人來了，也把肉拿出來烤。」

張英浩打開玄關門。

「這是誰啊！」

「你好，我今天是來蹭飯吃的。」

里長看起來比張英浩年輕個五、六歲，孔實在廚房裡探頭，一和在丈夫的引導下進屋的里長對到眼，她點頭示意，里長瞇起半月形的眼睛笑著說：

「夫人好，聽說妳身體微恙，我很擔心，但看起來臉色還是不太好，感覺是我找錯時機，不該今天來蹭飯啊。」

「話可別這麼說，我會傷心的。她都已經好啦，她臉色本來就是這樣，別擔心了，這邊坐。」

「對，請別在意。」

孔實雖然嘴上這麼回答，但因為張英浩跟對方搭話的關係，這成了無關緊要的一句話。她開始準備飯菜，從冷凍庫拿出牛肉解凍，把小菜分裝入盤，接著把大醬湯放進微波爐加熱。孔實的肚子從剛剛就對食物味道很有反應，她一直吞嚥口水，應該可以試個味道吧？她瞄了一眼坐在客廳的丈夫，結果直接與那雙冷冷盯著自己的眼神對上，感覺對方一直在關注著廚房裡發生的一切。

把醃漬過的牛肉下鍋後，孔實又開始乾嘔，牛肉的腥味讓她天旋地轉，扶著流理台深呼吸了好幾口氣，才好不容易冷靜下來。她感受到身後丈夫怒瞪著自己的視線，費盡千辛萬苦才回過神，搬出了大餐桌。

孔實在可以六個人對坐的餐桌擺滿食物，每當張英浩叫幾個好朋友來家裡吃飯，孔實就必須持續準備，確保食物分量無虞。醬蟹、鮮辣蟹、各種野菜、拌魟魚、各式各樣的辛奇，還有牛頭肉片，不輸外頭的任何山珍海味。她把飯、湯和烤肉擺上桌，接著再準備人參酒，丈夫靠了過來。

「就這樣而已？也太少了吧。」

張英浩一邊假裝遺憾地說。客人一過來看卻是驚呆了。

「居然準備了這麼多嗎？這哪裡少呢，絕對不少，光吃這些就要吃到撐破肚皮啦！」

張英浩看著開玩笑的里長，抬起餐桌。

「這哪裡多啊……把桌子搬去客廳吧，可以幫個忙嗎？」

「那當然。」

把餐桌搬到客廳，兩人面對面坐下，互相替對方倒了杯人參酒，又開始互相客套。

「我們笠洞里里長蒞臨寒舍，還能一起這樣吃飯，真是我的榮幸。」

「別這麼說，支持村莊的長輩請我吃飯，還跟我分享稱讚與智慧，這才是我的榮幸啊。」

「雖然沒準備什麼，但你多吃點，不夠就儘管說。」

「好的，我要開動了。」

喝完酒，開始吃飯，他們聊著村里大小事，偶爾也會舉起酒杯。把頭轉向側面喝酒的里長眨了眨眼，站在廚房觀察餐桌還缺什麼的孔實和直勾勾看著自己的里長四目相交，對方急忙放下酒杯起身。

「夫人也請坐吧，準備這麼多菜很辛苦，過來一起吃吧。」

「什麼？不是，我……」

「與其自己另外吃，不如一起吃吧。」

孔實看著張英浩的臉色，雖然他看起來一臉不悅，但也沒有出聲反對。孔實拿著飯碗和餐具，在餐桌前坐下，在她入座後，里長才坐下來。

「所以說素晶里的里民會館要重蓋嗎？」

延續剛剛稍微中斷的話題，素晶里是笠洞里旁邊的村莊。

「對，這次他們拿到政府補助，說要蓋兩層樓的建物，送建材進來的卡車作業進行到很晚，吵得要命啊。」

「那我們得蓋三層樓了。」

「哈哈哈，那就需要老先生的幫助了。」

「這是當然，我們村子可是代代出博士，風水特別出名的地方啊，當然要比隔壁村子更風光閃亮才行。」

看著舉起酒杯，笑呵呵的丈夫臉色，孔實趕緊把目光轉移到飯和小菜。她很猶豫要不要動筷，正在跟丈夫聊天的里長把小菜放到她面前，方便夾取。她拿起湯匙，緩緩舀了一口大醬湯放進口中，醇甜的味道包覆舌頭，接著她舀了一匙白米飯，充滿光澤的白飯一入口，沒咀嚼幾下就吞下肚了，那股老是會不定期冒出來的乾嘔感如謊言般消失，迷茫的眩暈症也讓男人們的聲音消失得無影無蹤。

孔實的動作加快，原本試圖忘卻的飢餓感又如鬼神般地復甦，並且糾纏著她。她塞了一大口飯入口，也把白菜辛奇塞進嘴裡，咀嚼幾次就吞下肚，接著又夾了烤肉。不聽使喚的筷子在她手中一直發揮不了實質功用，於是她放下筷子，用手抓了烤肉吃，一大把肉的味道包覆舌頭。雖然她用湯匙挖飯，但手卻自動伸向小菜，她咀嚼著嫩蘿蔔辛奇發出清脆聲響，大口吸著辣醬蟹，接著又用白菜辛奇包了好幾片肉塞進嘴裡。喉嚨鯁住的她乾了整杯冰水，讓食物順利下肚後，就連那股眩暈感也消失了。

客廳被一股沉寂包圍，孔實這才回到現實，她的視線從沾滿各種食物殘渣的雙手轉向丈夫，張英浩僵硬的表情映入眼簾，她轉動眼珠看向旁邊眼睛瞪得很大的里長。

「啊……」

對方找不到任何話語回應，避開了孔實的眼神，丈夫把手上的酒杯放在桌上。

「抱歉，你可能該離開了。」

「什麼？啊，好的。」

遲來意識到張英浩所說的話是什麼意思的里長起身。

「下次在外頭見面再喝一杯吧。」

「好的。」

里長幾乎是被推著離開的，孔實害怕大門關上後的沉默，她全身發抖，自己剛剛到底是幹了什麼好事？

孔實能感受到丈夫沉重的動靜，被恐懼籠罩的她把姿態擺低。

「老公，真的對不起，因為我真的太餓才會暫時失去理智，我很抱歉，請你原諒我。」

張英浩站在瑟瑟發抖的她身邊，解開皮帶，長長的皮帶垂地。

「男人們正在講重要的事，妳光是一起坐在那邊就夠誇張了，竟然還幹這種骯髒的事情？甚至還是在里長面前？」

「對不起，請原諒我，啊！」

唰！又粗又長的皮帶劃破空氣，甩在孔實纖瘦的背上。

「住口！」

皮帶的抽打沒有停歇，不管孔實苦苦哀求多少次，張英浩的憤怒都沒有平息。

「竟然敢讓我出盡洋相？像妳這種傢伙就該給點顏色瞧瞧！」

張英浩甚至還絆倒了被皮帶抽打而感到痛苦掙扎著身體的孔實，女人的慘叫響徹屋內，她搓著手求饒並看向丈夫的臉。張英浩的臉氣得通紅扭曲，看著她的眼睛已經翻白朝天，跟他把自己老母打死的那天一樣。孔實非常恐懼，感覺今天跟平常不太一樣，再這樣下去，她搞不好真的會死掉。被恐懼蠶食的她滿身痛楚，不知道該如何是好，口中還是不斷重複著對不起，再這樣下去可能真的會死，但在把身體挺得非常巨大的丈夫面前，顯得非常瘦小又無力的女人又能怎麼做呢？

喀，門打開了。

「老先生！」

還以為已經回家的里長衝進來抓住張英浩。

「請息怒啊，夫人是做錯了什麼才要這樣對她呢？」

「給我放手！這種賤貨被打死了都活該！你少管別人的家務事！」

看著爭執不休的他們，孔實望向半開的玄關門，總是深深緊閉的門現在是開著的，被橘紅色的夕陽餘暉映照著，敞開著。

「快走！」

耳邊傳來婆婆的聲音，感覺婆婆好像在推著自己的後背，孔實從地上爬起來，雖然全身疼痛，但她也管不了這麼多了。

「喂！妳要去哪？還不給我站住！」

丈夫惡毒的罵聲掠過孔實耳邊，她拔腿狂奔，穿過玄關，通過庭院，接著出了大門。連鞋子都來不及穿，赤腳踩著滿佈小碎石的地面，但她不以為意，道路兩側已經黃澄澄的稻穗垂著頭，迎著微風起舞，並迎接著脫離村子的孔實。

一踏出村口就感受到冰涼又濃郁的森林氣息，終於自由了！我活下來了！再也不用活在暴力的恐懼之下了！孔實不斷向前跑，根本沒注意到卡車迎面而來。

勝範跑進臥室，張老先生的肉體在那裡，素晶在旁邊用雙手壓著他的胸口，勝範環顧臥室。

◇◇◇

「你還待在那裡幹嘛！」

素晶對著支支吾吾的勝範大吼，勝範跪坐在她對面，接著把死者的頭往後仰，接著像素晶做的那樣，用雙手壓住老人僵硬的胸口。在那股下壓的力量之下，孱弱的身體無力地動著，勝範彎下腰對著濕潤的嘴唇吹氣。

尖叫的張老先生瞄了眼孔實和臥室，一下就看懂現在是什麼狀況。

「啊啊！救命！我不能就這樣死掉！救我！」

他無法接受自己的死亡，也非常恐懼。當他試圖在地上匍匐要往這邊前進時，被孔實擋住去路，她的眼裡流出血淚。

「居然這麼輕易就死了嗎？太扯了吧！你當初是怎麼對待我們的，就該連本帶利還給你，就像當初把我們當成狗暴打那樣，在痛苦和殘暴之中死去啊。你媽因為這樣死了，原本要被餓死的我在逃跑途中也被車撞死！你自己看！」

孔實掀起上衣，露出她的肚子，原本在做心肺復甦術的勝範看向孔實。

「啊啊！」

張老先生舞動著像棍子一樣的雙臂逃離孔實，爬到沙發旁邊，把頭埋進縫隙。

「不是的，不會的！我不可能死的！」

他瘦削的身體不斷發抖，一邊喃喃自語。

「啊！啊！啊！」

家裡一直能聽到老奶奶的尖叫聲，孔實走進那個房間，好像還能聽到尖叫聲裡混雜著婆婆的聲音。

「是妳做了活該被打的事。」

孔實想起自己剛嫁進這個家不久時，因為不會煮祭祀食物，第一次被丈夫打的時候，婆婆曾經說過的話。那股冷冷瞪著自己的眼神彷彿是昨天才剛發生的事，但當初曾說過這種話的婆婆，不知道從何時開始，也不斷挨打。

「婆婆！」

孔實看著躲在房間一角，把頭埋起來不斷大叫的婆婆，看起來就跟現在在外頭躲起來否定現實的丈夫十分相像。

「婆婆！」

孔實走近，抓住婆婆的肩膀，老婦嚇了一大跳，抬頭看向孔實。

「孩子？」

「婆婆，妳怎麼到現在還在這裡啊？為什麼！」

「妳跑去哪了現在才回來？英浩、英浩他每天都在打人，我嚇都嚇死了，妳怎麼現在才來？」

「我們走吧。」

孔實抓著婆婆的手臂，拉著對方準備踏出房門時，嚇得不輕的婆婆趕緊把手抽走。

「不行！我如果踏出這個房間就會被英浩打死，不能出去！」

「現在可以出去了，快走吧。」

「我不要。」

頑強抵抗的婆婆讓孔實動怒了。

「幹嘛這樣啊？我都說可以出去了！妳都已經死了！到底要被困在這裡待到什麼時候？快走！就算是現在也好，趕緊踏上陰間路，過點好日子吧！」

「不是?現在是誰在哭啊?是不是我們英浩在哭?」

聽到躲在客廳裡的張老先生聲音,婆婆看向房間外頭。

「我不要!我還不想死啊!我的一切都在這裡,有這麼多東西在這裡,我不要死!」

現在已經從恐懼的驚叫變成委屈與不甘心的怒吼了。

「唉唷,我的孩子!」

婆婆穿過孔實,衝進客廳,找到躲在沙發角落,正在哭泣的兒子,她拍拍兒子的背。

「你怎麼啦?是誰讓你傷心了?」

「媽?」

「對,媽媽在這,別哭了。」

抽泣的張老先生摟住老婦。

「媽,聽說我死了!但我不要啊!我還有事情要做,我還想活下去!」

「不會的,是誰撒這種謊?是那女人說的嗎?」

婆婆怒瞪孔實。

「婆婆，到此為止吧，他就是把妳活活打死的兒子啊，現在可以輕鬆地——」

「妳這臭婆娘！妳敢亂說誰死了？再怎樣他也是我的兒子，還是妳的丈夫，妳就是做了活該被打的事，才會被打！一家之主如果要好好把持這個家，就算心裡會難過，該做的事也還是要做！」

結果竟然變成了這樣。在過往那段歲月，還活著的時候所經歷的所有悖理，在此時此刻又重新復活。單憑他是兒子的理由，他是丈夫的理由，就必須承擔這一切的她們，擔心成為別人的話柄，不敢吭聲自己被打的事，連自己挨餓也不敢說出口。她們成了這個家用過即丟的所有物，這段又臭又長的緣分。

孔實抓住自己不斷發抖的手，迎上婆婆的眼神。

「才不是！那個說是因為別人做了該打的事而打人的傢伙才是最壞的，摀住眼睛默許這件事的人也是壞的！我不是這個家的物品，而是一個活生生的人！不可能要我單憑他是我的丈夫，就讓我的一切都被那傢伙左右變成理所當然！在我死了之後更是如此！」

「妳、妳這無禮的傢伙！」

喘吁吁的孔實大大吐了口氣，雖然她總是空腹，但老是覺得好像哪裡堵住而發悶的肚子總算是變得暢快。她甩甩衣服，立正站好，雖然剛才那番話只是隨口而出，但聽起來好像還不算太差。

「我也有隨心所欲生活的自由！」

同樣氣喘吁吁的勝範停下按壓胸口的動作，客廳裡傳來孔實所說的話也讓他的雙臂越來越沉重。他看著張老先生發黑的臉，試著回憶自己為什麼想當韓醫師，此刻在這個房間裡漂泊的死亡就像滲透屋內的黑暗一樣茫然，他什麼都想不起來，也不想再多想了。

素晶看著停止執行心肺復甦術的勝範，接著看向客廳裡的孔實，她來回看著感覺有很多想法的勝範和神清氣爽的孔實，接著打電話報警。

不久，警車燈在黑暗中發出紅光和綠光，警察來了，這座寧靜的村莊也陸陸續續亮起了燈。

警察確認在臥室裡把棉被蓋到頭部，已經身亡的張老先生屍體有無任何異狀。

「你怎麼會在這個時間來這邊呢？」

「……」

雖然這是在問勝範，但他沒有回答。

「他不久前在五金行遇到張老先生，當時張老先生要他來家裡一趟。」

「為什麼？」

「還能是因為什麼啊？韓醫師不就是想多賺點錢，希望老先生助他一臂之力，結果老先生介紹的幾個客人又說他沒禮貌，應該是覺得很沒面子，才把他叫來臭罵一頓吧？年輕人就是要聽長輩訓幾句，才會振作起來好好幹活不是嗎？能做到這樣才算是一個好長輩嘛。」

這句話其實也挺有道理。

「那老闆妳呢？為什麼會來這邊？」

「還不是因為他不敢自己來，所以我先讓他自己處理，但感覺老人家又會講太多才來的。對方再怎麼說也是這個社區的長輩，現在的年輕人哪會這麼乖乖聽話啊？」

警察點點頭，看向勝範。

「是這樣嗎？」

勝範沒有回答。

「唉唷，就該把老先生救活的，看起來他是因為沒救回這條性命，整個人恍神了。」

素晶嘖嘖道。原本看著勝範的警察回頭看向同事，站在後方靜靜觀察的同事往前一步。

「細節要等屍檢過後才會知道。」

「什麼？」

「請先跟我們回派出所做筆錄吧。」

警察看起來並不太相信素晶所說的話。此時，哭個不停的張老先生抓住勝範的褲管大叫。

「就是你這傢伙把我殺死的！明明是你偷跑來我家要偷我的東西！還不給我如實招來！」

「別搞笑了！我為什麼是你的東西啊？明明都已經死了，欲望還是永無止境，這種人，不對，這種鬼就應該被剖棺斬屍作為處罰，竟然可以這樣好好善終，真是太沒天理了吧？這段時間我跟婆婆受盡羞辱和欺凌，你怎麼還能壽終正寢啊！」

不斷敲打著自己胸口的孔實突然嘻嘻笑了起來，在張老先生面前蹲下。

「喂！你不能繼續待在這裡。」

「什麼？」

「陰間使者等等就要來抓你了，你要是繼續待在這就會被拖去地獄啦，這樣好嗎？」

聽到這句話變得不安，開始左顧右盼的張老先生突然起身。

「兒子！」

他推開原本緊抓著自己的母親，拔腿狂奔，穿過敞開的門。晾在外頭，被風吹拂的衣服也隨之飄動，覺得這模樣有夠難看的孔實嗤嗤笑個不停，然後素晶一咂舌，她又嘻嘻笑了起來。

「反正他會被差使抓走的，總要讓他逃亡看看，體驗一下擔心受怕的感覺啊。」

看著張老先生消失在黑暗中的背影，孔實的模樣令人感到淒涼，雖然她刻意訕笑，但仍能如實感受到她這段時間強忍的悲傷。勝範起身，走到門片已經掉落的展示櫃前，把孔實的骨灰罈抱出來，警察對此表示意見。

「欸，你為什麼要拿這個？放下。」

「故人遺言交代我要把它葬在好的地方。」

雖然勝範這麼說，但警察抓住他的手臂制止。

「這件事應該由故人的家屬來做，請放下。」

「不，這是我該做的事，是她要我幫她這麼做的。」

勝範緊咬著牙，甩開警察的手，他想起孔實肚子的傷口，他有很多次都覺得那個傷口很噁心，也曾經覺得送進她口中的零食很浪費，更是聽不懂對方說肚子空空的到底是什麼意思。

「要是再這樣下去，我們就只能逮捕你了。」

素晶擋下再次抓住勝範手臂的警察，對勝範說：

「我懂你的心情，我以後會好好說服家屬……」

「要是不同意呢？這樣他們就會被埋在一起了，不能這樣子！」

「你現在到底在講什麼東西啊？」

兩位警察上前制伏勝範，試圖搶走他手中的骨灰罈。勝範為了不被搶走而緊抱住罈子，但他的雙臂在兩側被架住，那個他死不放手的罈子就從手中掉了下來。

哐啷。

白色罈子破碎，碎片四散，骨灰散落一地，揚起灰色的粉塵。

「不行！」

嚇一大跳的勝範甩開他們的手，癱坐在地。

「不行。」

他用手把四散的骨灰集中起來，灰色粉末染上紅色鮮血，細碎的罈子碎片劃破他的手，但即便如此，他還是把骨灰都集中起來，滴答，眼淚落在骨灰粉末，素晶制止了他。

「好了，再這樣下去你也會受傷的！」

勝範甩開素晶的手，這是孔實含冤而死的恨，那股恨就這樣虛無地破碎，在指縫間流逝。

「不可以。」

孔實在哽咽的勝範身旁坐下看著他，接著拍拍勝範的背，勝範開始大哭。

「對不起，真的很抱歉。」

「沒事了，我現在也沒有遺憾了。」

孔實露出淺淺的微笑，拍了勝範的背很久很久。

13 宋奇允

朦朧的清晨，空蕩的街道上滿是晨霧，吱嘎——韓藥房的木門開啟，素晶一如既往地走了出來。她一邊扣上厚實的針織外套，一邊看看左邊，看看右邊，看了許久。落葉被冷風吹起，在地上滾動著，碰撞到橡膠鞋前緣。咳咳咳咳，浸潤在風勢中的落葉氣味令人忍不住咳嗽，雖然素晶趕緊伸手摀住嘴，但一旦開始咳了就很難停下。

素晶把右手舉到眼睛高度，瘦削的手背皺巴巴的，手指也因為長期觸摸藥草，每個關節都凹凹凸凸。她用顫抖個不停的手摸摸不安分翹起的灰髮，走近玻璃櫥窗看著自己的倒影，她突然意識到，自己已經老了太多。

『原本還很希望自己能夠老死的。』

咳咳咳咳，她把手伸進針織外套的口袋，一邊思考著，腳步朝著溪邊方向前進。

「沒剩多少時間了，得趕緊找到才行啊，要是一直找不到該怎麼辦？」

最近的鬼魂病患數減少了，他們帶回來的情報也跟之前差不多，都是不知道或找不到。這已是聽了數十年的回答，但卻讓她越來越心急，這不是她想要的結果，必須幫更多鬼魂病患看診，不然……

素晶停下腳步，看向韓醫院。

聽說最近有很多鬼魂病患都去找他是吧？

「哼！」

素晶拉起前襟，不讓脖子吹到冷風，開始步行，她的身影很快就消失在晨霧之中。

◇◇◇

徐徐微風吹拂的星期四中午，韓醫院前停了一輛高級轎車，五金行崔老闆在跟客人講價過程中，也特別留心觀察了從駕駛座下車的年輕男人。對方身形高挑，如雕刻般的外型一看就是首爾人，而且還穿著名牌西裝和亮晶晶的皮鞋，瀏海往後梳的髮型就跟初來乍到的勝範一模一樣。對方環顧四周，與崔老闆的目光相交。

「你好，請問勝範韓醫院在哪裡呢？我看導航說是在這裡，但我只看到那間韓藥房而已。」

「要往上看啊。」

崔老闆指著五金行樓上，男人抬頭，目光隨著指尖方向看去，一發現二樓窗戶的「勝範韓醫院」招牌，尷尬地乾咳幾聲。

「謝謝，對了，請問他在這邊的風評如何？」

「風評？」

「醫術好不好，對病人是否親切之類的。」

這句話讓崔老闆雙手抱胸，上下打量了對方一番。外地人要來這種鄉下地方的韓醫院，不可能會沒掌握半點基本資訊就貿然跑來。他在心裡估量著對方是想聽到什麼回答才會問這種問題。

「不錯啊。」

「什麼？」

「我有時候突然閃到腰，只要去給醫師針灸幾次，很快就好了。他幾天前還因為擔心獨居的老先生，晚上跑去對方家卻發現對方過世了，試著想救活對方還做了心肺復甦術，結果卻沒能救回來，這也讓他最近飽受罪惡感折磨。所以說，如果你是要來接受診療的話，你是來對地方了，但如果是要來找碴的，就請回吧。」

崔老闆往前一步，俯視男人，他只不過往前站了一步就讓人感受到巨大的威壓感。男人趕緊道謝，匆忙踏進建物。

「啊！好累！」

靜美踏出煎藥室，坐在櫃檯。這幾天不曉得是不是太陽打西邊出來了，病人們都來韓醫院看病，而且是很多病人。這裡比韓藥房更會抓藥的傳聞一傳開，相信針灸搭配藥物會更快痊癒的病人也越來越多。靜美上午跟下午都在煎藥機前不斷煎藥，她累到趴下，突然開始做平常不做的事讓她全身肌肉僵硬，她這段時間明明這麼認真練瑜伽了，但要抓藥、包藥還是非常辛苦。

「要不要把逃跑的澤榮抓回來啊？」

她把臉貼在櫃檯桌上，認真考慮這件事，但又不能跟對方說，那天是因為突然有鬼來鬧場才會那樣，但他耳根子這麼軟，還是要用錢引誘呢？靜美用手背枕著頭。

此時，勝範踏出院長室，手上還有幾封確認到一半的信件，他沒發現自己的頭髮亂翹，一臉鬱卒地和靜美四目相交，又立刻把手上的紙藏到身後。

「什麼東西？」

「什麼什麼東西？」

「任誰看了都是很可疑地被藏起來的那個東西。」

靜美用頭點了一下，勝範往後看了一眼，聳聳肩。

「只是信用卡公司寄來的東西啦，要我付錢。但沒關係，最近有讓曹根宇醫師替鬼魂病患治療，多虧於此，病人也變多了，只要能繼續維持下去……」

勝範喃喃自語的聲音越來越小，之前有好幾個月都沒有病人上門，別說是還債了，現在早已是債台高築。韓醫院的經營費用、租金、人事費用也是每月固定支出。那個當初還趾高氣揚地說著要員工儘管相信自己的人，現在卻因為還錢的信件不住嘆息，十分洩氣。

「只要繼續努力下去……」

叮鈴，門鈴聲堵住了勝範還在碎唸的嘴，韓醫院的門打開，有個人走了進來，是個感覺這輩子都不可能有事找上門的人，第一韓方醫院副院長宋奇允。

「歡迎……喔？宋醫師？」

原以為是病人才剛要問候的靜美，看到是熟面孔反而一陣慌張。

「你來這裡幹嘛？」

勝範再次把手上的紙張藏到身後，結結巴巴地說，宋奇允環顧韓醫院一周。

「好歹也是老同事開院，我總要來看個一次吧。」

「都開院多久了，現在才來嗎？而且你來別人的醫院竟然是空手來嗎？誰會想歡迎這種人啊？」

不顧劈哩啪啦唸了一堆的勝範，宋奇允繼續說：

「院長花很多心力在替素拉治療，很忙，所以我代替他來看看，你知道她已經好轉很多了吧？」

「當然，一路上很辛苦吧？快坐下，要喝點什麼嗎？咖啡？」

一聽到素拉的名字，原本好像要撒鹽驅邪的勝範立刻換了張笑臉，他把信件塞進口袋，親切詢問。

「我看這裡應該是沒有研磨咖啡。李護理師，我要一杯甜甜的三合一咖啡。」

宋奇允笑盈盈地對靜美說。

「不不不，我來泡，遠道而來這麼辛苦，我也沒什麼能為你做的。」

緩緩說著這句話轉身的勝範面容僵硬，嘴巴抽動的感覺好像在罵無聲的髒話。

『這兩個人怎麼換了個地方也還是這樣啊？』

看著勝範的靜美也硬擠出笑容。兩人四目相交，勝範示意靜美去休息，自己泡起咖啡。在這個當下，宋奇允伸長脖子四處張望窺探，勝範也小心翼翼地觀察對方是基於何種意圖來到這裡。雖然對方跟平常一樣裝出一副令人倒胃口的悠閒感，但看他抖腳的樣子，應該是有什麼事情讓他很心急。

「還沒到午餐時間也沒什麼病人耶？」

宋奇允問。

「一大早一口氣湧進不少病人，人潮剛退不久，你看看那些煎藥機。」

畢竟也不是什麼熟到可以聊私事的關係，勝範確定對方肯定有什麼事，他遞上咖啡，坐在宋奇允對面。

「要一起吃午餐嗎？」

「沒關係，你不是很忙嗎？我只是順道過來看看而已，也差不多該走了，回首爾也要一點時間。」

宋奇允搖搖手，喝了咖啡，勝範用一張笑臉靜靜地看著對方。果不其然，個性急躁的宋奇允先發話了。

「你最近有跟院長聯繫嗎？」

「沒有，我們不是會私下聯繫的關係。」

在把素拉託付給對方時是他們的最後一次對話，在那之後關於病情好轉的消息，也是透過院長的直屬秘書尹秘書定期回信，義務性答覆勝範的問題而已。

這個答案讓宋奇允的表情出現微妙變化，像是在思考這句話到底是真是假，最後是勝範忍無可忍先大聲了起來。

「到底是怎樣？你以為我連這種事都要騙你嗎？」

「畢竟也被你整過不少次嘛。」

「最後的結局難道不是我被你整嗎？」

勝範一提到副院長之位被搶的事，宋奇允回嘴：

「才不是，最後是你在大家面前拐彎罵我！多虧了你，醫院還傳出奇怪的謠言，我的地位也不如從前了。」

「但我說的是事實啊，你難道以為你躲在父母背後的面具不會被拆穿？」

「什麼東西啊？你這傢伙從一開始就是這樣！」

「真是的，夠了吧你們！」

靜美一副「我就知道會變這樣」的反應，長嘆一口氣，擋在兩人中間。這兩個人一開始到底是怎麼糾纏在一起，才會每次見面就好像要把對方生吞活剝一樣啊？

「都長這麼大的人了，到底還要幼稚到什麼時候？宋醫師！你到底為什麼要來這裡？」

靜美的痛罵讓宋奇允的肩膀抖了一下，這才小心翼翼地開口。

「那個……我前幾天偶然聽到院長跟尹秘書的對話，院長說要把下個月15號的時間空出來。」

「所以？」

勝範翹著嘴，一副這跟他有什麼關係的反應。

「院長說要來這裡！」

憋不住的宋奇允大吼，靜美被突如其來的大聲嚇得肩膀抖了一下，勝範也摀住了嘴，越是思考宋奇允所說的話，越是感到混亂。

「不是，那個老頭來這裡幹嘛？」

「我也不知道，所以我才會跑來啊！但你說院長是老頭又是什麼意思？」

「他又不是我的上司，是你的上司好嗎！」

「好了啦！剩不到一個月了，院長來這裡要幹嘛？你當時有做錯什麼事嗎？」

靜美搖搖手，詢問勝範。

「我就是這個意思，肯定是那傢伙做錯什麼或——」

「或是做對了什麼？」

靜美打斷宋奇允的話。勝範的腦筋還在轉個不停，沒來得及回答。哪可能做對什麼事啊？如果硬要挑錯，他所做的每件事情幾乎都可以被看成是過錯吧。

「你當初有求院長找你回首爾嗎？」

宋奇允瞇著眼睛詢問。

「我聽說是被一口拒絕啦。」

聽到代替勝範回答的靜美所言，宋奇允點點頭。

「果然是個公私分明的人。」

「那就是測驗吧，臨時抽查，來確認這裡病人多不多、有沒有好好工作、在這裡有沒有威望之類的！」

靜美拍著手說，因為講得太像一回事，就連宋奇允也煞有介事地接續道：

「然後再根據這些事情決定要不要再把你找回來？」

「天啊院長，你重回首爾的願望要實現了！」

靜美把這當成自己的事一樣開心。稍早勝範才因為債務而愁雲慘霧，要是能回到首爾，就能趕緊把這裡的債務還清，這段時間在這裡所受的辛苦也會就此終結。相反地，宋奇允一臉踩到大便的表情，靜美拍拍他的肩膀。

「回去路途遙遠，先吃過午餐再走吧，這附近有家有名的家常飯館。」

「太扯了，那傢伙怎麼可能又被院長認可啊？現在這時間，你看看，明明應該很忙的時間卻沒半個病人，你還有在付租金嗎？」

宋奇允什麼都不相信，不管是這裡病人很多，或是五金行老闆說勝範會親自去找病人，試圖拯救病人，還因為沒能救活對方而痛苦的話，他都無法相信。那個只在乎自己，完全以自己為中心在對待病人的人，怎麼會突然對病人誠心誠意付出？那個沒禮貌又傲慢的傢伙？雖然不知道他是怎麼收攏這些人的，但人是不可能輕易改變的！這些肯定都是假的！

「喔？你剛沒聽到我們院長說的話嗎？這裡的病人白天都忙於工作，所以醫院都是一大早或晚上會很忙，一大早會湧進一大批人，現在剛好是休息時間，你沒看那邊有五台煎藥機正在運作嗎？」

宋奇允聽著靜美所說的話，又癟嘴說：

「院長來這裡哪可能會連煎藥室的狀況也看啊？最顯而易見的就是患者數啊。」

靜美對他這席話感到不滿，又回嘴道：

「宋醫師，你再繼續講這種倒胃口的話就沒有午餐吃了！」

「李護理師，妳這話就過分了，我有要妳請我吃午餐了嗎？」

「到時候就知道了，你就走著瞧吧，肯定是因為院長看到勝範醫師有什麼轉變了，才會想來這裡看看啊！」

「那傢伙嗎？別鬼扯了！」

宋奇允氣得縮著身體，靜美露出勝利的笑容。

在靜美大發善心拖著勝範和宋奇允去家常飯館吃午餐時，在宋奇允因為感受到一股莫名恥辱而準備回首爾時，勝範的心緒也還在其他地方周轉逗留。

「你在想什麼？」

準備下班的靜美瞄了勝範一眼，對方從剛剛開始就幾乎不說話讓她十分在意。

「就，各種想法。」

終於明白我的真正價值了嗎！終於要回首爾了！以後就能把債還清，這種令人厭煩的鄉下生活、替鬼魂解冤也要宣告終結了！不用再跟上了年紀的韓藥業者競爭或是被看不起了！但，照理說心裡應該要覺得很暢快才是，為什麼會覺得有點遺憾呢？雖然勝範試著否定內心這股遺憾的情緒，但卻在這股空虛下不斷思考著。

「你不希望院長來嗎？」

「不會啊，怎麼這麼問？」

「換作是平常，你肯定會展現出那樣『這是個機會！等著瞧吧，我一定會回首爾的！』的鬥志，但你現在的表情有點……」

「我的表情怎麼了？」

「很臭。」

「妳這話就過分了。」

勝範摸摸自己的帥臉，靜美嘻嘻笑著說：

「這是個能被叛徒認可的好機會啊，真是個不錯的報仇。」

「確實是不錯的報仇。」

勝範複誦靜美說的話，就如她所說，有機會被那個狠毒的院長認可，心情應該要很好才是正常的，但他一直想起自己把孔實的骨灰收集成堆的瞬間，還有素晶那隻安慰著自己的厚實的手，這些記憶讓他的心情又冷靜下來。

「我還以為……」

「以為？」

「以為你在忌妒。」

「什麼意思？」

「你沒看到宋奇允給我電話嗎？」

「什麼時候？」

「剛剛要走的時候，他一邊說『李護理師，妳是第一個這麼隨便對我的女人！』就把他電話號碼給我了。我真的是第一次見到會講這種話的人耶，電視劇還真是害人不淺。」

『宋奇允這花花公子居然趁著我分神想其他事的時候把妹啊？還敢勾引誰啊！』

勝範怒火中燒到臉都要漲紅起來了，但又突然覺得自己哪有什麼立場生氣，肩膀又垂了下來。

『也是啦，靜美是也該談戀愛了。』

總不能一直讓這麼好的女人，老是以朋友之名替自己收拾善後。

「原來如此。」

「看來你根本不在意嘛，那我先下班了。」

「不是，那個……」

勝範伸長手，試圖要再說點什麼，但靜美已揹起包包，頭也不回地推開韓醫院的門。他凝視著伸在半空中的手，又把頭撇開。

叮鈴鈴響，趁著靜美離開的空檔迅速進門的是曹根宇醫師，他對著正要下班的靜美背影打招呼。

「要下班了嗎？辛苦了，路上小心。」

雖然對方不可能聽到，但曹根宇仍不忘每次都要問候。勝範把頭探出窗外，夏天一過，原本漫長的白天也逐漸變短，現在天色已變得昏暗，感覺好像要下雨了。他看向天空，金星在灰濛濛的天空閃爍，看著從建物走出去的靜美朝著家的方向走去，勝範又看向對面的韓藥房，亮著橘黃色燈光的內部還有人在，等太陽下山，就要開始晚上的生意了。

「但是啊……」

曹根宇在他的耳邊輕聲說。

「欸！嚇到我了！」

也不知道對方是何時靠近的，勝範嚇一大跳的反應太明顯，曹根宇皺起臉。

「嚇我一跳……是因為你太突然講話了，我絕對不是被鬼嚇到，是因為我今天思緒比較複雜，但你有什麼事嗎？」

勝範斬斷自己越來越長的辯解，切入正題。曹根宇搖搖頭，做出要對方跟上的手勢。曹根宇平常都會配合韓醫院的下班時間來上班，在針灸室最尾端替預約的鬼魂病患治療，因為今天有要動手術的鬼魂病患，他看起來是先前來過這邊，暫時離開後又再回來。他走在前頭，朝著走廊尾端的針灸室走，接著說：

「關於今天劉時英鬼魂病患的縫合手術。」

曹根宇為了方便對方記憶，他順手把自己的頭拔下來往前推。

「啊！」

這模樣讓勝範嚇得跳起來，那顆太過自然就拔下的頭跟著勝範一起動作，接著回到原位。看來因為都是鬼魂，要做到這種事好像很容易呢，但也不該這樣鬧吧？勝範一臉埋怨地瞪著曹根宇。

「我知道是誰了。」

是第一次在素晶韓藥房見過，把頭夾在身側的男鬼。看起來差不多是青少年的稚氣面容，蒼白的臉龐在手上動來動去，真不知道有多嚇人，所以他才會像剛剛這樣原地跳起來。想到當時自己的反應，勝範突然對鬼魂病患感到抱歉。

「啊，是說要把斷掉的脖子接回去對吧？這是曹醫師你的權限，可以隨你意願。」

「我本來也是這樣打算，但因為我在檢查縫合部位時有點為難。」

「檢查嗎？」

「看了就知道了。」

醫師鬼走進針灸室。

針灸室總共排了八張床，每兩張床就會用一片布簾遮住，最尾端的兩張床通常不讓一般病人使用，這是為了鬼魂病患準備的位置。曹根宇把第八張床的布簾拉開，對方不曉得是什麼時候來的，已經坐在床上了。劉時英將寶貝的頭抱在懷裡，看著這個模樣的勝範歪頭表示疑惑，仔細一瞧才發現，跟蒼白的臉相比，他的全身都被一股藍光包圍，這是不曾在其他鬼魂身上見過的光芒。決定之後再問孔實或素晶這個問題的勝範看著曹根宇的動作。

劉時英看到曹根宇和勝範登場，舉起他原本撫摸著蓬鬆頭髮的雙手，眨著深邃的眼睛，咧著那張破爛的嘴笑。

「醫師們好！今天是很適合動手術的日子，你們說是吧？」

「劉時英病患今天的狀態感覺很不錯喔。」

「我真的沒想到會有這一天到來！」

「我也很榮幸能為你動手術，我可以稍微摸一下你的頭嗎？」

曹根宇一問，原本笑嘻嘻的男人嘴唇變得僵硬，他有點遲疑的手臂朝著曹根宇方向伸直，遞出頭顱。曹根宇小心翼翼地抓著那顆頭，回頭看向勝範，用眼神示意要他靠近一點看。勝範一靠近，醫師鬼就把頭和脖子的剖面貼在一起。

「如果要把脖子和頭縫合起來，要把一定程度的腐爛區域清除才能黏上，但幸好是魂魄而已，就不用在脖子釘鐵片。」

彎腰聽著曹根宇說明的勝範突然頓住。

「有看到了嗎？」

曹根宇回頭看向勝範問道。他用為了不讓鬼魂病患察覺，而不清楚說明狀態的眼神看向勝範，勝範一跟對方對到眼就看向頭和脖子接縫處。他眼前突然一黑，與鬼魂病患頭顱相連的脖子剖面，比連接身體的脖子剖面大上非常多。

「這是……？」

也就是，頭跟身體是不同人的意思。

◇◇◇

「該怎麼辦呢？」

醫師鬼曹根宇眨著下垂的雙眼，他的臉上滿是疲勞，勝範用雙手抓了抓頭髮，抬起頭。

「會不會是分離的時候脖子收縮……」

剛剛用手術前要先做點準備的話含糊帶過而離開針灸室的兩人正在抱頭討論。

「活體是有可能收縮的，但在只有魂魄的狀態下怎麼可能呢？」

「呃，不能直接幫他手術嗎？」

「我還有作為醫師的良心啊。」

「……」

確實，就算已經死了也還是要有良心，雖然如果換作是勝範本人，他是會立刻替對方手術的。

「那要怎麼做？」

勝範不耐煩的表情全寫在臉上，接連的煩惱讓他的頭都要開始痛了。

「雖然這不是我所管的……」

「所以？」

勝範催促著一直欲言又止的對方，快點！給我！講完！

「要找到真正的身體和頭。」

「誰？」

「還能是誰？」

曹根宇一臉「這種事還要我跟你說嗎」的表情抬頭看著勝範，勝範拉扯著頭髮，摀住眼睛，再次睜開眼睛，但眼前還是一樣黯淡，身體和頭是要去哪裡找啊？

「呃嗯。」

勝範發出呻吟聲，醫師鬼揉著現在根本都不會緊繃的脖子說。

「總之，我要先去跟鬼魂病患說沒辦法幫他動手術。如果真的不知道該怎麼辦，要不要先問問患者呢？」

「問他嗎？」

「看他是在哪裡撿到頭的，希望不是太驚悚的案件，應該會是在這附近吧？」

「驚悚的案件？」

曹根宇漸漸對不斷反問的勝範感到不耐煩。

「既然現在有兩位以上的鬼魂頭顱跟身體分離了。」

他把雙手合在一起又分開，勝範腦中出現有人在切屍體脖子的畫面，他倒抽一口氣，差點驚叫出聲，趕緊摀住嘴。曹根宇溫順地把兩手插進白袍口袋。

「你有問過鬼魂病患的過往嗎？」

怎麼可能？對方只說希望能幫他把頭跟身體接起來，他就回答知道了，僅此而已。看到勝範那張嚇得慘白的臉，曹根宇在這個對方不回答也很明顯是怎樣的狀況下點點頭。

「那現在去問就行了。」

曹根宇聳聳肩，進入針灸室。

勝範咬著嘴唇，要是深入挖掘鬼魂病患的冤恨，會讓他的胸口特別悶，肚子裡會覺得很空虛。他很討厭那種有股熱流湧上喉頭，眼角發酸的感覺。單純替對方把不舒服的地方解決還比較舒坦，對方的過往有什麼重要的啊？但也因為這樣，他才會因為孔實的冤恨不知羞恥地哭成那樣。

「劉時英病患，我們有事要詢問。」

「什、什麼事？」

「不是什麼大事，檢查結果顯示你的頭……」

先進門的曹根宇聲音從針灸室傳來。

『好吧，反正就先找找，所以才要問是在哪裡找到那顆頭的，如果附近實在找不到，再幫他把現在這顆頭接上去。如果沒有其他異議，也能維護曹醫師的良心，在協商這塊我可是專家啊。』

在勝範接受快速轉動大腦所得到的結果時，針灸室傳來一陣騷動。

「啊！」

曹醫師的身體搖搖晃晃的。把頭夾在腋下的劉時英鬼魂趁著空檔衝了出來，勝範高舉雙手。

「等一下，請你冷靜。」

「抓住他！」

聽到醫師鬼的喊叫而有片刻遲疑的鬼魂病患突然朝著勝範方向奔跑。在慌亂之中，勝範也想聽曹醫師的話抓住對方，但劉時英好像在打什麼美式足球，他把頭夾在腋下，用另一邊肩膀衝撞勝範的胸口。他的身體伴隨著劇痛飛了起來，連慘叫一聲的空檔都沒有，就從針灸室彈到走廊上。直接撞上牆壁的他在地上打滾，原本還在眼前的劉時英的腳已消失無蹤。勝範無法動彈地掙扎著，他雖然張大嘴想把一口氣吞下去，但卻無法做到，也分不出嘴裡流出來的液體到底是口水還是血。

遠處的曹根宇跑來勝範身邊，雖然他想伸手處理，但卻碰觸不到對方。

「醫師，你還好嗎？」

完全，不好。

勝範揪著胸口，鬼魂病患用肩膀衝撞的部位所產生的痛楚擴散全身，在旁邊喊叫著的曹根宇聲音也很模糊。

「呼吸！慢慢來！」

依照先觀察過勝範狀況的曹根宇指示，勝範嘗試慢慢吞吐氣息，吸，吐。

「你做得很好，慢慢吸氣，然後吐氣。」

空氣慢慢進入氣管，接著進入肺部，吁吁，這才總算能好好呼吸了。咳咳咳咳，突然一陣咳嗽，吸入一口長氣也讓因為注滿力氣而僵直的四肢放鬆下來，頭昏眼花的視野變得清晰，勝範開始看得見臉上積累著疲勞的曹根宇臉上的擔憂。他用手背擦拭濕潤的嘴角，幸好不是血。

「還好嗎？」

「我看起來怎樣？」

雖然瞬間撞擊造成的劇痛已獲得緩解，但痛感仍在。

「你看起來非常疼痛，先從指尖開始慢慢移動看看。」

依照對方指示，勝範移動指尖、腳尖，接著移動身體。他揪著胸口起身坐下，曹根宇替他揉揉肩膀。

「現在感覺如何？」

「感覺好像被一顆巨石砸中了。」

「骨頭可能會有狀況，明天記得去醫院照X光檢查看看。」

看著氣息短促的勝範，曹根宇相當疑惑。

「但是啊……」

勝範看向他。

「我都沒辦法摸到你了，劉時英怎麼有辦法把你撞倒啊？」

14 劉時英

「那是因為你們的波長對到了。」

坐在韓藥房指定席吃著米香的孔實說。在胸口塗完膏藥躺平的勝範聽到這句話抬起頭。

走到韓藥房內素晶的房門口，孔實看著勝範咂舌，灰青色膏藥下的胸口瘀血令人擔心。裸著上身的勝範有點不好意思，他試圖遮掩胸口，但又因碰到黏糊糊的藥膏而挪開。

「這應該要痛好一陣子了。」

「幸好骨頭沒事，但妳剛剛說波長對到是什麼意思？」

「我也不太清楚細節，但你把它想成電流之類的會比較簡單。如果人跟鬼的波長一致就能牽到手，還能擁抱，也能挨揍或揍對方。相反地，如果波長不同，想碰對方就是痴人說夢，但如果是介於中間，偶爾碰到可能會出現被火花濺到的短暫接觸感吧？那個觸碰對象可能是人類，也可能是世界上的任何生物或物體，只要波長有對到，就可能移動任何東西。」

勝範想起之前孔實拍打他的肩膀時，還有孔實拿食物吃下肚時，以及她的丈夫張老先生揮舞拐杖還開了門的時候，原來如此，原來是這樣！

「講什麼鬼波長！」

素晶拿著塑膠托盤走進來，表情冷淡地放下托盤還發出聲響。舊碗公裡冒出白煙，把身體撐起來的勝範來回看著眼前的深褐色湯藥及素晶。他一面乾咳，一面咕嚕咕嚕喝下湯藥，超級苦，就跟俯視著自己的素晶說話語氣一樣。

「你知道你差點就死掉了嗎！你以為幫鬼魂患者看病是什麼簡單的事情？不管要做什麼事情都要適可而止，不要因為能賺錢，就不瞻前顧後地撲上去啊！」

被碎唸了一大段，勝範皺眉，雖然這話說得沒錯，但因為實在太正中要害，聽了反而有點反感。他癟著嘴，然後孔實突然拍手。

「朴先生應該會知道跟那個鬼有關的事！他不是特別愛多管閒事嗎！」

「這對一個差點死掉的人還真是個好辦法喔。」

「但他難道是妳阻止了就不去做的人嗎？不是吧？」

孔實天真地詢問勝範，正在用衛生紙擦掉胸口膏藥的他問：

「朴先生是誰？」

「那個賭鬼。」

他想起那隻粉紅色手套，這麼說來，在第一次遇到劉時英那天，朴先生也在現場，搞不好他們倆關係不錯。勝範把手伸進放在一旁的襯衫袖子，身體因為寒氣而瑟瑟發抖，身體一抖，胸口的痛感又出現了。

「你還要用那副身體幹嘛？」

素晶沒好氣地說。

「至少先問問他現在在哪，也要問問他是在哪裡撿到那顆頭的。換作是老闆，妳會問什麼？」

「你覺得我會跟你講嗎？」

「不會，我只是問問而已。」

「感覺這可能會是一個大案件，高老闆妳要不要也試試看？」

孔實雙手抱胸打趣地說。勝範原地跳起，原本還以為對方是站在自己這邊的，突然講這話是什麼意思？

「劉時英病患是我的病人！」

「不是啊，他不是跑了嗎？韓醫師跟鬼魂病患間的信賴都破裂了不是嗎？」

孔實看向素晶，素晶拿起托盤轉身。

「妳不加入嗎？」

對方不回話，踏出門的動作讓孔實又問了一次，素晶嗤之以鼻。

「我幹嘛閒著沒事幫忙清韓醫師拉的屎啊？」

「是因為她最近的鬼魂病患都被搶了才在忌妒啦，你不要因此受傷。」

孔實搖搖手，對勝範說。素晶怒瞪孔實，燈光昏暗讓氣氛顯得更加毛骨悚然。勝範因為從胸口湧上的苦藥膏味而頭昏腦脹，他身體好熱，也實在無法理解孔實為什麼要這麼做。

「根據這個事件由誰解決，兩位在鬼魂病患間的風評和情勢也會有所改變。到底是選薑是老的辣好，還是要選年輕新血特別又新型的治療技術。」

素晶轉過身來，哐啷，托盤上的碗公也動了，素晶瞇著眼睛怒瞪孔實的模樣，嚇得勝範覺得對方立刻會答應這個提議，於是他也隨即動作。要是如孔實所言，這起事件真的變成一場對決，那在他已經失去鬼魂病患信任的此時此刻，素晶獲勝的機率當然更高，他必須在結局變成這樣之前加以阻止。

「欸欸欸！」

他鑽到兩人之間，雙手劇烈搖動表示拒絕，還沒扣好的襯衫隨之搖動，膏藥味和疼痛感一起湧上。勝範對於自己的工作好像會被素晶搶走而委屈，好不容易才終於等到第一韓方醫院院長金振泰要來雨華市，在院長來的那天，人類病患得要夠多才行，他可不能錯過這個能被對方認可的機會。對現在的勝範而言，任何一位鬼魂病患都很重要，因為一位鬼魂病患就能抵十位人類病患。

「妳自己不也說過這是危險的事嗎？」

勝範試圖勸退要答應孔實提議的素晶。

「那是你才會危險，還是先擔心你自己吧？怎麼？是擔心你的錢流會因此堵住嗎？」

雖然這也是事實，但他實在搞不懂素晶為什麼老是要用錢挑他毛病，每當對方這麼說，他的心中都會感到一股莫名酸楚。勝範輕揉著胸口，可能是因為他現在胸口受傷的關係吧。

「我看妳是不曉得，但可以縫合頭顱跟脖子的，就只有我們韓醫院而已。」

「那哪裡是你的能力啊？是那個跟你合作的鬼魂醫師的能耐啊。所謂的解冤也不是這麼單一而已，要靜靜聆聽對方感到委屈、悲傷或憤怒的事，進行縝密思考跟觀察該怎麼解決才對。算了，你要是懂這些，怎麼可能把事情搞到這步田地。」

素晶這番明擺著是在看不起勝範的話，讓自尊受傷的他發怒。

「我看妳是因為只在鄉下做生意才搞不清楚喔，大多數的韓方醫院都是韓醫師和西醫師合作，結合大家的力量從各個方面替病人治療，我們也只是稍微變換方式去給予鬼魂病患專業照顧而已。」

勝範和素晶怒瞪著彼此生氣，看著這一切的孔實舉手。

「那就當作兩位都會參與，我去把朴先生帶過來吧。」

雖然孔實都這麼說了，但兩人還是一副立刻要把對方吃掉的表情，現在根本不可能會覺得冷的孔實身體不自覺發抖，她搓搓手臂，看著兩人嘆氣。雖然把事情搞成這樣的是她本人，但內心一隅其實也很擔心要是這兩個人都說不幹該怎麼辦。即便雙方表現得好像要把對方吃掉，但看到他們還是都遵守著一定程度的分際在忍耐，也讓她放下心中大石。

孔實瞄了眼勝範，看到他因為襯衫沒有扣上而顯現的胸口紫紅色瘀痕，其實孔實是因為勝範受傷而難過，也很擔心。如同素晶所言，要跟鬼魂應對是極度危險的事，鬼魂所擁有的力量是很難估量的，雖然那股力量可能對人類無害，但也可能在彈指之間就傷及人類。就像勝範不久前才差點死在她那死去的丈夫手下，或是今天被劉時英衝撞也差點死掉那樣。

相反地，素晶是家族世世代代都跟鬼魂交手，一邊經營韓藥房，也熟知驅退惡鬼的秘法，認識很多驅魔師、巫女及僧人，也是唯一一個能為鬼魂治療冤恨的人類，就連在鬼魂之間也有不要傷害她的潛規則存在。就連這樣厲害的素晶也會在跟鬼魂病患對談時，提出幫對方排解冤恨的報償，只要那件事讓她覺得有一點點困難，她也會斷然拒絕。

但這個弱到不行的勝範對鬼魂的危險性是毫無耐受度的，就憑他這點能力，看起來也還是會想盡辦法繼續無腦地做這件事，但那股無知搞不好會在不久後就讓他跟孔實一起攜手踏上陰間之路，這個狀況顯而易見到令人擔心。

但說服對方替鬼魂病患治療的自己其實也沒好到哪裡去，孔實也是飽受良心譴責，所以她決定把素晶也拖下水，把素晶擺在勝範旁邊，盡量讓勝範少遭遇一點危險，但她倒是沒想到，用這種聽起來很荒謬的競爭提議去刺激素晶居然成功了，是因為素晶最近被搶了不少鬼魂病患，很焦慮的關係嗎？

『還是因為她也覺得勝範真的很不可靠？』

孔實凝望著素晶，但她實在讀不出素晶的表情。

◇◇◇

劉時英躲進他很熟悉的峨嵋山。好一陣子沒來，森林的樣貌已截然不同，翠綠的樹葉染成紅色或黃色，不停歇的蟬鳴聲也消失了，溫暖潮濕的氣息散去，徒留冰冷的空氣。

穿越已成枯葉的草叢堆，劉時英上山，他偶爾會停下腳步，把頭舉起來觀望有沒有人追上來，但都只能聽到溪水流淌的聲音。獨自待在又黑又窄，還有蟲子爬行的棺材裡實在太孤獨了，就算他在這裡哭著找媽媽，也沒有半個人會來。

『我早就被忘記了。』

雖然早就知道，但這並不是說要放棄就能真的放棄的事。抱持著「搞不好」的念頭，只要出現風吹拂樹葉的聲音，獐子或野豬跳躍的聲音，都會讓他忍不住豎耳傾聽。每當這時，他哭著哭著就會開始找媽媽，搞不好是媽媽來找他了，但就算不是媽媽，他也希望有任何人來找他。哭聲猶如蟬鳴難以停歇，接著突然出現某個聲音，沙沙沙，聽到一陣有東西拂過地面的聲音，接著聽到好像有什麼東西在敲打著因為潮濕而逐漸腐爛的棺蓋聲，泥土屑和路過的蜈蚣掉到他臉上。

「媽媽？」

嘎嚓，棺蓋的一角碎裂，讓人眼睛發酸的月光透過孔縫透入，接著有一隻冰冷的手伸進來，又硬又軟的手包覆著他的頭。

好不容易才從棺材脫身的他有多麼開心，下山抵達人們居住的地方時，看到這裡比他記憶中的樣子改變許多令他驚訝，以及他原本印象中的住家位置，已成了寬敞大馬路的事實，也讓他無比失望且感到虛無。

大家都不知道，也沒有人想要知道。

「新來的，你是從哪來的，怎麼會長這模樣啊？」

劉時英捧著自己的頭，看向少了一條手臂的大叔。這是第一次，在那數不盡的孤獨之中，第一次有人跟自己搭話。

「我的模樣怎樣了嗎？」

「看起來就像是花牌裡的雨光捧著蟾蜍的感覺。」

這句話讓劉時英不住掉淚，雖然他其實沒有眼淚這種東西，但他是這樣認為的。朴先生以為少年是因為自己所說的話受傷，搔了搔頭。

「我只是要讓你笑一笑才講的，開玩笑的。」

「我來自峨嵋山深處，已經很長一段時間都是獨自一人，大叔你是第一個跟我搭話的人。」

「雖然這不是我的本意，但聽你這麼說，我好像應該要覺得開心，我叫朴載浩，就叫我朴叔叔吧。」

「你好，朴叔叔，我叫劉時英。」

◇◇◇

勝範把車停在峨嵋山入口金黃色波浪蕩漾的稻田旁。山已被染成秋色，除了附近幾幢住家以外，沒有其他噪音，被寧靜包圍。

「唉，就算追到這地方，也不表示我什麼都知道啊。」

在後車廂尋找登山杖的勝範身旁的朴先生看了看山勢。在背包裝了好幾瓶礦泉水的勝範眼神十分銳利，要是他在這裡輸了，好不容易才獲得的韓醫院地位就會不穩，院長金振泰肯定也會因此嘲笑自己，最後當然就會完蛋。勝範揹起背包，看著秋山，手背在身後的朴先生指著山頭。

「從這裡到那邊那個山頭，必須很深入山裡面，但也沒人能保障他一定還在那裡，乾脆放鬼出去找不是比較快嗎？」

「要是這樣比，高老闆會比我更有利啊，她的常客肯定比我更多。就算翻遍這整座山，我也一定要找到他的。」

勝範下定決心點點頭。

「也是，原來你想得這麼遠啦？但高老闆也不是這麼信任鬼魂病患的。」

踏入登山步道入口的勝範聽到朴先生說的話，轉頭問：

「這話是什麼意思？」

「她花了數十年的時間在找一個她想找的鬼魂，但都沒有任何下落。大家都覺得那個鬼魂應該是去了陰間……反正呢，高老闆也會在不接受任何鬼或人的幫助下，憑一己之力找到時英的，她可是個很強悍的女人。」

「是要找誰啊？」

這是勝範第一次聽說的事。

「嗯？」

「高老闆在找的那個鬼是誰？」

朴先生眉毛上揚，賭鬼發動了直覺。

這人明明成天跑韓藥房，居然沒從任何人口中聽說這件事嗎？是真的沒聽說，還是毫無興趣？但搞不好是高老闆下了嚴密的封口令也不一定，畢竟她可不是普通討厭這個不可靠的韓醫師啊，哎呀，這種時候還真的要小心說話。

朴先生嘻嘻笑著說：

「這是現在的重點嗎？韓醫師目前所面臨的試煉應該更重要吧？」

勝範瞇起眼睛，他看穿了朴先生的算計，只要找到劉時英，之後再幫他完成一兩項心願吧。

「那當然，這不是現在的重點。」

勝範轉身開始爬山，登山鞋底踩到碎石，一陣塵土飛揚。草蟲鳴叫，蜻蜓四處飛舞，他連高聳的草叢也不放過，很仔細尋找對方的蹤跡。

「我這樣跟你走應該也給不了任何幫助。」

「但劉時英病患是信任並倚賴你的啊，只要這件事辦得好，我肯定會準備更多比那副手套更好的東西給你。」

只要對方想要，不管要去哪裡，勝範幾乎都會去幫忙找回那條失去的手臂。

「嗯，這提議聽起來真不錯。」

心情好的朴先生聳了聳肩，單手摸著他的手套，瞪大眼睛。嘴裡一邊唸唸有詞，環顧四周的他一下把頭往前伸又往後，接著揉揉眼睛又看向森林裡。

「噢！那裡！」

「有什麼嗎？」

勝範跟著朴先生看向森林，在滿是密密麻麻的雜草和落葉的樹林間，發現一個白白的物體。居然這麼快就找到了？

「真的是耶！是高老闆！她比我們先上山了啊。」

朴先生看到素晶的背影很開心，勝範則是癟著嘴，這傢伙不幫忙找要他找的鬼魂，卻找到不想見到的人物。勝範心中燃起的期待又瞬間被澆熄，甚至還來不及阻止，朴先生就高舉起手。

「喂！高老闆！」

「等一下！」

已經在登山的素晶回頭，朴先生不理會勝範的話，直接跑向素晶。一股風勢將落葉吹起，塵土跑進勝範眼睛讓他閉起眼，流了一點眼淚。他一個踉蹌往前倒，揉了幾次眼睛才終於看到模糊視野，跑得老遠的朴先生正朝著他揮手，同時他也看到那個一臉不悅地看著自己的素晶。

「這有開心到流淚的程度嗎？」

朴先生說了一句會讓人誤會的話。

「才不是，我是因為風……算了。」

勝範擦掉眼淚，隨便回應幾句。

「你們怎麼會來這裡？」

素晶看著他們，問句中充滿尖刺，手背在身後的朴先生被戳中，率先開口。

「我是來幫韓醫師的，但老闆妳也別介意，我也很擔心時英，不管是誰來找都沒關係嘛，幸好我們遇到了，大家就齊心協力，一起加油吧。」

素晶沒有回應這句話，又轉身繼續爬山。

「不想要的話就算了。」

因為自己的話被對方無視而感到汗顏的朴先生口中唸唸有詞，勝範瞄了他一眼。

「講什麼加油。」

「別擔心了，我可沒忘記跟你的約定。」

自然地跟在素晶後頭的勝範搖搖頭。

『不對，如果我跟著她的路線，到時又要被她說我是蹭到的，還是從其他地方開始找吧。』

於是他沒有立刻上山，決定先繞山腳一圈再上山。朴先生已不知去向，看起來應該是自己去找人了，既然對方都說沒有忘記約定，決定先相信對方的勝範緊抓著背包。自從他立下要替鬼魂病患看診的決心後，就一直有堅持運動，現在的他已不再是夏天登山時那種低劣體力了！

兩小時後——

『不，不管再怎麼運動，這都還是太誇張了。』

勝範身體彎得非常低，氣喘吁吁。隨著爬行不像路的陡峭山路時間越來越長，讓他越來越喘不過氣，他吐了口氣，緊抓著樹幹支撐身體往上走。髒話就像方言一樣不斷冒出，豆大的汗珠落在層層堆疊的落葉，本來就難走的坡路又因為落葉變得更滑，他也因此踉蹌了好幾次，他緊抓著粗大的樹枝，喘個不停。

『真的能找到嗎？』

一股後悔早已湧上心頭。

『我到底是為了什麼才要做這件事啊？肯定是因為錢吧！』

勝範回首來時路，體感而言，下方視野就像陡峭的懸崖一樣驚悚。也沒有可以往回走的路了，他舔著乾燥的嘴唇，看向前方，再撐一下就是山頂了。

『在那邊稍微休息一下吧。』

勝範點點頭後又再次開始爬山，抓著樹枝的手臂浮出青筋，發抖的手感覺就快要抓不住樹枝。他搖搖頭，還是多點正面思考吧，之前看一些電視節目，在這種地方不都還有山蔘！或白茯苓！槲寄生！香菇！或其他之類的東西嗎？

『可惡，光顧著找鬼魂的身體，都沒有注意到這些！』

他又搖頭，這不是所謂的正面思考，還是專注於一件事就好了。勝範憶起捧著頭跑走的劉時英，在撞到那副身體時猶如撞擊石頭的痛苦記憶，就算下次再遇到，他也沒有任何能阻止劉時英撲向自己的方法。他的手臂抖個不停，要錢還是要命？如果只能二選一，那當然選命啊。

『可惡！這也不是什麼正面思考。』

好不容易才到山頂的勝範吐了長長的一口氣，他雙腿癱軟，膝蓋跪地，只能用雙臂支撐著地面。

「我明明是因為需要幫忙才把朴先生帶來的，他到底跑哪去了？」

既然是鬼魂，應該可以東跳西飄的，感覺會比人類更快找到啊。沙沙，已經乾枯的高草叢有了動靜，他抬起頭，往發抖的雙腿發力。是野獸？還是鬼魂？但這兩種他都不想見到。他的眼珠不停轉動著尋找退路，他狐疑起身，結果在那晃動的草叢另一頭出現一隻手，嚇得原地跳起的勝範看到後來出現滿是皺紋的那張臉孔才鬆了口氣。

「怎麼又是你！」

素晶皺起臉。

「啊哈！」

勝範吐出剛剛憋著的那口氣，他雙手扠腰說：

「以後移動時請發出點聲響好嗎！」

「在山裡還出什麼聲響啊？你也未免太膽小了。」

素晶擺明著損人，接著經過勝範身邊。勝範注意到對方身上揹著的包包，側揹的布包裡滿是綠油油的草葉，她在這種時候居然還採了藥草！真不愧是專業的耶！

勝範搖搖頭。

『這時候還認可對方什麼啊？』

勝範雙腿使勁，快步超越素晶。素晶怒瞪他一眼也加快腳步，在她取得領先時，勝範又一副不能輸地跑到更前方。沒有一絲讓步打算的腳步動作讓素晶的細瘦肩膀不斷與勝範手臂碰撞，大步流星地走在狹窄又陡峭的下坡路，也看不出這被一起風就掉落的落葉所掩蓋的路，盡頭究竟在哪。

不曉得走了多久，素晶要說是老人，腳步真的是快得不得了，勝範為了跟上對方一直在勉強自己，他的大腿感覺要爆了。

「我突然有件好奇的事。」

想盡辦法要讓對方放慢腳步的勝範發問。對方沒有回答，但即便如此，反正也沒有摀住耳朵，他繼續說道：

「妳最近為什麼這麼常對我發火啊？雖然平常就是這樣，但我還以為在素拉的事，或是孔實阿姨的事件後，我應該有稍微被妳認可了才是。啊，還是因為我搶走了鬼魂病患嗎？」

這整串毫無邏輯的話讓勝範的疲憊感稍微減輕，把目光放在自身腳步的勝範一頭撞上突然停步的素晶，嚇了一跳的他看向對方。

「你每次都這麼自以為是，只因為成功過那幾次就這麼趾高氣揚，我幹嘛要認可你這種眼裡只有錢的傢伙？」

「不是，妳最近到底是怎麼了啊？不是打從一開始就知道我眼裡只有錢了嗎？就是因為妳最近特別常用錢來人身攻擊我才會特別講，但世界上哪有人會討厭錢？為了好好生活才想多賺點錢又不是什麼怪事，妳難道不賺錢嗎？為什麼要醫治鬼魂病患，還要他們帶十個人類病患過來？這不也都是為了賺錢嗎？為什麼老是只把我當成怪人看啊！」

「你不是還為了賺錢做過瘋狂的事嗎？人要賺錢也要有點良心，你也不排斥賄賂別人不是嗎？你是不是送錢給張老先生了？把賄賂當成日常的人，有什麼好講的啊！」

「什麼？這又是去哪聽來的？還是看了新聞？還是帶素拉去醫院的時候？」

「人總要懂得羞恥吧！」

這句話讓勝範的臉瞬間僵硬。

「高老闆難道就沒有這樣過嗎？」

「……」

「妳還真的是很討厭我耶，又不是一天兩天的事了，別人看到都要以為我是妳的仇人了。」

這句反問讓素晶說不出話，即便傷人的話語都是她說出口的，但勝範一個問題就好像讓自己的罪過通通被揭穿，令她既難為情又丟臉。眼裡只有錢的人豈止勝範而已？素晶沒辦法回答，又轉過身繼續走，勝範真的跟年輕時的自己太像了，連同那不瞻前顧後的愚鈍也是。

在某處傳來了不是平時聽到的風吹草動聲，而是一陣水流聲。繞過山頭，在密密麻麻的樹林間映入眼簾的是一座規模不小的溪谷，一陣玉色般的水流順勢而下。看到水就突然覺得渴了，要不是因為素晶在，勝範口渴到立刻就想從背包拿出礦泉水來喝，但現在的兩人依然處在互爭領先的競爭階段。

「欸！」

此時，朴先生出現在另一頭的山坡上。他一發現勝範和素晶便搖搖手，朴氏的表情看起來挺開朗的，勝範胸口湧上的疼痛感消失，點燃了希望的火種。

「那我就先告辭了。」

勝範開始跑步，年輕人什麼好？就是體力好！他一看到朴先生的臉就又渾身充滿力氣，就快到了，只要往那邊去！

『我會搶先的！』

撇下面容疲倦的素晶開跑的勝範踩到落葉滑倒，在他還在「喔喔喔」叫的時候，一陣天翻地覆，颼地一聲，鳥飛向灰色天空。

然後——

轉暗。

◇◇◇

鏘鏘鏘，有種堅硬物敲擊鐵塊的聲音在耳邊響起，這是在腦海中響起的嗎？接連聽見尖銳又沉重的聲音刺激著勝範那被壓在底層的精神狀態，從頭到腳都能感受到鮮明的抽痛感。

嘻嘻嘻，有人在笑，是素晶俯瞰並嘲笑著自己嗎？但那個聲音聽起來又太粗獷，並不像她，而且不是一個聲音，是好幾個聲音。難道是朴先生跟劉時英在嘲笑自己？畢竟就連勝範自己想像都覺得他現在的狀態應該是滿難看的，還是要繼續假裝失去意識呢？

實在太丟臉了，勝範連痛都不敢叫一聲。

「那顆頭顱太重了，一個人搬感覺有難度耶？你真的要把他帶回本國？」

日語？真的嗎？這種地方能聽到日語？

勝範覺得他耳邊的沙啞聲搞不好是腦海中的聲音，還是他跌倒的時候，頭落地時撞得太用力嗎？鏘鏘鏘，他突然意識到後腦勺也配合聲響抽痛著。

「但也不能把真的人頭帶回去啊，我打算把這當成是紀念我砍過的無數人頭的裝飾品，而且我老婆是佛教徒，也挺適合拿來跟她炫耀的。雖然我不太懂宗教，但這一看就充滿威嚴，很適合拿來臭屁啊，喂，把身體留下來，走吧！」

勝範試圖移動自己的身體，他的身體傾斜，另一頭傳來喀嚓聲，接著傳來有東西從山上滾下來的沉悶滾動聲。嘻嘻嘻的笑聲遠去，這段令人丈二金剛摸不著頭腦的對話和笑聲都消失了，感覺所有聲音消失般地，只能聽見幽幽流淌著的溪谷水聲。

『就這樣走了？不可以啊，別撇下我自己走啊！』

胸口湧上一陣憤怒與悲傷，不能再這樣下去了，勝範緊握拳頭。他使勁移動僵硬的身體試圖起身，身軀抽動了一下，無法如願移動讓他很鬱悶，身體猶如石頭般沉重，他的怒火難抑，用握緊緊的拳頭不斷捶地，濺起冰冷的水花。

『不要把我當成沒半點用處的石頭丟在這裡！這很痛苦，而且很孤獨啊！』

他生氣地瞪大眼。

「好歹也幫我叫個119吧！」

他大吼大叫後，就跟身旁俯視著自己的素晶對到眼。

「你還好嗎？清醒一點了嗎？」

「原來妳還沒走啊？」

素晶皺起眉頭，在他面前伸出手指。

「這是幾根手指？」

「三根手指左右移動。」

勝範一邊發出呻吟聲，撐起上半身，怎麼昨天才剛受傷，今天又這樣子，他摸摸後腦勺發現有個地方腫起來了。素晶伸直了手，攙扶試圖站起身的勝範手臂，乖乖接受這份幫助起身的他因為右腳腳踝一陣難以言喻的痛感而蜷縮身體，有一種從腳踝開始的痛感貫通全身，抵達頭頂的感覺。素晶看著他一跛一跛的樣子說道：

「看起來應該是沒斷，但感覺快斷了？」

「我是從什麼時候開始倒楣的啊？是被用髒抹布水潑到的時候嗎？不對，應該是被解雇的時候？我是犯太歲嗎？」

「都快死了還是不怪自己就對了。」

「我哪有做錯什麼？我可憐到都覺得老天該給我獎賞了，都沒給我才覺得奇怪！」

勝範一邊碎唸，一邊把雙臂往兩側攤開，搖搖晃晃地走下坡。他每踏出一步，痛苦就會讓他的髮根豎直，雙臂在左右兩側搖晃不已，看起來好像立刻又要往後摔倒。

「你打算怎麼用那雙腿上山啊？快點下山去醫院吧。」

「我又不是瘋了？朴先生都在那邊跟我揮手了，我幹嘛便宜別人？」

「別說廢話了，怎麼不乾脆那張嘴受傷啊！」

一邊咂舌的素晶抓住勝範的右臂，因為長時間彎曲而瘦得只剩皮包骨的手支撐著他，讓他不再晃動。勝範低頭看向那隻手，她是手腳冰冷嗎？貼著皮膚的手非常冰涼。

他們費勁地踩過溪谷的石頭，終於走到朴先生所在地。

「韓醫師，你現在的樣子看起來實在很糟糕。」

「找到劉時英了嗎？」

「嗯，他在那邊哭。我不是早說了儘管相信我就對了嗎？」

朴先生往後指，勝範忘了他的腿還在痛，還打算搶先素晶，結果因為排山倒海而來的痛苦而一陣踉蹌。陡峭的山麓就在身邊，他好不容易才抓住旁邊的樹木，不然就摔倒了。穿越密密麻麻的落葉和高聳的草叢堆後，接著看到一堆大石頭，他的視野晃動，一陣眩暈，一不小心頭就差點要撞上其中一顆石頭。

「你的野心還真是無止境。」

「又不是一兩天了，但妳不能因為討厭我就拋下我喔。」

素晶心寒地看著他。

「至少留我一條命喔。」

朴先生回頭看著勝範，他滿臉漲紅，全靠瘦弱的素晶雙臂支撐而一拐一拐地走，看起來好像立刻就會變成跟自己一樣的鬼魂。有必要這樣嗎？朴先生摸摸粉紅色手套，現在那個能填補這隻空蕩蕩的手的位置的人類，是站在自己這邊的。

「我先去說明狀況，讓他放心一點，我也沒在附近看到韓醫師想像中的那種危險人物。」

「危險人物？」

在一旁聽著的素晶反問。

「也可能是連續殺人犯嘛，會砍人頭的那種，畢竟這裡至少就埋了兩具屍體啊。手機還收得到訊號，要是真的遇到緊急狀況，我會報警的。為了預防萬一，我也有先跟靜美說過，要是我到晚上都沒回家就報警。」

聽了勝範的說明，素晶又露出心寒的表情。

「幹嘛啦！小心一點又不是壞事！」

「確認你的腳踝有沒有斷，難道不算這個當下的緊急狀況嗎？」

「啊……」

「還要一個老人家攙扶成年男子到什麼時候啊！」

「是劉時英！」

素晶一抱怨，不知如何是好的勝範看到山腳下有一副蜷縮的無頭身體大喊。

「嗚嗚嗚，誰都好，不管是誰都好，都過來吧！」

他的哭聲乘著風勢而來，感覺好像聽了好一段時間的熟悉哭聲讓勝範嚇了口氣，他游移的視線看著劉時英的身體，身上的藍光已經消失，但不知怎麼回事，那副無頭身體看起來好像一塊將手臂伸長的石頭，末端掛著一顆正在腐爛的人類頭顱。

「那是什麼？」

勝範用顫抖的聲音詢問素晶。看到勝範又突然停下腳步，還全身抖個不停，才在想這人又在演哪齣的素晶，看著勝範目不轉睛地盯著劉時英反而感到疑惑。

「怎麼？你第一次看到鬼嗎？」

素晶說出這句沒好氣的話，她覺得自己已經盡力幫助了，就把原本攙扶對方的手拿開，畢竟他們還在比賽嘛。身體傾斜的勝範在半空揮舞著手，好不容易抓住走在前頭的素晶。

「幹嘛抓我！」

「不是，我覺得與其說他是鬼魂，倒比較像電影《斷頭谷》，不過妳應該是沒看過啦，反正他身體……」

「身體怎樣？」

「是佛祖耶。」

「……」

素晶甩開勝範的手，這人肯定是腦部受了重傷。他瘸著腿跟上，一面喃喃說著「是真的啦」。

「是真的吧？妳不會害我吧？」

看到素晶感到安心的劉時英問。素晶瞄了一眼在後頭抓著樹幹，死命跟上的勝範。

「那個韓醫師對你做了什麼事？」

聽到和藹的這句話，劉時英開始抽泣。

「他想把我的頭跟身體拆開，老闆妳不會這麼做吧？」

素晶立刻點頭，劉時英對勝範有不好的印象對她更有利。聽到這句話的勝範蹦蹦跳跳地搶在素晶前面。

「不是啊，劉時英先生，這是誤會。我對你可沒有任何惡意啊！」

「不要說謊！你明明就想抓我！」

說是這樣說，但我被你撞飛了欸，想到此，勝範又摸摸現在還會疼痛的胸口。

「那是因為你的頭跟身體不吻合的關係！」

「什麼意思？這些都是我的，頭跟身體都是！」

劉時英高舉著頭搖晃，泛黃的頭骨只有幾根頭髮飄動。看到那對黑眼圈的勝範一邊發出怪叫一邊往後退，素晶又嘖嘖幾聲。

在旁邊靜靜觀望的朴先生覺得再這樣下去，勝範應該會輸，於是開口道：

「先冷靜一下吧，你現在是因為害怕才會這樣想，但韓醫師怎麼可能強制把你分離呢？先把對各自的誤會和恨意解開吧。現在還不遲，既然都已經知道時英的心情了，醫師也不會硬是做你討厭的事情啊。回去之後，醫師鬼會好好幫你把頭跟身體接起來的，對吧？」

素晶怒瞪朴先生，這兩個男人之間肯定有什麼交易，她可不能坐以待斃，眼睜睜看著病患被搶走。

「你以為他是笨蛋嗎？被騙一次就算了，總不可能再被騙第二次！我會幫你解決其他冤恨，跟我走吧。」

「我也不是不懂高老闆妳的立場，但現在那孩子想要的就是把頭跟身體接起來，這不就是韓醫師的專業領域嗎？」

朴先生問勝範，但這人不曉得是被什麼東西嚇壞了，這愛出風頭的傢伙居然半句話也說不出口。

「韓醫師？你到底是怎麼了？」

素晶回頭看著勝範，他臉色蒼白，豆大的汗珠如雨下。

「如果真的很痛就坐下吧，坐下來打給119！」

「不是，不是那個問題。」

勝範用手背擦掉汗水，在來到這裡之前，他本來打算就像朴先生所言，就算尺寸不合也會想辦法幫對方把頭跟身體接起來。反正只是模樣看起來有點怪而已，對鬼魂來說應該沒什麼影響，但這話是建立在對方是鬼魂的前提之下，雖然只要鬼魂可以接受，這也不是太壞的提案，但石頭跟骨骸就在眼前，他實在是沒有那個能力把這兩個東西接起來耶，這到底是什麼變數啊！

「你還好嗎？我已經不太記得人類的痛苦是什麼感覺，實在抓不準你現在到底有多痛，但你還是趕緊打起精神吧，現在可是緊要關頭啊！」

變得急躁的朴先生摸著空虛的手套安慰勝範。勝範往前一步，一臉悲壯地說：

「劉時英先生，我其實很猶豫要不要講這件事，但你的身體跟頭是不一樣的。」

「哪有！」

劉時英氣得大叫，風勢突然變大，頭上有許多變黃的樹葉掉落，勝範用手搓臉，他的臉上有濕答答的汗。難道在場會有人比他更希望結果不是這樣嗎？雖然他試著動腦要怎麼解決當前的問題，但腳踝的痛感卻不斷妨礙著他。

「劉時英先生，請不要只顧著喊哪有，你本人不是應該更清楚嗎？所以當時才會逃跑。」

「韓醫師，你在說什麼？」

覺得這狀況很煩的朴先生問。

「你們真的都沒看到現在劉時英先生的模樣嗎？」

「都是鬼魂，看起來哪有差？」

「我看得到石頭跟骸骨！」

「這又是什麼稀奇古怪的說法啊？」

朴先生上下打量劉時英一番。素晶嘆了口氣，搖搖手要擋在自己面前的朴先生讓開。可不能就這樣被搶走病患！朴先生雙手扠腰。

「雖然我聽不懂韓醫師到底在講什麼，但就算真的是石頭跟骸骨好了，把它們黏起來不就得了嗎？看是要釘釘子還是用強力膠黏，只要依對方的願望去做不就好了！」

這句話讓原本把臉埋在掌心的勝範抬起頭，對耶！朴先生說得沒錯，如果哪裡不合，就把合適的部分黏起來就好啦！

「劉時英先生，你是真的想把頭跟身體合起來嗎？」

「什麼？」

「只要幫你把頭跟身體黏起來就可以了吧？」

勝範的聲音突然有了生機，這讓素晶皺起眉頭。朴先生無聲鼓掌，回頭看向劉時英。

「你不會搶走我的東西嗎？」

「不會，只是在想要怎麼分開黏而已。」

勝範一拐一拐地走近劉時英，然後環顧四周。

「你的墳墓在哪裡？」

「這邊。」

因為身體緊摟著頭的關係，劉時英用眼神撇了一個方向。勝範只能看到骸骨挖空的眼窩，看不到他的眼神而有些茫然。朴先生代替對方告知位置，在層層疊疊的落葉堆中有個腐爛木塊，勝範坐在旁邊，開始用登山杖挖附近的地。

「雖然我不知道老闆妳是怎麼想的，但韓醫師真的沒事嗎？他臉上毫無血色，感覺立刻就要往陰間去了耶？」

「隨他去吧，他要到骨頭斷了才會真的清醒。」

勝範不理會兩人的對話。廢棄的墳墓受歲月摧殘而平緩，其中一邊幾乎等同塌陷，末端可見被敲爛的棺材。勝範粗喘著氣看向那個孔洞，黑暗所在之處有一股難聞又讓人心情不好的味道撲鼻而來，以及乍看也能看出形體的骸骨，勝範抬起頭。

「劉時英的身體在這裡，真正的身體。」

朴先生不明就裡地跟著埋頭看向棺材內部。

「對耶，裡面有骨頭。」

朴先生的聲音嗡嗡作響，捧著劉時英頭顱的身體緊抱著那顆頭，一副不願跟那顆頭顱分離的樣子。

勝範凝望著那副身體，身體前半因為在水裡的關係，跟後半的顏色有點不同，但除了被砍斷的脖子部分以外，身體是光滑的灰白色，從肩膀垂下的衣服皺褶延續到腳踝處，相當鮮明。

「別擔心，我會一起照料的，如果願意，我也能向石雕匠人委託處理頭顱。」

聽到這話而遲疑的身體這才慢慢把頭顱放在地上，然後佛祖的身體不再有任何動作。此時吹起一陣淒涼的風，劉時英的魂魄消失，只剩下頭顱和佛祖的身體。

一切都如勝範所言，素晶交握她顫抖的雙手，雖然她一直不相信勝範的奇異舉止，甚至還嘲笑對方，但真的該被嘲笑的人其實是她自己。搞不好勝範比自己更能用不同視角看待鬼魂吧？甚至還擁有能替鬼排解冤屈的能力。

『我還以為我已經有稍微被認可了。』

這怎麼可能不認可他呢？

◇◇◇

「搞不好那尊石佛是為了實現時英的願望才會醒來吧？」

孔實把紅通通的柿子切對半放進口中。白淨的晨曦透過韓藥房的窗戶映照進來，站在陽光下的勝範把打了石膏的腿放在椅子上，反覆咀嚼著孔實所說的話。

那天，勝範在山路跌倒而昏頭轉向時所聽到的日語和敲打石頭的聲音，以及他心中深處那股刻骨的孤寂，並不是他本人的感受，而是石佛的。石佛的身體不願放下劉時英的頭顱，是表示石佛絕不會放手的意思。

總而言之，不管是石佛或劉時英，都已經被請入位於峨嵋山的寺廟裡了。

勝範接受地方新聞有關找到石佛的採訪，說自己想要去鑽研藥草，在爬峨嵋山的途中不小心傷了腳踝，結果在那裡發現一尊無頭石佛。喀嚓、喀嚓，勝範笑盈盈的臉上落下閃光燈。

在韓醫院診間拍攝，乾淨俐落的半身照登在頭版，這個宣傳效果也讓患者增加更是不用多言。也剛好在等候室熙熙攘攘的日子，如宋奇允所言，第一韓方醫院的院長金振泰真的來了，還帶著「他只是路過來看看」的話一起出現。

「你該回來首爾了吧？」

如同宋奇允和靜美所說的，勝範獲得金振泰的認可了。

因為最近變忙，勝範只有午餐時間可以來韓藥房走走，也才能短暫跟孔實度過休息時間。

雖然跟素晶的比賽是勝範贏了，但相較於人類病患，鬼魂病患其實也沒有增加多少，以前的鬼魂思考模式比想像中更停留在他們生前的時代。薑還是老的辣，所以這場比賽的真正勝者其實是朴先生，他獲得了他想要的手臂，雖然只是一隻義肢，但他還是非常滿意。

『我哪有不好了？』

像這樣賭上性命（？）翻山越嶺，總算替對方排解了冤恨，那些辛苦也都一筆勾銷。雖說如果回到首爾，這些數字也沒有意義了。他還在考慮到底要不要走，但一方面又覺得在這裡實在沒什麼特別好的回憶。而且也已經幫孔實阿姨解冤，光想到能脫離這些令人厭倦的債務和鬼魂，就覺得開心。

但這些就先不提，韓藥房不知為何有種冷清的感覺。勝範豎起耳朵，尋找素晶在韓藥房的哪裡做些什麼，這麼安靜也不像待在辦公室裡。那天素晶撇下腳受傷的勝範自己先下山了，即使聽到勝範大喊「真的要走了嗎？」依然頭也不回地冷漠離去。雖說自己用手機打給119救護隊也不會特別辛苦，但他仍因為那個冷酷背影想起丟下自己的媽媽。

也不曉得那個覺得孤獨的是石佛，還是自己。

「是因為她最近也滿忙的才會這樣，既然她很敏感，你就不要刻意去找她，直接走吧，你不也很忙嗎？」

發現勝範在找素晶的孔實安慰他。

「是沒錯。」

「別擔心，我以後也還是會幫你找鬼魂病患過去的。」

這句話讓勝範暫時有些遲疑，因為他很難向孔實說出自己可能不久後就要回首爾的事，他只能笑笑，等決定以後再說也不遲吧。

◇◇◇

開門後不知道去了哪裡的素晶推開老舊木門，走進韓藥房。她身上充滿寒氣逼人的潮濕氣味，將視線從電視挪開的孔實靜靜看著拿起掃把的素晶，明明早上已經掃過，還用抹布擦過各處了，素晶又在重複做這件事。

「妳休息一下吧，這個跟主人一樣老舊的韓藥房幹嘛還要一直又掃又拖啊？」

咳咳咳咳，素晶用咳嗽代替回答，她最近的咳嗽愈趨頻繁，凌晨盜汗還抱著肚子翻騰的她，現在又像平常一樣若無其事地動作著。

「唉。」

孔實大嘆口氣。素晶近來突然變得消瘦，只是稍微幹活就會覺得累，硬要擦地的動作也變得很粗糙。

「真固執。」

孔實翹著嘴，轉身不再看對方。與其鬱悶死，不如不看，但電視上不管播著多有趣的電視劇，她還是一點都看不進去。要是自己還活著，至少還能幫上什麼忙，但現在自己卻是愛莫能助讓她覺得難過，所以她才會沒來由地發脾氣。

「妳真的要幹嘛的話，不如去跟韓醫師說啊！」
「妳敢講的話試試看，我會把妳趕出去的！」
「不是，妳幹嘛這樣啊？他跟妳一樣能看到鬼，針灸醫術也很優秀，只是比較愛錢而已，但個性也不錯啊。」
「愛錢的人類就沒半個好東西，妳也不要太信任他了，天曉得他會為了賺錢幹出什麼事！」
孔實張大了嘴。
「不是啊，妳都已經碰過這麼多事了，居然還說得出這種話？」
「你們倆肯定是有什麼交易往來才會黏在一起不是嗎？」
這句話又讓孔實原本張大的嘴閉上，雖然是這樣沒錯，但這又不是只為她自己好的事。只是她如果又多講幾句，感覺真的會被素晶趕出去，所以她閉上嘴不再多說了。
「雖然我不知道妳到底在想什麼，但在被對方捅刀之前還是先斬斷情分吧，妳要是有什麼野心也趕緊拋棄，等我死了再一起去陰間吧。」
素晶擦地的手非常用力，滿佈皺紋的手背浮出血管，同時也感受到身後孔實看著自己的視線。

「就算沒辦法把快死掉的人救活，搞不好也能幫妳實現願望啊？妳就真能這麼輕易踏上陰間路？妳死掉的兒子要怎麼辦？不要在這邊留戀死撐了，直接講開吧，我相信韓醫師——」

「不要再胡說……！」

素晶揪著胸口，身體瞬間倒地。

「高素晶！」

◇◇◇

素晶睜開眼睛，孩子的笑聲消失在茫然夢境的另一頭，她遺憾地閉上眼睛，但黑暗並沒有再次把她帶進夢境。不久後，她睜開眼睛看到熟悉的房間天花板，窗戶外頭有凌晨的微光灑入，但她實在沒有自己過來躺在這裡的記憶，只有依稀的印象是偶爾有聽到孔實的哭聲和勝範的聲音。

聽到孔實說是癌症時，素晶雖想開口臭罵卻發不出聲音。說著「誰？」並漸漸遠去的勝範聲音裡夾雜著嗤笑，然後又重新再問一次對她做出胃癌末期宣告的醫師，「誰？」。臨終之日終於要到了，除了喜悅，同時也有顆沉重的石頭壓在心頭。最近因為心急，素晶心裡一直都不太舒坦，要是沒有生病，要是再年輕一點，要是還有多一點時間……不管做什麼事情，她都無法專注，感覺自己好像立刻就要死了，但在那之前，她還是想自力找到死去的孩子。滴滴答答，擺在頭上的時鐘指針無力地繼續跳動，又到了凌晨，素晶深嘆一口氣起身。

她的身體猶如千萬斤重，一陣眩暈讓她抓著房門站了一會兒。房門的另一端是韓藥房，這裡沒有一處不是經過她的手所打造，在蒼白的凌晨光線下，韓藥房就像主人一樣正在慢慢死去。

她深吸一口氣，穿上鞋子。一踏出韓藥房的門，一股濕潤的空氣注滿肺部。

「妳要去哪？」

看著冷清街道的素晶，聽到門邊的聲音轉頭。勝範倚靠著掛有韓藥房招牌的牆面，看來好像是熬了一夜，一臉憔悴。在他身旁的曹根宇也是站姿彆扭，但還是向她致意。兩人表情都充滿尷尬。還把醫師鬼帶來了，那勝範應該也已大概掌握自己的身體狀況了吧，素晶開始步行。

「天氣這麼涼，妳要去哪？」

素晶身後傳來勝範的聲音，她沒有回答，也不想回答。

經過洗衣店和米店，她穿越十字路口，撇下早起準備做生意的忙碌市場，繼續大步向前走。跨過晨霧瀰漫的人行道，經過農田，到了一座橋上。在濃霧間聽到了水流聲，素晶的額頭冷汗凝結，寒氣使她不斷發抖，這才發現她沒穿暖就出門了。一陣寒風吹拂，又是一股暈眩讓她身體搖晃。她緊抓著水泥橋的欄杆，唰唰唰，即使是被濃霧掩蓋的蘆葦，在風中飄搖的樣子也依然清晰，有人抓住素晶的手臂，是勝範。

「看吧，我不是說過會冷了嗎？妳手很冰耶。」

勝範把身上的夾克脫下，披在素晶肩上。

「沒關係。」

素晶甩開勝範攙扶自己的手，試圖脫下夾克時，勝範逕自替她把夾克穿好。

「有關係！妳知道妳現在看起來有多扯嗎，還講這種話？」

勝範皺著眉頭，緊揪著夾克前襟，不讓素晶把外套脫下。一看到素晶發青的臉色，他內心又湧起一股怒火。

勝範雖然想盡辦法要把素晶帶去醫院，但孔實制止了他，畢竟素晶本人不願就醫，就算帶去醫院終究也還是會回來家裡。醫師鬼曹根宇看到素晶的狀態也不斷搖頭，說這不是他的專業領域，而且已經到了連醫師也無力回天的癌症末期，能撐到現在已經是奇蹟了。曹根宇甚至還反問勝範，他難道不是比任何人都更了解病人的症狀嗎？

勝範面無表情的臉漲紅，忍無可忍地大聲說：

「不是啊，妳拖著這副身體經營韓藥房到現在，是因為氣不過沒能把我吃掉嗎？休息都來不及了，到底為什麼要硬撐啊？」

此時，素晶抓住勝範的手，像冰塊一樣冷，像樹枝一樣細瘦的手指發力，勝範想起腳踝受傷時，攙扶他的手也是這麼冰涼，但為什麼他從沒想過素晶可能生病了呢？仔細回想起來，其實已稍微顯現病狀了啊！素晶瘦巴巴的肩膀發抖，太過瘦弱的身軀感覺立刻就會被折斷。

素晶抿著嘴，那隻抓著勝範的手不斷發抖，看到這個模樣的他又破口大罵：

「都已經悶到心裡要炸開了，幹嘛連眼淚也要忍啊？就痛快哭出來啊！」

蘆葦隨風搖曳，那條無意之間就把兒子吞噬的江水若無其事地流淌著。素晶每次看著這裡，都會同時出現埋怨和哀戚的心情。她以為自己在失去兒子之後的無數個日夜已經哭到眼淚乾涸，沒想到一聽到勝範說的話，眼淚又忍不住掉了下來。耳邊傳來指針的聲音，滴答滴答，時間已經到了，但她也沒有力氣再做任何事了。

那隻回握的手傳來的溫度與堅定的力氣讓素晶抬起頭，勝範當初不也精準地看到自己沒能看見的，劉時英的本質嗎？看來他就是僅存的唯一希望了。一旦開始哭就覆水難收，反而讓她更加激動。

「我會把我的韓藥房傳給你，你幫我一個忙吧，我相信是你的話一定能辦到。這段時間會對你這麼刻薄，是因為看到你就想起年輕時的我，每次都會讓我覺得自己很羞恥而生氣，所以才會那樣對你。我跟你道歉，你也替我解恨吧！」

腿軟的素晶癱坐在勝範面前，勝範不發一語地撫著素晶彎曲的後背。他感受到這段時間以來，因為各種想法而混亂的腦袋都被整頓為一個想法了。唰唰，蘆葦被風吹得彎成相同角度，溪水跟平常一樣流動。

素晶痛哭了好一陣子後，腿上還是無法施力。看穿對方狀態的勝範獻上自己的後背，素晶連拒絕的力氣都沒有，爬上勝範後背，這個後背比想像中更寬敞也舒適。

「因為我有必須要見一面的鬼魂，所以我打算收病人到不能收為止。」

「必須見面的鬼魂？」

太陽逐漸升起，也讓晨霧逐漸散去，空蕩蕩的街道因為開始全新一天的人們而充滿活力。他們看著揹著素晶走的勝範，這畢竟是很陌生的場景，也讓大家看了好一陣子。

「他名字是鄭基雲。」

「年紀是？」

「七歲。」

素晶抬頭看著勝範的後腦勺，這才驚覺如果孩子還活著，應該也跟勝範年紀差不多。一發現這個事實，她想起在米店崔女士的七旬筵會上，崔女士的兒子揹著她繞了社區一圈的事。雖然當時大家都在揶揄上了年紀還在搞這些，但那個感覺好像挺不錯的。

「那是誰？」

「……我兒子。」

「啊……」

「他是在剛剛那條溪邊死掉的。」

朝氣蓬勃正要出門晨跑的靜美才剛踏出玄關，就跟揹著素晶的勝範對到眼。眼睛瞪得大大的她嚇得張大嘴，但又感覺現在不是什麼適合打招呼的氣氛，趕緊轉身又進門了。

「沒有照片嗎？」

「對耶，連一張尋常的照片也沒拍過啊。」

素晶的話中含淚，勝範覺得自己不該提的，還在苦思該怎麼延續話題時，素晶接著說：

「應該會是吐舌頭的狀態。」

「什麼？」

「畢竟我見到的最後一面是這樣……」

「那孩子就是妳向鬼魂病患打聽的鬼嗎？」

「嗯。」

素晶沒再回話，勝範也停頓片刻，喉頭好像有什麼東西要湧上來了，他為了隱藏這點又重新邁出腳步，素晶接著說：

「你知道我們家孩子有多可愛嗎？叫媽媽的聲音，像蕨類的小手按摩肩膀的時候……但我只要一想到這個讓人疼愛的寶貝孩子，就會同時想到他最後離開的樣子，真的很痛苦。我擔心他被別人取笑是沒爸爸的孩子，所以對他很嚴格，現在想想真是後悔，比起唸他，早知道就應該多摸他的頭，比起罵他，應該多抱抱他的。」

勝範的背變熱了，他一句話也說不上，繼續走著。

「我活得非常狠毒，眼裡只有錢錢錢！當時只覺得賺錢重要，就沒有對孩子太用心。這一切都是因為我，他是因為我才死的，他肯定也對我非常生氣。當時的他該有多痛苦，才會讓我每天等啊等也等不到他回來，要我等他千萬年也沒關係，我是打算等到他原諒我為止，但我的身體也壞了，撐不了多久了，在我離開前得見上一面啊，我的身體就算坑坑疤疤也要見一面啊，這樣我才能放心闔眼長眠啊。」

素晶自責地說了好幾次孩子是因為自己才死的，看到這個脾氣硬邦邦的老人崩潰，勝範雖然很想給點安慰，但那些話語卻只能停在口中。勝範直接經過韓藥房沒有進去，他讓素晶痛快地痛哭一場，一直走到她把這段時間深埋在心中的悲傷與悲憤宣洩出來並且冷靜的時候。

「不管發生什麼事我都會幫妳找到他，所以妳也接受我的治療吧，總要活得長長久久才能解恨不是嗎？」

◇◇◇

「你不回首爾了？」

靜美對著正在替素晶配藥的勝範大叫。前一晚都沒回家，卻在一早看到他揹著素晶時是第一次震驚，聽到素晶的癌症消息是第二次震驚，勝範宣布他不回第一韓方醫院的消息則是第三次震驚，這一連串讓人懷疑自己在作夢的打擊甚至讓她忘記呼吸。

「我是說真的，妳記得呼吸。」

「你真心嗎？你不是說過想回首爾嗎？甚至還得到了只要這次回去好好工作，會再重新安排副院長位子給你的約定不是嗎？你要放棄這種大好機會？」

「我的大腦也知道這是最好的選擇，所以我這段時間也一直在思考。我一直洗腦自己是個自私的傢伙，是金錢至上的傢伙，所以只要向錢看就好了，但卻老是覺得心裡有點不舒服。經過這次我總算是懂了，我不是想被金振泰認可，而是想被高老闆認可。這段時間的生活和遭遇，可能也讓我在不知不覺中很依賴她吧。在了解鬼魂的過程中，她讓我知道錢不是萬能的，在我被她認可之後，我就想幫她治療了。但妳別擔心，我還是很愛錢的，只是我做出退而求其次的選擇而已。」

勝範如此堅定的決心讓靜美再也無法多說什麼，因為做選擇的人不是別人，而是他自己，靜美嘆了一口氣。

「要是完蛋我也不管了喔。」

靜美一如既往地尊重了他的選擇。

勝範拿著托盤走進素晶房間，將躺在床上，全身無力的素晶攙扶起來靠牆，接著把粥和補藥遞給她。

「我會在韓醫院準備讓妳休息的地方，以後就都在那裡生活，現在這個身體狀況不能再經營韓藥房了。我們的目標不是完全康復，而是延長，所以一定要把按時提供的飯跟藥吃完，先養好體力，畢竟要有足夠的體力才能跟病魔對抗，也會跟西醫進行協診治療，所以也要去醫院。」

「什麼？幹嘛這麼麻煩還要去醫院？」

用湯匙翻攪著粥的素晶一臉厭惡，勝範在碗裡放了一塊醬牛肉。

「反正也不會去幾次，沒必要覺得煩吧？」

「看你這講話的意思是希望我早點死掉吧？你不用這樣，我自己也能吃。」

「就是因為妳一直不吃，拿著粥在玩我才這樣做的啊。不管胃有多難受或覺得無法消化也必須通通吃完，慢慢地，細嚼慢嚥！然後再吃藥好好睡一覺吧。」

素晶拗不過勝範吃了粥，看到她吃了幾匙，勝範才離開房間。陽光照進沒有客人的韓藥房，待在等候室的孔實和右手裝了義肢的朴先生都盯著他瞧，素晶昏倒的消息在鬼魂間迅速傳開，朴先生想幫點什麼忙就立刻跑來了。

「那個，是有辦法醫治的嗎？」

孔實支支吾吾了一陣才問出口。勝範搖搖頭，原本站著的朴先生癱坐在地。

「原來。」

「但也要盡可能嘗試到最後，我會把老闆請到韓醫院，還要找到孩子……」

勝範向著兩位往前一步。

「我需要兩位的幫助，應該說是需要所有鬼魂病患的力量，請幫幫我。」

◇◇◇

幾天後，白天開始變短，紅色晚霞映照在街道上，人們都在返家路上。匆匆忙忙從韓醫院出來的勝範遇到從對面走來的朴先生。

「這麼匆忙，你是要去哪啊？」

「聽說在坪岱里有看到疑似的小孩鬼。」

「喔喔，我才剛去了一趟回來。」

「什麼？」

「是那個眼角很白，鼻子跟拳頭一樣大的男鬼說的吧？」

「對。」

「那個孩子鬼是在戰爭時餓死的，大家都想享受韓醫師說可以一輩子免費解恨的福利，很急著把見到的孩子鬼都推出去讓你確認，但明明稍微留意就會知道根本不是……嘖嘖，孔實去另一邊看了，你也不用過去了。」

「啊……」

好虛脫，朴先生和孔實阿姨把只要能找到素晶兒子，就會提供終生免費治療的消息放出去後，多虧於此，獲得來自各地的情報，只要接到任何一點可能成為線索的消息，不管是哪裡都會過去，但都跑遍了各處，卻還是撲空。

「別太挫折了，所有鬼魂都在幫忙找了，很快就能找到的！」

朴先生看著在對面韓藥房門口集合的鬼魂，即便素晶不在，也還是不斷有鬼魂病患找上門，這麼多的鬼到底都是從哪裡來的啊？

「我這次一定會好好叮嚀他們別再忘記特徵了，你別擔心，你說名字是叫鄭基雲吧？這部分如果沒講清楚，他們搞不好會把整個村子的孩子鬼都帶來。」

朴先生拍拍勝範的肩，穿越馬路，他把鬼魂集合起來，接著開始一場演說。看著這個場面，勝範目光又被熄燈的韓藥房吸引，主人不在的韓藥房令人感受到一股莫名的淒涼，這個感覺讓他的身體垂了下來，每一個移動腳步的步伐都很沉重。

韓藥房的主人其實就待在對面韓醫院，但這是什麼無謂的憂心忡忡呢？

「只要找到孩子鬼就不用再辛苦了，以後我就能把這個村子的錢通通賺走啦！」

他發出聲音說這句話，在肩頭注入力量。這是個令人開心的想像，邊數錢邊變幸福的想像！雨華市最強名醫韓醫院院長！想著這些事心情應該要變好才是，但他的心裡卻還是一陣空虛。

他搖搖頭，走向溪邊。

勝範抱持著姑且一試的心態走到河邊，在這個素晶來回數千遍的地方，她也該早就要找到了基雲才是。他翻越那條路，走下堤防，他想用自己的眼睛找找看，希望能在衣角拂過蘆葦之間找到基雲，或是一點細微的線索也好。

暮色下，被風吹拂的乾蘆葦叢發出撲通撲通的響聲。

勝範全身起雞皮疙瘩，身體不自覺顫抖，他拉起厚重夾克的拉鍊。四周黑漆漆的，他探頭看向正在流淌的黑水，雖然明知不可能，但這流水看起來是有黏性的，微風吹過還夾雜著腥味，蘆葦叢那一頭傳來窸窣聲。

「有人在嗎？」

沒有人答覆，只看得到被風吹拂的蘆葦。

此時，勝範的衣角有水滴滴落，他緩緩抬頭，發現有個很高大的男鬼正在俯瞰自己，並用被水泡脹的臉靠向自己。

「呃啊！」

勝範往後摔個四腳朝天。老舊的運動鞋映入眼簾，其中一隻腳的鞋子脫落，濕淋淋的襪子不斷出水，那隻腳大步往前踏。勝範擔心被抓住而掙扎起身，接著全力跑向堤防，然後又原地停止動作。

他有點遲疑地瞄了男鬼一眼，對方完全沒有動靜，只是轉動著眼珠，靜靜觀察他在幹嘛。該怎麼做才好呢？他是為了尋找蛛絲馬跡才來這裡的啊，他坐立難安又躊躇了一陣，用腳踹地幾次，揪著頭髮苦思，還不自覺發出呻吟聲，最後還是無可奈何地走回男鬼面前。

「請問你有看過一個叫鄭基雲的小孩鬼嗎？他是在這邊過世的，是個小男孩，他有在這邊嗎？」

男鬼搖搖頭，因為膨脹而更顯蒼白的臉上不斷有水滴落。

「真的嗎？」

凝視著勝範的男鬼嘴唇動了起來。

「要是不相信，你進去裡面找啊？」

「不、不了！」

立刻拒絕鬼魂提議的回應幾乎成了一聲慘叫，勝範要做的事做完了，他往後退了幾步。

「謝、謝謝你的幫忙。」

擺出一個看起來要謝不謝的動作，勝範趕緊爬上堤防，因為太陽下山，四周變得黑漆漆。擔心男鬼會追上來的他拔腿狂奔，照著街道的路燈光線有些昏暗。

◇◇◇

來到韓藥房的人們看到老舊木門貼著「暫時停業」的告示都感到疑惑。他們在玻璃窗前探頭探腦，這是他們身體不舒服，或有市集的日子會順路從村子搭公車過來走走的地方，但一直以來都守在這個位子的主人，今天不在了。人們在門口思考著該如何是好。

接著他們發現對面的韓醫院招牌，想起這家醫院醫術不錯的傳聞，既然都來了，要不要去看看？於是他們踏上通往二樓韓醫院的樓梯，然後遇到坐在等候室裡看電視的素晶。

「不是啊，妳怎麼在這裡，不在店裡啊？」

「喔，你們來啦？因為我這段時間太操勞了，全身都痛啊。我也是人，該處理的也還是要處理嘛。」

「妳這就跟算不到自己的未來的巫女沒兩樣啊。」

「對耶！你說得對，哈哈哈！」

大家接連坐在素晶身邊，一邊依序等待看診，一邊聊天。在新地點相遇實在很開心，靜美送上藥茶，從她手上接過紙杯的老奶奶環顧四周，乾淨的室內雖然有點不習慣，但也令人信任。

「這裡看起來好像也挺不錯的，就連天下無敵的高老闆也在這裡！」

「對啊，雖然他說不出什麼好聽話，但也不會說他做不到，這點我很滿意。」

正在遞茶給其他人的靜美聽到素晶所說的話忍不住發笑。老奶奶一臉驚訝地小聲問：

「他還是很沒禮貌嗎？唉唷，護士小姐真是辛苦了。」

「還沒到忍不了的地步啦。」

「確實，還不到忍無可忍。」

大家嘻嘻哈哈笑著喝藥茶，針灸室裡傳來勝範滿是尖刺的聲音。

「既然都來這裡了，就要交給我啊！」

大家的目光都看向走廊盡頭的針灸室。看靜美輕嘆一口氣，這狀況應該不是一兩次而已。原本吵雜的等候室氣氛突然沉默，素晶乾咳了幾聲。

「唉唷，這真好喝，大家都喝喝看吧。」

素晶要大家趕緊喝藥茶，自己則起身跟著靜美前往針灸室，勝範正在跟一個身材矮小肥胖的男病人對峙。看到對方，靜美突然想到什麼，從口袋拿出青葡萄口味的糖果。

「我忘記給了。」

「這是什麼？」

素晶看著糖果問。

「他有時候遇到這種類型的病人都會發作，很奇怪。」

靜美偷偷地說。這句話讓素晶皺起眉頭。會挑病人這點已經夠奇怪，為了緩和這個狀況還要吃糖果這件事更是難以理解。勝範的聲音裡充滿煩躁，雖然那股煩躁並不是針對自己，但也同樣讓她反感。

「腰跟膝蓋的姿勢不對，就不能同步進行治療，要一天腰，一天膝蓋——」

「那就現在先處理腰，等等再處理膝蓋，不就好了嗎？」

「先不要打斷我說話，聽我說完。如果要這樣做，精力是一回事，治療效果也會被分散，會感覺像沒治療過。就算只針灸一次也要做到徹底，這話到底要我講幾遍啊？」

「我家就太遠，不能每天來啊！管他什麼精力還是效果分散，幫我做啦！」

「不可以！」

就算聽完說明也還是很固執的老人是一回事，但這個高壓態度拒絕對方的勝範也是令人搖頭，看不下去的素晶出馬。

「韓醫師，外面好像突然有點狀況，先跟你借一步說話。」

「什麼事？」

素晶先取得老人諒解後，把勝範帶離針灸室，然後在其他患者看不到的地方打了勝範的背。

「幹嘛打我啦！」

「病人都是你的冤大頭嗎？不要覺得自己聰明就自大。」

「我哪有？」

因為生病而全身無力的素晶手勁還是很強。勝範用手搓揉被打完所留下的餘痛，他皺著眉頭問。

「你不要一味地說不能怎樣，要多用點方法說服對方啊，是想把對方趕走嗎？」

「我已經說過很多次了。」

「我是叫你換個說法，才講那幾次而已，不代表一切啊！身體不舒服的人不遠千里來到這裡，你不幫對方治療，只讓對方受一肚子氣離開嗎？你是只為了吵架才當韓醫師的嗎？就是因為你這樣，病人才會不想一直來啊。」

「既然不聽韓醫師說的話，只想要自己隨心所欲，幹嘛來看病啊？」

「人只要不舒服就會變得敏感，開始耍賴，溫柔一點安撫對方會比較好，聲音也要輕柔一點，笑臉迎人一點。我才剛跟在外面等的人說你醫術不錯，現在這脾氣是怎樣？」

聽完這話的勝範瞄了一眼等候室，備好的座位已座無虛席，但看到那些人面容凝重，他這才終於清醒過來。他再度回到老人病患面前，靜美的嘴唇沒有動，但輕聲說了句：

「只要笑就會有錢進來，溫柔點。」

「伯父，我非常理解你身體不舒服，但這不是只要針灸一次就會好的病，如果我真的這麼厲害，就該去上《世界上竟有此事》啦。如果我去了，那誰來幫你治療膝蓋跟腰呢？我會先以腰為治療重點，膝蓋也幫你做簡單處理，這整個療程還需要再來幾次才能完成，如果能天天來當然是最好，但既然沒辦法就請你有空時務必過來，這樣可以吧？」

「嗯……這樣會好嗎？」

「我會慢慢讓你越來越好的。」

「好吧，一定要把我醫好喔。」

「好的。」

連這麼固執的病人也接受治療了，在這之後的病人就都沒這麼難處理了。勝範心情輕鬆地做完診療，準備迎接下一位病人的勝範突然被抓住手臂，明明已經回等候室的素晶不知不覺又追到他身邊。

「怎麼了？」

「下一個病人我很熟。」

「現在還打算干涉診療過程了嗎？」

「不是，他兒子生病了，是拿政府補助的錢照顧國小孫子的家庭，所以應該沒辦法負擔醫藥費。」

那不就是沒錢的意思嗎？勝範臉部扭曲。素晶看穿那個明顯寫在臉上的心思，沒好氣地說：

「連卡費都可以分期了，如果這次錢不夠，下次再跟他要啊。」

「分期也要信用良好才能分耶，信用卡公司又不會讓人賴帳！」

「賴帳又怎樣嗎？病人都信任你，要交給你治療了，你也要相信病人，在這方面給對方機會嘛。只要能這樣分享下去，福報會用任何形式回到你身上的。」

勝範緊皺著眉頭，又癟著嘴。

「到底是跑來誰的地盤做生意啊？」

「反正那堆債務裡多這點錢又不算什麼！」

這話也沒錯啦，勝範沒再回話，前往診間。也不知怎地，要是講越多就越會讓他想起過世的奶奶，該說是某種無法拒絕的威嚴之類的感覺嗎？

下午三點左右算是挺慵懶的時段，成群的病患變少，盡情聊天的聲音也減少許多，只剩電視的聲音在室內流淌。靜美暫時離開去煎藥室處理韓藥，勝範則是在診間向患者問診。

一個男人開門進來，門鈴聲讓待在等候室的人們看了他一眼，然後又轉移了注意力。

男人看到櫃檯沒人，有點躊躇。

「是來看病的嗎？請先填寫桌上的病患掛號同意書，稍等一下。」

聽到推門聲又趕緊跑出來的靜美說。

「不是，我是來買貼布的。」

對方指著陳列在櫃檯上的韓方貼布。

「啊，那請稍等一下。」

靜美正準備脫掉手套出來，素晶看到她忙碌的動作，摘下眼鏡起身，對靜美搖搖手要她別出來了。

「這我就可以做了。因為這裡不是藥局，是韓醫院，必須先取得院長處方才能買藥，請先在掛號同意書寫下你的姓名、出生年月日和手機號碼。貼布總共有六片，價格是四千韓元，等你差不多寫完的時候，護理師就會出來了。」

「好。」

在男人填單時，剛看完診的勝範也出來了。正在拍拍病人肩膀，要對方不用擔心的勝範，看到素晶在櫃檯接應其他病患的模樣感到非常荒謬。

「怎麼不乾脆來當護理師啊？」

聽到勝範的冷嘲熱諷，素晶也哼了一聲。

「明明你自己也在我們韓藥房賣藥，還敢講啊。」

「所以妳現在也打算在我們韓醫院賣藥嗎？」

「也沒有不行吧？想知道更多細節的話，確實該來問問身為對面韓藥房主人的我才是啊。」

勝範看著哈哈大笑的素晶，想起幾個月前在韓藥房裡幫忙賣藥的自己，沒想到對方居然還記得這件事，他也難為情地跟著笑了。

當時與現在的狀況已有很大不同，也因為這個事實讓勝範浮現奇怪的情緒，他不知道這股覺得開心，也覺得悲傷，甚至還有點孤獨的綜合微妙情緒究竟是什麼。

15 造訪廢宅

下午，太陽逐漸西下，在葉子掉光的樹木間雖顯微弱，但還是能見到刺眼的陽光。吹著冷風，呼嚕喝下三合一咖啡的勝範找到扇子，他把帶來的草藥放進鐵鍋中正在沸騰的水裡後，蹲在旁邊。他將灶裡的木條擺成井字狀，點燃報紙後用扇子搧風，多虧天氣乾燥，不像夏天時這麼難生火，伴隨著啪嗒聲響，順利生火。

咳咳咳咳。

但這個飄出來的嗆鼻煙霧依然令人難受。

「哇，年輕人怎麼會做這種事啊？」

勝範咳個半死，一旁的老奶奶鬼一臉憐憫地說。

「我不久前才剛學過。」

勝範眼睛微微泛淚，聞到燒木頭的味道就想起他跟蹤素晶去山中老宅的事，當時的他因為不會生火被臭罵一頓。

「但明明就有瓦斯爐，在那邊煎也可以吧。」

勝範一邊塞了幾塊松果進去，一邊觀察素晶人在哪裡，她把人叫來幹活，結果自己是又跑去哪了？

「應該是因為瓦斯沒了吧，兒子應該過來看看他老爸病情怎麼樣，結果這幾天忙得都沒過來。那老頭子如果有什麼東西不夠用了，就該提前打電話說一聲才是，就是小氣成這副德性才會病倒，變成這副模樣，要是我還在的話就不會變成這樣了。所以我死前也說過好幾遍，自己的安全就得自己顧啊。」

勝範鼻涕流出來，他吸了吸鼻子又覺得癢，伸手揉了一下。

「伯母妳知道嗎？我今天會來是因為妳的關係，是成了鬼魂的伯母也依然在幫助伯父。而且我的出診費其實很貴，是因為伯母的關係，我才特別提供免費服務的。」

他眨著眼低聲說，老奶奶也笑了。

「又來了，又是錢！我才在想怎麼還沒提呢！」

不曉得是什麼時候過來聽到這番話的素晶又碎唸了幾句，勝範才在想怎麼還沒被唸呢。咳咳咳咳，原本還在罵人的素晶開始咳嗽。想說是不是因為煙霧的關係，勝範抬頭看了她，但只要一開始咳就停不下來。雖然有持續進行治療，也有好好吃藥吃飯，但身體狀況依然每況愈下。看到她這樣，嘴裡一陣苦澀的勝範把手上已經涼掉的三合一咖啡乾了，冷冷的甜味停留在舌尖上。

「欸，就叫妳進去裡面休息啦，老闆！」

「能吹吹風真好！」

素晶坐在勝範旁邊，即使風很涼也佯裝無事地吹著。緩慢的動作讓勝範心情更加焦急，找素晶兒子的進度停滯不前，明明已經見過這麼多的鬼魂，為什麼就是見不到素晶想找的鬼呢？孔實說孩子肯定是去了天上，因為孩子被嚇得只顧著哭，所以陰間使者就直接把他帶走了。勝範聽到這話就說，這對我們這種看得到鬼魂的人來說等同於綁架，這個論點還被孔實嘲笑了一番。

「你為什麼會來雨華？明明有這麼多地方可以去。」

素晶詢問正看著猛烈燃燒的火勢發呆的勝範。原本一直在勝範腦海中捧著肚子哈哈大笑的孔實消失在記憶的另一頭，他凝視著素晶好一陣子才開口說：

「因為這裡有好山好水，還很有人情味……」

說著老生常談的勝範突然想起一張臉。

「聽說你的脾氣會因為特定人物發作。」

聽了素晶說的話，勝範吸了鼻涕，然後搔搔頭。看來是靜美說的吧，想到她發現了自己的異常，突然覺得一陣難為情。靜美總是比勝範本人更早看懂自己，當他再次意識到這個事實時，他的臉也不自覺發紅，悄悄地把不自覺顫抖的手收進懷裡。

「當時為了進第一韓方醫院，我在其他韓醫院工作時也很不擇手段。有個老爺爺得了肺癌，每次都沒有監護人陪同，只有看護一起來看病，所以我常會陪他聊天。也因為想到我過世的奶奶，所以對那位老爺爺特別用心。但某天他拜託我說，他想跟家人們多相處一段時間。因為他整體狀況都還不錯，所以我就給了跟現有的湯藥不一樣的處方。」

『我就拜託你了。』

身材矮小，有點豐腴的老爺爺總是聊著跟故鄉有關的事，說著因為看到勝範就想到孫子，所以要買好吃的給他，結果卻在一起吃飯的餐廳裡哭得像個孩子，不斷拜託勝範，說他想活下來。所以勝範查了很多資料和論文，並使用在法規規定下製成的漆樹，因為在二〇一〇年左右，國外活用這項成分入藥的消息很引人矚目，原理是能抑制瘀血，阻止腫瘤生成。雖然並不表示這就是標準答案，但勝範是有信心的，然而因為藥物毒性強烈，老爺爺的健康急速惡化，一下子就撒手人寰離世了。老爺爺的家人當然也來到醫院抗議，但對勝範而言，離世的老爺爺就此不在人世的事實更讓他恐懼，所以他才會緊閉著眼，試圖忘掉這件事。

鐵鍋冒出白煙，勝範用木棍翻攪正在燃燒的木柴。

「但其實那又怎樣？就是時候到了，我們各自都很倒楣而已。韓醫師本來也就沒辦法把所有病醫好，但在我失去一切的時候突然想起那位，就很好奇老爺爺那個好山好水，山川秀麗的故鄉雨華是什麼地方，雖然人情味好不好我是不太確定啦。」

不經意說出這些後，勝範又不自覺搔搔頭，他沒有勇氣直視在一旁凝視著自己的素晶，只能緊盯著燒得通紅的火勢。

◇◇◇

他本來已經做好要被大唸一頓的覺悟，幸好素晶什麼話都沒說。

勝範的車沿著小水庫，朝著有幾家農戶坐落的地方奔馳。後頭的山勢看起來很深，水庫霧氣延伸到森林，看起來相當陰森。穿越村莊，開上山路，路程很快就被黑暗覆蓋，零星幾盞照亮道路的橘黃色燈光成了偌大的慰藉。

「房子蓋在這什麼地方啊！」

「喔，在那裡！」

勝範才開口，坐在副駕的靜美大叫。雖然他看不慣對方這個反應，還是看向她指的方向，但那裡只有樹木、乾枯倒塌的樹叢，以及黑暗而已。

「那邊啊！你沒看到嗎？過了那盞路燈，在山凹進去的地方上面！」

「喔，原來在那邊啊！」

坐在後頭的素晶也附和靜美，在車子緩行的過程中，勝範將上半身抵著方向盤，伸長了頭往前看，但他眨了眨眼也還是看不到。

「到底是什麼……」

此時，草叢後出現一個低矮屋簷，感覺像是磚瓦屋，但又看不太清楚。被拆掉的窗戶裡有著更深層的黑暗，勝範緊急踩下煞車。

「你這車怎麼開成這樣啊！」

素晶趕緊穩住前傾的身體，並宣洩她的不滿，接著解開安全帶下車，靜美跟隨在後。

「哇，原來高老闆也真的能看到鬼喔？雖然之前略有耳聞，但這是我第一次親眼看到，好期待喔。」

靜美舉起手機錄影，她還沒放棄當YouTuber的夢，說要拍下怎麼幫鬼魂病患解恨的影片，硬是跟來。即便勝範試圖用拍不到鬼魂，貿然跟來反而更危險的理由阻止她，但對方根本不甩自己。靜美突然把手機鏡頭轉向素晶，接著問：

「我們為什麼要來這裡呢？」

「有位住在山的那一頭的盧純禮女士說，希望死的時候要跟死去的姊姊一起離開，但在她死後來找姊姊時，姊姊鬼卻不想離開這裡，所以我們才過來的。」

「所以姊姊是在這邊嗎？已經死了？」

「可能是因為對這個家有所依戀才會這樣吧，希望能夠說服她。」

感覺應該是個老古板的素晶不知為何竟然不斷附和著靜美，她甚至還斥責說她自己也快要死了，到底有什麼好擔心的。

「又不是小孩子了，那位鬼魂就不想離開啊。」

勝範一面抱怨，眼睛不停轉動，抬頭看向越來越黑暗的廢宅。要是再繼續待下去，感覺會消失在那股黑暗中，他渾身起了雞皮疙瘩。

「不走嗎？」

即便被素晶罵，勝範也還是不願挪動屁股，被逼著下車的他從後車廂拿出手電筒，這是按一次弱光，按兩次強光的設計。確認手電筒沒有故障，腳下也被照亮，接著更亮，看著這幅光景的素晶用手擋住眼角，瞇起眼睛說：

「我建議是盡量不要用第二段燈吧，鬼魂很討厭亮光的，可不能讓她逃跑了。進去之後什麼都不要亂摸，一個不小心可能會被鬼附身。」

「還有其他要小心的事嗎？」

「還要小心什麼？你又不是第一次見鬼了？靜美小姐就緊跟在我身後。」

「好！」

勝範縮著身體，躲在靜美身後，一起走進廢宅。光是要穿越糾結成塊的草叢就是件難事，他用另一隻腳踩著沿褲管糾纏上來的草，費了一番功夫才勉強站在已經生鏽的大門口。門沒有鎖還真是遺憾，要是鎖著還能拿這當藉口，就不用幹這件事了。

吱嘎，大門發出聽起來讓人心情不好的鐵鏽聲開啟，裡頭吹來一陣又冰又潮濕的風，半開的門也不曉得是卡到什麼，無法完全推開。勝範是挺直了腰，憋了一大口氣才好不容易從縫隙進門。

「有人在嗎？」

素晶的呼喊在陰森空氣裡繚繞，庭院不大，但也長滿了雜草，直穿草叢的勝範豎起耳朵，瞪大著眼，手電筒的燈光亂七八糟地晃動著。

這是不到十二坪的平房，本來還以為應該是磚瓦房，但沒有色彩的灰色石板屋頂四處都是洞，要是下雨，雨水就會直接下進屋內。不對，問題不只在這，如同在外頭就看到的，已被拆下的小窗戶不知去向，灰牆也有著像血管一樣上竄的裂痕，龜裂縫隙很大，感覺房子可能隨時都會崩塌。

掠過褲管的雜草聲聽起來令人毛骨悚然，勝範後背冷汗直流，這也讓衣服緊黏著身體。

「家裡都已經變成廢墟了，真是沒辦法理解為什麼還會眷戀這種地方。」

用相機記錄這一切的靜美這麼說，在她身後的勝範接著說：

「在鬼魂的眼中，屋況應該會跟以前一樣吧？」

「韓醫師你也真是的，想像力還真豐富喔。」

素晶嗤之以鼻，勝範有種自己被當成小朋友看待的感覺，心情也變差了。咻！咻！用手電筒照著在已經打破的醬缸台上蔓延的雜草，衣服和棉被都還在原位，但屋內累積了層層灰塵，甚至連廚房裡的餐具也累積非常多灰塵，都一如既往地放在原位。

「那位姊姊到底在哪裡啊？沒看到嗎？」

「應該在家裡的某一處吧？你也一起找找的話就能找到了。」

素晶在屋裡探頭探腦，接著看向勝範身後，停下動作。

「怎麼了嗎？」

看到那股銳利眼神從自己的頭旁邊掃過，勝範突然起了雞皮疙瘩，他的身後有東西，寒氣正悄悄地沿著他的背脊往上竄，素晶舉起手。

「你先冷靜。」

「什麼意思？」

勝範正想回頭時，素晶大吼。

「不要回頭！」

都這樣喊了，回頭看才是人之常情啊！勝範忍不住轉頭。

那個東西非常非常瘦，露出來的四肢幾乎只剩骨頭，至於頭的部分，勝範只看到披頭散髮的後腦勺，要是沒把頭髮全往前撥，那確實是後腦勺沒錯。勝範沒辦法肯定是因為他沒有看到鬼魂的身體，身體和頭是各自以一八〇度面向不同方向的。

「呃喔！」

「啊！幹嘛啦！」

被嚇到的靜美也跟著驚叫。鬼魂跳到勝範背上，長長的手臂緊抓著他的脖子，嚇了一跳的勝範不斷掙扎。嘻嘻嘻，鬼魂的訕笑聲在耳邊傳來。

「高老闆，幫幫我！」

「唉，你就安分點啊！」

和鬼魂接觸的背有涼涼濕濕的觸感，掙扎的手臂還摸到頭顱，勝範抱持著無論如何都要跟對方分離的心情，試著用雙手抓住那顆腦袋，但那顆頭卻是輕輕鬆鬆地升上去了。勝範一面出現「喔？」的反應，一面把頭放開，結果眼前出現的是黑色頭髮。鬼魂的頭停在勝範眼前，然後跟頭顱的連接處（通常稱人類的脖子，不對，或稱鬼魂的脖子）開始扭轉，一找回正常位置，頭就滑順旋轉，接著露出青灰色的臉孔。

勝範當場癱坐在地。

「不要附在那傢伙身上，跟我談吧。我們是受妳的妹妹盧純禮之託才來的，我會幫妳解決妳的冤屈，跟我談談吧。」

素晶大聲說話，鬼魂的目光轉向她，在半空中飄揚的一頭散髮變得溫順，原本青灰色的臉孔也回到平凡正常的模樣。靜美趕緊跑到說不出話，只能張大嘴的勝範身旁。

「還好嗎？」

「我會跟對方談，靜美妳先帶著韓醫師上車吧。」

「好，還能走路嗎？」

「感覺上次受傷的地方又扭到了。」

靜美攙扶著勝範，走出大門，然後她突然走到勝範前面，亮出自己的後背。

「上來吧。」

「什麼？」

「說危險的人明明是你，結果你自己傷得最重。」

「我？」

「不然要走到何時才能上車啊？我都說要揹你了，你就當作拗不過我，讓我揹吧，你又不是不知道我力氣比你更大？」

確實是這樣沒錯，勝範回頭，正在跟鬼魂談話的素晶看了他們一眼，又接著專心談話。唉，不管那麼多了，他上了靜美的後背，看著順利前進的靜美，勝範這才發現那副看起來纖瘦到不行的身體竟然這麼強壯。

從廢宅出來的素晶走向敞開副駕車門，坐在車裡的勝範。

「姊姊鬼說了什麼？」

「她還在等因為車禍身亡的丈夫跟女兒，這間房子是她跟丈夫和女兒一起打造的，因為一起相處的時間很長，她不想離開這個充滿回憶的家。但這也是挺沒邏輯的，我說搞不好她的家人正在陰間等她，問她要不要去找找看，她說她會考慮一下，等她確定了就會來找我們。我看看，傷勢嚴重嗎？這麼不小心也真的是……」
「很痛啦，輕一點！」
素晶看著勝範發腫的腳踝，接著回頭看向在遠處拍攝廢宅的靜美。
「我真的是看不下去了才問的。」
「什麼事？」
「你們倆何時才要結婚啊？」
「什麼？啊！」
被突如其來的問題嚇到的勝範原地跳起，結果又因為腳踝的刺痛癱坐下來。素晶無言地看著他。
「你自己明明也很清楚，不要說什麼不是、不知道之類的話轉移話題，所以你們之間到底有什麼問題啊？不是聽說你們同齡，還相處超過五年了嗎？既然連對方一些細瑣的事都瞭若指掌了，總不能說什麼認識得不夠深入吧？是因為沒錢嗎？要有錢才是幸福嗎？」
勝範用雙手摀住發紅的臉，當然喜歡啊，也很愛啊，他好歹也是個男人，怎麼可能看著靜美會心中毫無漣漪呢？只是他一直想辦法裝沒事、裝傻到現在，素晶卻一針見血地直搗重點。他放棄地嘆口氣，開口道：

「妳知道為什麼我開口閉口都是錢嗎？我爸媽在我小時候是因為太窮才離婚的。雖然我很愛我媽，但她因為沒錢的關係把我拋棄了。只要有錢，我就能跟很多我愛的人相處來往，所以我就覺得有錢是幸福的，還為了多賺一點錢把人給害死了。」

說完最後那句自嘲的話，勝範笑得苦澀。靜靜看著他的素晶用力壓了他扭到的腳踝，他忍不住哀號。

「嘖嘖嘖，你覺得錢多就會幸福和樂嗎？在你眼中的我看起來是這樣嗎？如果你喜歡靜美，為了你眼前的幸福，就去做你現在能做的事吧。不要一直偷偷表示，要盡你的全力展現心意。雖然就我個人的立場很想叫靜美快逃啦，但這種老婆你還能上哪找到第二個啊？要是你說不出口，要我代替你說嗎？」

「不是啊，這種事幹嘛要妳來說啦？我會說的，會正式跟她說的。」

「好，那你快點起來。」

「為什麼？」

「要去替下一個鬼魂病患治療啊。」

「又要？」

16 媽媽與兒子

「婚禮？」

暫時出門一趟回來發現五金行的門關著。用帳篷布把陳列在外面的五金蓋好，並在前面掛了公告，說是因為家裡辦婚禮，休息一天。塊頭很大又固執的五金行老闆的店鋪是全年無休的，他說在這個公車也不一定準時來的地方，擔心隨時會有客人來訪，所以不能離開店鋪。於是，不管下雨或下雪，國定假日或星期日，總是堅持開門營業，但看來家族大型活動也還是會去參加的啊。

那天是雪花紛飛的日子，這積雪會留著嗎？這門口的雪是我要自己掃嗎？真麻煩耶。在勝範正在思考這件事的時候，遇到縮著身體，坐在樓梯前，手裡拿著已消氣的紅色氣球玩耍的孩子。發現勝範的孩子用雙手遮住眼睛，這是他的習慣嗎？

因為天氣冷就把手放在夾克口袋的勝範感到疑惑，然後環顧四周，來回看著大門緊閉的五金行大門和孩子。是因為有什麼事回來了嗎？老闆可不是會把年幼孩子撇在家，自己去參加婚禮的人啊。

「喂，你媽媽在哪裡？」

孩子聽到勝範的問題才把手放下，他沒有回答，只是凝望著勝範，看來應該是想起勝範曾說過要他別在這玩耍的事，才會洩氣地說不出話。但就算雪不會飄進來，這裡依然是會有冷空氣匯集的地方，孩子甚至還穿得很單薄。這才發現孩子總是穿著一樣的衣服，一年四季都是。突然間，五金行老闆跟勝範小時候放任自己的爸爸身影重疊交織。他把手拿出口袋，在孩子面前縮著身體蹲下來，迎上孩子的目光。

「你為什麼自己在這裡？你知道叔叔是誰吧？我是在樓上韓醫院工作的人。」

孩子點頭表示知道。

「你不想跟我說話嗎？」

孩子搖搖頭，從外型來看，他的營養狀態並不差。勝範盤算著為避免夜長夢多，還是先問完問題，有比較篤定的答案再打電話報警。他伸手要拿手機，但在他兩邊外套口袋及內袋都摸不到手機。他一面翻著褲子後口袋，一邊詢問孩子：

「你媽媽在哪？」

孩子指著韓藥房張開嘴，接著口中滾出一條長長的，乾枯的舌頭。

◇◇◇

勝範把原本院長室前作為倉庫使用的地方，改造成素晶的病房。在知道素晶病情後，勝範親自打點一切，把這裡打造成能讓她舒適生活的地方。為了應付可能發生的緊急狀況，勝範也幾乎把院長室當成家一樣生活，雖然素晶表示跟他一起待在韓醫院會很不自在，但為了多活一天，還是決定忍耐。

叩叩叩，正在看書的素晶聽到敲門聲抬頭，這麼快就到晚上散步時間了嗎？她看向窗外，深灰色的天空下著鵝毛大雪，很大片的雪花敲打著玻璃窗，是初雪。素晶忍不住冷笑，還以為自己看不到今年的雪就會死了，結果自己還是拚命抓住這條細細的生命線呢。暫時被下雪轉移注意力的她，又聽到敲門聲。

「請進。」

素晶把書放在一旁，摘下老花眼鏡，門開了。勝範把頭探進門。

「睡了嗎？」

「還沒。」

素晶下床，但雙腳一觸地就不斷發抖，她暫停動作，敲敲自己的腰。

「整天都躺著，腰還真痛啊。」

她一邊佯裝無事，一邊穿上拖鞋。

『這雙臭腳給我好好站在地上！』

在半空打轉好幾次的腳這才好不容易乖乖聽話。

「我是覺得坐著會比較好吧。」

「不，總是要起來走一走啊，吃飽睡，睡飽吃，我有種變成牛的感覺。」

「看妳的嗓門還很有力，說是剛出生的小牛還差不多。」

素晶把支撐在床上的手拿開，聽到勝範說的話又皺起眉頭。

「你現在是在搞笑嗎？」

「不好笑嗎？」

「捧場也是有限度的。」

「哼。」

還是只把頭探進房內的勝範看起來很奇怪。

「你幹嘛啊？又闖什麼禍了？只要我不在就顧著闖禍，你說我還敢休息嗎？」

「才不是那種事情，妳臉上有口水痕跡。」

「什麼？」

素晶慌張地用手擦擦嘴角。

「頭髮也亂翹。」

素晶走向鏡子看了自己的臉，別說什麼口水痕跡了，就連灰白色的頭髮也只是稍微不整齊一些，還不到亂翹的程度。她一臉不悅地回頭看向勝範，卻看到對方站在原地把手伸得直直的。

「妳嘴唇也太乾了。這是禮物。」

「那你進來給啊，只把頭伸進來是怎樣？」

她從對方手上拿過東西，是口紅，唉唷，真是鬧欸！她打開口紅蓋，是猶如春天花朵一樣的粉紅色。

「開口閉口都是錢的人居然還買這種東西？這真的是買給我的嗎？你要我這種都已經老了，搞不好明後天就死掉的老人擦這個，多丟人啊？」

說是這麼說，但素晶還是洗了臉，把頭髮梳整齊，在嘴唇塗上春櫻色的口紅。

「真是可惜啊，要我怎麼捨得用。」

只有在跟生前嫌棄塗這種東西會生病死掉的丈夫結婚時曾經搽過口紅。素晶太捨不得用了，在毫無血色的泛白嘴唇塗口紅的手不斷發抖，早知道就該在還比較漂亮的年輕時期多打扮了，太可惜啦。她用手指按壓幾次嘴唇，上頭顯現隱隱的光澤，蒼白的臉看起來也稍微紅潤一些了。素晶回頭看向依然站在原地看著自己的勝範。

「行了吧？」

因為尷尬才脫口而出的氣話，但不知怎麼回事，勝範卻是笑嘻嘻的，甚至還豎起大拇指。

「真是從天而降的仙女。」

還開了玩笑。

「好好好，我就是那個仙女，現在要是走出去，大概所有鬼魂都要來我面前下跪，高喊著唉唷，仙女大人，請實現我的願望吧。」

還送禮物是吧？素晶才打算要兇他一下，但勝範的頭卻消失了，然後是一顆小小的頭從狹窄的門縫探出。灰藍色臉上的兩顆大眼睛小心翼翼地看著房內，一與素晶四目相交就退開了。孩子先往後看了一眼，接著又看向素晶，他笑了，伸得長長的舌頭，缺了兩顆門牙，小不點的一切慢慢映入眼簾。

「媽媽！」

媽媽，居然叫媽媽！這是她多想聽到的話啊？素晶原本緊踩著地上的腳離地，她攤開雙臂朝孩子奔去。

「基雲！」

「媽媽，對不起。」

她一把將跑向自己的孩子擁入懷，就算身體因為寒氣不斷發抖，素晶也更加用力緊摟著兒子，不願放手。基雲開始嚎啕大哭。

「這段時間你跑去哪了！媽媽這麼努力在找你，為什麼都沒來找我？你知道我有多想見你嗎？」

「對不起，因為妳叫我不要過去，我怕去了會被罵……所以躲起來了。」

「……怕會被罵？所以躲起來？躲在哪？這麼長一段時間都自己躲著？」

孩子用雙手遮住眼睛。

「像這樣遮住眼睛，在內心祈禱著『請讓所有人都看不到我』，就不會有人看到我了，但韓醫師卻一直都有看到我。」

孩子的願望是用這種方式實現的，素晶感到非常非常虛無，不斷搖頭，她很心疼這個害怕被罵到居然要做這種事的孩子。

「原來如此，但媽媽以後不會這樣了，再也不會這麼做了。都是媽媽的錯，讓你自己孤單這麼久，讓你這麼害怕又淒涼。」

看著孩子的臉，把潮濕的髮絲往上撥，素晶不斷當著孩子的面道歉。

「因為媽媽沒跟你說過愛你，因為沒跟我們家基雲說過這句話，真不知道我有多擔心你就這麼自己走了。也好擔心媽媽自己變老，你會不會認不出我了，我一直都很想跟你說，謝謝你作為我這個沒用的媽媽的孩子出生。我乖巧善良的兒子啊，就算是現在也好，讓我們長長久久待在一起吧。」

勝範在一旁靜靜看著母子互相擁抱彼此哭了好久的模樣，悄悄關上門。

翌日——

見到兒子的素晶做出不再治療疾病的宣言，雖然勝範對於這個發言好像頗有微詞，但他還是吞下那些話，點點頭。勝範帶著素晶、孔實和基雲，去百貨公司買了非常多禮物。

素晶讓基雲吃了很多以前不准他吃的食物，買了以前沒給他穿過的衣服，還買了玩具。回到韓藥房的素晶在等候室摟著基雲，聽著韓國演歌。一直都在那個位置的孔實也遞上米香，素晶抓了一把餵入兒子口中，也往自己嘴裡塞了一些，身體輕飄飄的，輕盈自在。

◇◇◇

17 某個葬禮

雨華殯儀館。

市區外環道路旁，聳立於寬敞原野正中間的一棟灰色建築物，一大早就有很多車子進出，大家都是來見素晶的。

以喪主身分守著殯所的勝範向訪客們問候。大家看著他凝重僵硬的表情，想到他當初雖然對素晶不太禮貌，但至少還有一定程度的情分在，直到素晶遠行之日，像是兒子一樣，精心打理一切的舉止備受大家稱讚，也代替素晶向他致上感謝與慰勞之意。大家都對他很親切。素拉爸爸也把正在通勤醫院接受治療的素拉暫時託給親戚照顧，負責處理一些喪禮上辛苦的事。這段時間為了讓素拉接受治療，素晶也費了不少心思，但他卻對素晶做出許多難以言喻的抱歉之事，不曾好好尋求對方諒解這點也讓他感到很遺憾。

「高老闆會明白你的心意的。」

勝範拍拍他的肩膀給予安慰，素拉爸爸的身邊也隨時都有素拉媽媽相伴。

「唉唷，金醫師！」

「啊！」

剛抵達的五金行崔老闆一看到勝範就哭著抱住他，雖然勝範因為呼吸困難而試圖掙脫，但那像熊一般的體格完全勒緊了他。

「那個，崔老闆，那個我……」

「嗚嗚嗚。」

崔老闆每次一哭，勝範的身體就會跟著晃動，他為了強行掙脫這個巨大的束縛，流了滿身大汗，雙腿還不斷發抖。

「要是讓你抱個兩次，我也要跟高老闆一起走了。」

勝範安心地嘆了口氣，也小小抱怨了幾句。哈哈哈，素晶站在致意後就離開的訪客們身後，手背在身後笑著。勝範瞄了一眼遺照，雖然瘦到幾乎能看到喉頭，但笑得燦爛的模樣跟現在沒有兩樣。

「多虧了我，大家看待你的目光改變很多了吧！你這是中樂透啦！」

「是是是，真是謝謝妳喔，怎麼？還要我行個大禮嗎？」

「唉唷喂，你那雙昂貴的膝蓋跪得下去嗎？你先過來一下，幫我轉達幾句話吧！」

勝範步履蹣跚地跟在素晶身後，靜美和鄰居老闆們正在餐廳裡替圍坐在餐桌吃飯的賓客上菜。

「像我這種沒有半個親戚的人，遇到這種事，能有這些願意捲起袖子幫忙的人們是很珍貴的。未來的事還很難說，你也盡量跟其他人保持良好關係，不要只看高度，底層一點的也要看，仔細聽聽這些基層的人都在講些什麼，然後用那股好眼力跟體貼讀出他們的心思，幫助他們，可以做多少就盡量做。」

素晶走到一位老奶奶面前，勝範在她面前尷尬地打了招呼。

「她有高血壓，每天晚上都喝酒，雖然她是跟我說她沒喝，但上次去看她的時候，根本醉倒在地。」

「老奶奶。」

在老奶奶身邊的中年女子煎餅吃到一半，就開始替老奶奶捶背，然後靠近她的耳邊大聲說：

「媽！韓醫師在叫妳！」

「嗯？」

「老奶奶的血壓比較高，不要吃太多鹽分高的食物，也不要再喝酒了！」

勝範扯著嗓門大聲說，女兒也笑了。

「我才沒喝，已經很久沒喝啦！」

老奶奶搖搖手說道。勝範又說：

「老奶奶，現在跟我講這種謊已經沒用了，高老闆說她會繼續關注妳有沒有喝酒的！」

「嗯？高老闆這麼閒嗎？」

「對，她以後也沒其他事要做啦，只剩下遊山玩水了。」

「好啦好啦。」

老奶奶點點頭。勝範起身前也不忘囑咐她女兒：

「像這種天氣很冷的日子，要加強耳朵後方、喉頭和腳部保暖，平常也要戴毛帽，穿厚襪子。」

接著勝範朝著坐在其他桌的另一家前進，他向帶著小孩子的一對夫妻致意，夫妻是來自東南亞的移民。

「她叫『希拉』，是常來我家的客人，她說我跟她娘家媽媽長得很像，所以都會做辛奇和她們國家的料理過來，是很有人情味的人。她最近應該都沒辦法好好睡覺，我這一走，肯定又讓她多一件事情擔心了。」

「謝謝兩位過來，我有聽高老闆提過，她很謝謝妳之前都會準備食物帶來韓藥房，像女兒一樣照顧她。同時她也很擔心妳，妳不是常覺得腦袋昏沉，會頭痛嗎？所以也都沒辦法好好睡覺，她很擔心妳的狀況。等葬禮結束之後來一趟韓醫院吧，我會幫妳治療的。」

希拉聽到這段話後熱淚盈眶，她懷裡的兩歲孩子把手伸到媽媽的肩膀後，素晶笑盈盈地抓住孩子的手，那雙深沉的眼睛看著素晶笑了。

夕陽西下，夜幕降臨。空蕩蕩的餐桌擺放了食物，接二連三的黑影踏進葬禮會場，他們直接穿過殯所，來到餐廳的餐桌前坐下。很快地，餐廳裡滿是熙熙攘攘的鬼魂，素晶在大家面前，抱著基雲笑著說：

「這是類似死後第一次收到的生日餐嗎？」

「還真好喔。」

在她旁邊，把手背在身後的勝範嘆了口氣。感覺有個沉重的東西壓在心頭，讓他感到胸口鬱悶。即使聽到他氣鼓鼓的聲音，素晶也還是向每位對到眼的鬼魂揮手致意。

「我沒辦過什麼花甲宴，這是我第一個這麼熱鬧的宴席啊，喔對，應該還要有KTV機器才好玩。」

「嗯……」

勝範看著其他安靜的房間，稱得上是人類的，也就只有管理室裡的幾個人而已。

「就算沒有機器，盡情玩樂也沒人能說什麼啊？既然都當鬼了，就盡情玩吧。」

「是這樣嗎？也對，那大家今天就盡情玩樂吧！」

哇啊！聽到素晶的話，群起歡呼。素晶牽著兒子的手，踏入鬼魂群，孔實也跟著起舞。勝範看著他們的背影，朴先生靠了過來。

「在這種葬禮會場就是該打個花牌才對味。」

他摸摸自己的義肢。

「但我最近已經不玩那個了。」

乾咳幾聲的朴先生看著勝範的臉色又說。

「那個……她應該不會在這邊久待吧？」

他悄悄湊到勝範耳邊輕聲問。素晶和基雲開始唱起歌來，大家一邊打著節奏，一邊跟著孔實翩翩起舞。勝範知道朴先生在問什麼，鬼魂可以依照自由意志選擇前往陰間或留在這裡，大部分都會因為還有冤屈而選擇留下，就算解了一樁心願，又會期待另一樁，因為他們還對世間有所眷戀，朴先生和其他鬼魂也都是因為那股留戀而待在這裡的。

「孔實說要跟高老闆一起走。」

聽到這話，勝範驚訝地看向朴先生。

「連孔實阿姨也是？」

「她自己的冤屈已經早早就解了，現在沒有遺憾了啊。我呀，對於周遭的鬼魂會一聲不吭就消失其實是司空見慣了，但韓醫師你應該會挺難過的吧？畢竟也挺依賴她的。」

「那叔叔你呢？」

勝範的喉頭感覺被異物堵住，這個問句並不容易發出聲音。朴先生眼睛瞪得老大，那個驕傲的韓醫師臉部扭曲，感覺立刻就要哭出來的表情，讓朴先生接連乾咳了好幾聲。

「我、我還有很多冤屈啦。」

勝範點點頭，他緊抿著嘴，看向熱鬧的餐廳。

「朴先生，你在幹嘛？還不快來唱首歌！」

聽到素晶的呼喚，朴先生也跑去唱歌。大家輪流唱了一首歌，因為各自生長年代不同，各式各樣的音樂在空蕩蕩的葬禮會場響起，也有些鬼魂選擇吟詩或唱劇。

「大家都在享受嗎？」

走到勝範身邊的靜美問，勝範看著她。

「看來我的直覺不錯嘛，之前只要來參加葬禮就會覺得頭痛，但這裡卻不會這樣。」她露出尷尬的笑容說。

「大家都在載歌載舞，正在舉辦宴會。」

「原來如此。」

靜美看著什麼都沒有的空氣，瞇起眼睛試圖看看能不能看到些什麼。

「我有話要說。」

「什麼話？」

雙眼瞇得太過用力，因為發痠而閉上眼睛的靜美問。

「我喜歡。」

依然閉著眼睛的靜美反問：

「喜歡什麼？」

「那個叫李靜美的女人。」

這句話讓靜美猛地睜大眼睛，看向勝範，勝範再一次字正腔圓地說。

「我，很喜歡妳。」

靜美無言地張大嘴巴，打了勝範的肩膀。

「不是啊，這種事情怎麼會在葬禮會場講啦！」

◇◇◇

西山另一頭升起微濛的光亮，素晶在吹著冷冽風勢的葬禮會場，向來送自己離開的鬼魂們致意。孔實牽著站在素晶身後的勝範的手，她抬頭看著面無表情，看起來毫無生機的勝範眼睛。

「離別的時候到了，我本來就打算要跟素晶一起走，但這不代表我沒把你放在心上，你就把這當成是我最後的願望吧。」

「我知道。」

「多虧了你才能了卻我的冤恨，也吃了很多好吃的東西，很有趣，很謝謝你。喔對！這個也是，也謝謝你幫我把這裂開的肚子縫起來。」

「這哪是我縫的？」

「你要繼續像現在這樣生活，至少像你來到雨華市，認識我們之後這樣，最近的你看起來真的很不錯。」

孔實帶著勝範往前走，素晶看著勝範笑了。

「我看你好像快哭了，但我們已經要拋下一切去更好的地方了，你卻這種表情嗎？」

「我才不會哭。」

「是啊，這不像你，你想著要準備賺大錢了就好。」

「妳平常到底都是怎麼想我的啊？」

勝範一抱怨，素晶又笑了，站在她身邊的基雲也跑來抱住勝範的腿。

「謝謝你送我氣球。」
勝範摸摸孩子的頭。
「以後不要再鬆開媽媽的手了喔。」
勝範說完，基雲又跑向素晶，緊緊牽著她的手。
「對了，今晚還有預約病患，但我已經要走了，你幫他看診吧。」
「什麼？都要走了還在想工作？」
「人老了就變得很健忘啊，怎麼？你還年輕，可以當很久很久的醫師啊！幹嘛抱怨？我走啦。」
沒有忘記他以前講過的話，還拿出來用，勝範又是一陣抱怨。素晶猛地轉身。
「幹嘛？又怎麼了！」
她露出微笑。
「好好生活吧。」
勝範癟著嘴，淚水盈滿眼眶，他看著已經走得老遠的素晶、基雲，以及孔實的背影，最後還是沒忍住淚水。一旁的靜美拍拍他的肩。

◇◇◇

亮起燈。沒有主人的韓藥房也跟著枯萎了，只不過才幾天沒打掃就累積了肉眼可見的灰塵，熟悉的韓藥味逐漸消散，混雜了一點灰塵霉味。在充滿寒氣的韓藥房繞了一圈，韓藥房沒有半個地方不經素晶之手打理，感覺她好像下一秒就會從房裡走出來。雖然靜靜地等了片刻，但也只把寂靜拉長。

思索著該從什麼開始處理，最後決定還是先打掃的勝範隨意整理了一番，因為屋裡太冷，才遲來地想到應該要先在暖爐添柴火。

現在要給老舊暖爐添柴也不是件難事了。嗆鼻的煙霧升起，屋裡只能聽到木柴燃燒的聲音，勝範吸了吸鼻水，這該死的煙霧讓他眼睛一陣熱辣，流出眼淚。一想到這個如此安靜的韓藥房裡，再也聽不到大家聊天的聲音，也讓他很傷心。

孔實阿姨平常看的電視不會再打開了，也不會再看到用鍘刀切藥材的素晶了。

「有什麼好體諒的。」

有人死去、消失這件事，從生者立場來看，並不是能這麼快被體諒和理解的事，也不想這麼做。早知道就該緊抓著對方，不讓她們離開的後悔湧上。應該要緊抱著她們轉身離開的腿，叫她們不要離開，再多待一會；應該吵著要她們等他死的時候再一起走。就不該逞強著裝成熟，裝沒事送走她們了。

『是要我怎麼辦啊？』

叮鈴，門開了，素晶說的鬼魂患者來了，勝範趕緊把眼淚擦乾起身。

「你好，因為這裡的老闆不在了，所以我來代替……」

門前的老人緩緩脫下博勒帽。矮小但胖胖的身材，感覺相當固執的嘴角與刻在眉頭的皺紋，還有扭動的濃眉，雖然這跟死前的模樣相當不同，但勝範仍一眼就認出對方。

「姜城先生？」

對方的聲音在遙遠的記憶中迴盪著。

『反正都要死了，什麼方法都想試試看嘛！我是相信你的！』

這並不是個好提議，雖然當事人表示就算死了也就是這樣而已，但要是出了什麼差池，就會在勝範的醫師職涯中留下不好的經歷。人終究還是會死的，對方知道，勝範也知道，也正因如此，他們就是某種程度的互相倒楣。他試著用這種參雜自嘲的安慰讓自己忘卻，但內心一隅卻總是留有罪惡感。

素晶知道這件事嗎？勝範看著站在眼前的姜城，這才頓悟這是素晶最後一次送給他的機會。

兩人之間流淌著長時間的沉默，勝範緩緩走向對方，然後在對方面前跪下，落淚。因為那無謂的驕傲而沒說出口的那句話，這才終於說出口。

「對不起，真的太遲了，現在才能向你賠罪，對不起。」

勝範低下頭真心道歉，接著是一陣沉默。冰冷但柔軟的手覆在勝範背上。

對方靜靜地擁抱著抬不起頭，只顧著哭的勝範。

「哪有什麼要我原諒的？是我自己想活下來才折磨你，既然我們都互相痛苦到現在了，也是時候想得正面一點了。你能看到現在的我，可以算是老天爺給我們的第二次機會吧？」

「我一直一直都有想到你。」

在剛來雨華市的時候也是如此。姜城豪邁地大笑。

「那你現在幫我把我的病治好就行啦，啊，這在鬼魂之間稱作解恨是吧？這次一定要做出讓雙方都滿意的結果！」

18 後記

素晶韓藥房的招牌卸下，掛上了新招牌——勝範韓醫院。左鄰右舍聚在一起，看著這面招牌鼓掌。五金行崔老闆直說要進行祭拜，帶了顆豬頭過來。笑吟吟的豬嘴咬著五萬元鈔票，正當勝範打算行禮時，素拉爸爸從懷裡掏出一把五萬元鈔票咬在嘴裡。

勝範韓醫院總是比其他店早開門，也更晚打烊。

「這家是從首爾來的韓醫師開的，醫術好到都傳開了！」

病患絡繹不絕，在把以前的韓藥房稍微整修成相對現代的韓醫院裡，靜美將進門的病患姓名輸進電腦。被靜美用錢拐騙，重新回歸的澤榮也看著平板，呼喚病患姓名。

「請往物理治療室移動！」

從物理治療室出來的中年女性病患轉動著肩膀，結帳時還不禁大讚：

「唉唷，感覺都好了！我會再來的！」

「別再來啦，我們不是可以常常見面的關係呀！」

替其他人扎針到一半的勝範探頭大喊，病人們聽到這句話都幸福地笑著離開。

勝範攙扶著行動不便的鄰居老爺爺說：

「令郎今天沒來嗎？喔？原來在外面啊，那我送到門口！」

配合對方腳步前進時，坐在等候室的其他病人向他搖搖手。

「這是今年第一次採收的洋蔥，現在正甜，回去做成小菜吃吧！」

「唉唷，還真巧，韓醫師，我帶了隻老母雞要給你，我放這邊喔！以後記得幫我好好抓藥喔。」

「阿姨！不用給我雞啦！」

咕咕咕！雞從老奶奶手中掙脫飛起，羽毛在等候室裡飛舞。嚇一大跳的勝範大呼小叫的樣子讓其他病人哈哈笑個不停。

在展示櫃後方，勝範把一名髮量較少的大叔叫過來，接著從櫃裡拿出一個小瓶子。他把瓶子遞給眼睛瞇成一條線的大叔，用有點陰沉的聲音說：

「這是我用以前在素晶韓藥房學到的技術，新開發的鱧腸生髮藥！只要用這個，消失的頭髮也會長出來！回去試用看看吧！」

面對面的兩人交換眼神，大叔猶如被眩惑地點頭，接過藥瓶。

「然後，這個是送的。」

勝範左右張望一番，從抽屜裡掏出什麼東西，放在大叔的掌心上，然後又用更低沉的聲音輕聲說：

「建議跟太太一起服用會更好，這個呢！就是魁蒿糖！那這個東西效用是什麼？我相信你應該也發現了！老闆你吃完飯是不是覺得對每件事都很厭倦，都會立刻躺下吧？這時候只要吃一顆這個，腸胃就會暖和起來，有助消化，那腸胃舒服了就會怎樣？喔喔？你幹嘛生氣？你在想什麼啊？我懂啦，我都懂，下次來我再準備其他禮物給你，總之這個你先吃吃看，如果覺得效果不錯，記得下次再來買整罐喔。」

◇◇◇

經過人類病患吵鬧的白天後，黑夜降臨。當韓醫院院長的診間，以及身為副院長的醫師鬼診間亮起橘黃色的燈，就會看到很多影子飄入。在滿是用火燒過的藥草和韓藥的韓醫院門口，負責鬼魂病患的朴先生會出來，把義肢朝天舉高。

「來，大家排隊了！」

韓流精選 6

怪奇韓醫院

수상한 한의원

怪奇韓醫院/裵明会作；黃千眞譯. -- 初版. -- 臺北市：春天出版國際文化有限公司, 2025.04
面 ； 公分. -- (韓流精選 ; 6)
譯自 : 수상한 한의원
ISBN 978-626-7637-47-0(平裝)

862.57 114001336

ISBN 978-626-7637-47-0
Printed in Taiwan

作 者 裵明会
譯 者 黃千眞
總 編 輯 莊宜勳
主 編 鍾靈

出 版 者 春天出版國際文化有限公司
地 址 台北市大安區忠孝東路4段303號4樓之1
電 話 02-7733-4070
傳 眞 02-7733-4069
E－mail bookspring@bookspring.com.tw
網 址 http://www.bookspring.com.tw
部 落 格 http://blog.pixnet.net/bookspring
郵政帳號 19705538
戶 名 春天出版國際文化有限公司
法律顧問 蕭顯忠律師事務所
出版日期 二〇二五年四月初版

定 價 490元

總 經 銷 楨德圖書事業有限公司
地 址 新北市新店區中興路二段196號8樓
電 話 02-8919-3186
傳 眞 02-8914-5524
香港總代理 一代匯集
地 址 九龍旺角塘尾道64號 龍駒企業大廈10 B&D室
電 話 852-2783-8102
傳 眞 852-2396-0050